李菲　著

谷水西的红肩章

郑州大学出版社

图书在版编目(CIP)数据

空谷足音. 谷水西的红肩章 / 李菲著. — 郑州 :郑州大学出版社, 2023.2
ISBN 978-7-5645-9150-2

Ⅰ. ①空… Ⅱ. ①李… Ⅲ. ①散文集－中国－当代 Ⅳ. ①I267

中国版本图书馆 CIP 数据核字(2022)第 189875 号

空谷足音·谷水西的红肩章
KONGGU-ZUYIN·GUSHUIXI DE HONG JIANZHANG

策划编辑	李勇军	封面设计	孙文恒
责任编辑	暴晓楠	版式设计	孙文恒
责任校对	刘晓晓	责任监制	李瑞卿

出版发行	郑州大学出版社(http://www.zzup.cn)
地　址	郑州市大学路 40 号(450052)
出 版 人	孙保营
发行电话	0371-66966070
经　销	全国新华书店
印　刷	河南瑞之光印刷股份有限公司
开　本	890 mm×1 240 mm　1 / 32
彩　页	12
总 印 张	22
总 字 数	489 千字
版　次	2023 年 2 月第 1 版
印　次	2023 年 2 月第 1 次印刷

| 书　号 | ISBN 978-7-5645-9150-2　总定价:88.00 元(全二册) |

　　先经过谷水站，之后是终点谷水西，抬头就能看到不远处立着的校门。

　　相逢是首歌，同行是你和我，心儿是年轻的太阳，真诚也活泼……

通透的门洞里，仍残留着我们经过时留下的幽微香气。

　　离开人行主路，略凹进去些，就能看到宿舍楼的两扇朱红
色木门。

它们徒劳地想摆脱网兜的束缚，滚来滚去。犹如我不安的心。

　　古都的阳光，温暖了军被；而军被里蕴含的阳光，则温暖了我们。

　　飘舞的雪花无声旋落、堆积，颇有耐心地勾勒出冬日校园的模样。

无限生机的春天，是我们外院最美的季节。

音乐，和初春鹅黄的烟柳一起摇曳，和盛夏路旁的梧桐一起低语，和深秋金灿的银杏一起欢唱，和隆冬无声的雪花一起飞舞。

　　傍晚时分跃动在球场上和每年院运动会上的飒爽英姿、矫健身形，在多少人的青春梦境里浮浮沉沉，又搅乱几缕萌动的心思。

想给你写几句话
不知如何落笔
想为你唱一首歌
未语泪先滴

共同盛放的青春之花
被命运从枝丫吹离
随风飘散在天南海北
重逢也变得遥不可及

我们都随时光老去
一直想告诉你
所刻录的那些泛黄往事
是我想留给世界的痕迹

你念或不念
它们就安放在这里
静待青丝变华发的我们
前来共话一段记忆……

自序

冰心在玉壶

又过了一个十年。

早在 2012 年返校参加毕业二十周年活动时，我便有了动意，想写写我们共同走过、足以影响一生的军校往事。

潜意识里，洛阳、涧西区、谷水西、036 信箱、解放军外国语学院、一系四队……都成了嵌入记忆的关联标志符。

不敢忘、不愿忘、不忍忘、不该忘。

自认并非完美主义者，只是比较重情守诺、恪纯要强。做事时，不愿花时间反复研判利弊与动机，更在意是否尽了全力。所以，甘愿抛开对个体的好恶解读，希望如实捕捉青春路上的点点光影。

这才是我的风格。

简素初心化为满腔热情，一气呵成。

将初稿发到队群和公共邮箱供指正，竟激起千层浪，却反响不一。最初不免困惑、愤慨。之后理智习惯性回归，变得释然。

细想想，也对。四年同窗之前，每个人来自不同的家庭，接受不同的教育，有着不同的成长历程。你谁啊，干吗要求大家都理解并认同？

毕业更是一道划清亲疏的分水岭。

在或优渥或艰苦的环境中，各凭本事，各显神通。走着或顺或逆、或平或曲的人生路，看过或富庶或贫寒的风景。

能延续在校情谊的，相隔万水千山也不觉遥远。如果本就脾性不合或相交疏淡，即使分到一起，除了"我们同校"或"一个队（班）"的事实难以更改，并不会诱发太多热情。很快，那点事实也被刻意回避，成为双方都不肯触及的敏感点，逐渐相看两生厌。因为，"你知道得太多了"！

更多的同学则表示力挺和支持。

他们或积极提供补充线索，或诚恳指出修正和完善建议，比如赵老六、琥子、老俞、三姐、东哥、星哥、小勤、伊万等；刘教员发来邮件，语重心长地阐述待商榷之处；宋教员帮着联系相熟的出版社；七姐还将书稿推荐给影视大腕朋友，之后歉然回复道，人家觉得没有强烈的戏剧冲突，很难改编……

足矣！

活出自我的念头越来越重。刚熬到三十年的最低退休年龄，就果断离开。一直梦寐以求、求而未得的身心自由虽迟但到。

我过上了想要的生活。

除重拾专业外，编公众号、发微信朋友圈、改几部回忆录、写游记代替了多年的劳形案牍，成为新常态。我整天游弋在文字的海洋里，乐不思归，全然忘却鬓边何时染了白霜。

2019年妈妈住院，因贪看打印稿差点忘了预约的检查。笑谈一番后，我才意识到，好像有件事搁置太久了。

忙东忙西，只是掩盖不想改文的借口。

负责审查单位内刊和官网内容是一名宣传部门领导的日常必修课。每期几十篇稿件，内容五花八门，质量良莠不齐。其中不乏逻辑混乱、词句枯涩、主题模糊的"佳作"，搞得我真是头疼眼花、哭笑不得。

事实屡屡证明，修改比重写更麻烦，我早有多年的心理阴影。

2020年年初，突如其来的新冠肺炎疫情改变了日常轨迹，许多原定计划受阻。大量闲暇中，改稿一事像浮在水面的乒乓球，越按越冒头。

是啊，人已半百如日过午，往后每一天都是余生最年轻的时候。在和时间的竞赛中，我早已失去重新站回起跑线的资格。

回头再看初稿，不忍卒读，各种嫌弃和遗憾。

尤其近几年零打碎敲地积攒了大量素材，也添了岁月强加的人生感悟。它们日复一日在脑子里发酵、膨胀、裂变，试图冲破多年来条条框框形成的藩篱，东碰西撞，努力从无处栖身的窘境中突围。

吹尽黄沙始见金。过着一地鸡毛的平淡日子，越发珍惜逝去的纯真时代。也许字里行间才是它们的最佳去处吧？

面对一座未知的险峻高山，畏惧犹疑、止步绕行是绝大多数人的选择。但是也有另类的孤勇者知难而上，用脚步丈量心，让身体和灵魂不再遥不可及，哪怕遭受误解、嘲笑、讥讽。

很不幸，我便是这种人。

很幸运，我偏是这种人。

说干就干，开工！

远在新疆的东哥和我同年退休。2021 年 5 月，他来了一趟惬意的两广行。我调侃他，终于不再发美容信息，频繁进行晨间轰炸了。

"你别每天憋在家里，出来走走。遇到不同的人，和他们聊一聊，就打开思路了。"听筒那端，海风很大。他难掩兴奋的声音被吹得破碎断续。

依我个人浅见，创作需要灵感。改稿则必须居于斗室，图的就是那份清静和专注。

身体坐在电脑前，心早已飘回渐渐淡然的岁月天空。慢慢地，它被往事充盈、浸润得鼓胀而平滑，再没了褶皱和伤痕。

彼时、此刻，心态完全不同。

2021 年 4 月的一天，正手指翻飞地忙碌着。鼻端嗅到一股特呛人的土腥气，好像从紧闭的门窗硬挤进来的。侧脸一看，晨练时还蓝汪汪的天色已然大变，笼罩着浊黄晦暗。

早有预报说从蒙古国要来一股强沙尘，加上大风兼花粉季助力，空气质量能好才怪。不过转换得如此之快，实在难以接受。

扭过头，眼不见为净。

在文字的世界，没有浊气、扬沙、尘埃、污渍和雾霾。

那里四季吹着清新的风，和煦的阳光一直映亮我们的绿军装和红肩章。

目录

辑一　入门篇

辑二　学习篇

辑三　生活篇

辑四　美食篇

辑五　人物篇

辑六　尾声篇

辑一

入门篇

慢目光

　　回忆只是一道目光，时不时地投向变成了内心存在的东西之上。

　　世间修行半生，本以为早已勘破世态人情。没想到还是被这句话轻易地穿透坚硬的铠甲，直戳心灵。它让我有机会认识了玛格丽特·尤瑟纳尔，一位生于比利时的法国著名作家、散文家和诗人。

　　我日渐衰退的记忆被这句话牵引着，回溯到她去世后的第二年：1988 年，夏。

　　　　记得早先少年时
　　　　大家诚诚恳恳
　　　　说一句是一句
　　　　…………
　　　　从前的日色变得慢
　　　　车，马，邮件都慢
　　　　一生只够爱一个人

　　　　　　　　　　　　——木心《从前慢》

是啊，从前慢，一切都慢。

宿舍楼旁边的空地上，一簇簇灿黄的蒲公英摇曳在温暖的春光里；夏风轻轻吹低操场跑道旁茂密的紫花苜蓿丛，还不忘给小草捎两句知心话；一轮橙色的夕阳斜挑在礼堂前两侧秋梧桐的梢头；飘舞的雪花无声旋落、堆积，颇有耐心地勾勒出冬日校园的模样。

白云悠悠拂过南山的树林；薄淡的青色炊烟从食堂的柱状砖砌烟囱中袅袅升起；鸟儿如精灵般"扑棱棱"振翅掠过明蓝色的天空；一排刚洗过的绿军装静静地晾在暖阳下，晶莹透亮的水珠"滴答滴答"地坠落；擦肩而过时，谁乌油油的秀发和花儿般红艳艳的脸庞抢着撞入眼帘……

听，耳畔隐约响起阵阵的浅笑低语，清脆如铃。看，那一道道熟悉的身形和年轻的面孔。还有，你我无意对视时慌乱躲闪的羞涩目光和怦然心动。

它们随着岁月一点一点地沉淀、定格、尘封、堆叠。往后余生，任我们从容咀嚼、回味、追忆……

这样的慢，真好。

一个叫谷水西的地方

2021 年，某个和平时一样轻松愉悦的春日。

不知怎么想到书名，随口默念几遍：谷水西的红肩章，谷水西的红肩章……嗯，确如一位经验丰富的从业朋友所断言的，太过平淡、没延展性、缺少噱头、很难发挥、做营销策划时不好找"点"。

各种说法极其委婉。

碍于情面，人家没好意思直接点破。敏感要强如我，却不能装傻回避一个事实：现今社会"病"得不轻。在追逐快餐式、碎片化信息为主流的大环境中，纸质书江河日下。有多少人肯挤出精力、财力、心力去读大部头？

关键是这些文字还出自普通草根而非需要挤破头排队求稿的名家之手。内容嘛，也和世仇、谋杀、情色、宫斗、架空、修仙、多角恋无关。类似用身体写作或剽窃无底线的炒作大法，委实学不来。再没个夺人眼球的好书名，市场前景指定黯淡。

谁看啊？

可是，我从小到大读过那么多经典小说，深知真正传世的佳作很少只凭名字取胜。

但行前路，无问西东。

努力让每粒文字带有温度，就好。

中原腹地、河南洛阳、涧西区、谷水西，学校所在地。

从火车站坐102路公交车可直达。先经过谷水站，之后是终点谷水西，抬头就能看到不远处立着的校门。

发现问题没？"上北下南、左西右东"的口诀在洛阳根本行不通。和大多数城市不同，它的地理方位恰巧颠倒了。噢，杭州也如此。难道是古都特点？

谷水这一地名到底源自何处？白上了四年学，连最基本的城市知识都没弄清楚。

后上网查询得知，"谷水"最早见于古籍《山海经》。北魏郦道元的《水经注》更是对它情有独钟，大书特书沿线人文景观和历史遗迹。

《尚书·禹贡》有云："伊、洛、瀍、涧既入于河。"等等，没谷水什么事啊？

又有知名学者说，涧河古称谷水。

不对！

有次班里组织野炊。沿着南山走了不少路，其中很长一段都贴着水边。那条才是涧河吧？

甚至当地土著也跳将出来，言之凿凿地称朱买臣马前泼水，与嫌贫爱富的改嫁前妻恩断意决。妇人悔不当初，哭闹不止，满腔苦水转音成了谷水。

我不信。

在浓郁历史气息无处不在的十三朝古都，这种胡编的市井传说明显违和啊！

算了，不再纠结于地名起源。拉回正题！

我对谷水最直观的印象莫过于热闹的集会。听说农村赶集都有固定时间，逢初一或十五。长于城市的我哪会知道这个，阴差阳错遇到一两回，很是大开眼界。

一个周末的上午，我洗完衣服、收拾停当。不想去图书馆和教室，正百无聊赖地在宿舍翻看闲书。偶然得知队部的出入证竟然还有多余的。可能哪位同学临时改变主意或提前销假，别人还能抓空再用。

遇此好事，岂能错过？时间紧，坐电车进城估计来不及。就附近逛逛吧，权当透个气！

好家伙，刚出校门没走几分钟，就看到路两边热闹非凡。

谷水的庙会集市规模大，频次多，品种全，内容丰富多彩。什么家具电器、服装鞋帽、日用百货、农产品、副食品、风味小吃，应有尽有……

眼见为实，真像书上说的一样。道路堵塞，摊位相邻，人潮涌动，挤挤挨挨。盛况空前呢！

受周遭气氛的强烈感染，我也身不由己，一头扎进人海。在混合汗臭、口臭、烟臭，果香、粉香、油香，笑声、喊声、叫声的喧闹中，逛得不亦乐乎。

也许对于高墙深院内、只管埋头读书的我们来说，这种散发浓浓烟火气的市井百态正巧迎合了内心需求。平日无从触摸，才具有无穷吸引力。

集市快散时，我才手拎"战利品"——一件套头衫，身疲腿软、心满意足地返校。按现在的说法，应该叫卫衣。淡紫色，薄绒质地。一只水墨画的老鹰正展翅俯冲而下。一眼相中，没还价。迫不及待地换上，自认很贴合青春勃发的桀骜与孤高。

　　上古多溪、泉、涧，以出处、途经地名之者，条目繁多。谷水，也作榖水、瀔水，汉字简化后统作"谷水"。实因来源大众，各地有之，以洛阳尤为著名。

闹了半天，"谷水"并非只有一处。
在我心里，它却是唯一。
当然，还有谷水西。

相逢是首歌

十六七岁离家后独立成长的四年，记录着隐藏在绿军装之下的别样青春。一圈看似不高却让人人以翻跨为能事的围墙隔离出占地颇多、自由颇少的专属领地，数千名活力飞扬的青年男女在此相识相处。

学院编制不庞杂。高高在上的各机关部门负责统揽院务、行政和后勤，教学和行政管理方面则分解到各系队。

全院有五个系，三大两小。

大系一般正常配置四个不同年级的学员队。比如，88级的三四百人就分布在三个大系里。我们是一系。三系集中了英、德、西等欧洲语种，四系则是日、越、韩、老挝、缅甸等东亚、东南亚国家语言的天下。

二系和五系比较特殊。前者由进修的干部学员和研究生组成。他们佩戴的校徽不同于我们的白底红字。后者为中文系，只有两个队。在外国语学院学中文？听上去有点无厘头。谬矣！要知道，这里负责为军委、总部、各军区报社培养过硬的笔杆子，后来也轮训外军军官。中文当属高大上级别的。

以操场为界，"西半球"为三、五系，"东半球"为一、二、四系。

　　一系俗称俄语系，一听就知道该系以什么语种为主。根据实际工作需要，当然也少不了蒙语、波斯语、土耳其语等。

　　2021年8月，看了一部合拍电影《波斯语课》，才记起当初系里确有此语种。

　　刚入校时，一位偶识的大四学长正是这个专业。他不知怎么打听到我家，突然登门拜访。对于客人不请自来的动机，爸妈也许早就洞若观火。他们用礼貌和客套巧妙掩饰了好奇。懵懂的我对学长的心事一无所知。两人相顾无言，沉默慢慢酝酿出尴尬。

　　气氛怎"别扭"二字了得！

　　在我们系，四个学员队并不按年级高低排序。比我们早一年的87级是三队没错，但一队却是86级，二队是即将毕业离校的85级。

　　全队共140多人。比"一起扛过枪"更亲密的关系，是除去寒暑假和语言实习、社会实践外的几乎天天见。

　　一群来自不同家庭，拥有不同经历、不同性格的鲜活生命体，同吃同住同学习同劳动同训练，让青春的这场相识不因时光磨蚀而产生丝毫陌生感。

　　我们朝夕陪伴，共同走过四个春夏秋冬，彼此见证着所有的故事……

　　公正地说，被绿树繁花包拥的校园环境美得无可匹敌。宿舍、教学楼、图书馆、食堂、俱乐部、操场，处处洁净肃穆、宽敞通达。春天五彩吐艳，夏天绿意掩映，秋天落叶融金，冬天瑞雪皑皑。

让人难忘。

可是……

刚来没多久，毫无征兆地被剪去一直珍爱的长辫。熄灯后的宿舍里，有人想家了，把脸偷偷埋进被子里哭，很快暗夜里的小声啜泣开始传染。趴在中央大道梧桐树下的土台练习瞄准，正逢生理期，小腹翻搅、坠痛，浑身直冒冷汗，保持不变的姿势，几个小时。身下垫的雨衣根本隔绝不了地面湿寒，纸上的暗红色血块让我触目惊心……

这些更难忘。

比起按自然规律轮转的风景，后者的动态变化更具记忆优势。它们有感觉有情绪，是时间亲手烙下的特殊痕迹，却很难被自身修复如初。

曾看过一本畅销书，作者毕业于南京一所军事政治院校。这种身份极易引起我们这些同龄人、同类型人、同经历人的共鸣。可惜，来自一点生活的艺术比生活高出太多点。纤丽细腻的文笔掩饰不了刻意浪漫与煽情造就的硬伤，导致角色苍白单薄，情节失真、毫无逻辑。

勉强读到最后，就此撂手。

还不如1997年热播的《红十字方队》。性格迥异的人物塑造和似曾相识的剧情让我深陷其中，百看不厌。当时我们已经被命运之手随意播撒在天涯。可是它带来的认同与冲击却让我觉得，其实我们相距并不遥远。

看来，无论是现实生活还是虚构的创作，严格的纪律和校规都无法完全磨平人性的棱角。

　　同样有血有肉的片段，同样朝气蓬勃的青春，同样含泪带笑的成长，同样难以磨灭的烙印。

　　　　你曾对我说
　　　　相逢是首歌
　　　　眼睛是春天的海
　　　　青春是绿色的河
　　　　相逢是首歌
　　　　同行是你和我
　　　　心儿是年轻的太阳
　　　　真诚也活泼
　　　　…………

　　一种无须强加的沉浸式感动，一段你知我知的集体共情，一首瞬间让人流泪的青春之歌。

　　他和她是一代代军校生的缩影。

　　那种青涩的模样、刻骨的悲喜、纯真的情怀和滚烫的热血，我和我的同学们也有。

人啊人

开学后不久，同年级的三个学员队有次一起上大课。

阶梯教室大、高、阔、通，被几条横竖相通的过道划分成块。和电影院一样，由低到高都是可掀起的连排木椅。三百多人集中就座后，仍显得空荡荡，就像没剩几颗牙的老人。

课间休息，半小时左右。

我懒得离开座位，正望着一缕偷偷溜进来的秋阳发呆。

突然，耳边有人问："你家郑州哩?"

"啊，对。"我坐直身体。

"我也是，咱俩老乡。市里的?"

"嗯。"

"哪个区?"

"金水。"

"噢——"对方拖着一丝颇具意味的长音。思忖片刻后，紧接着问："你爸妈干啥的?"

"在省政府工作。"

他沉默了一会儿，笑意再次浮在脸上。

"你那个区挺好，都是干部，当官的。我家在上街，就一个铝厂，跟农村差不多，可没意思。"

瞬间我懂了他的沉默。

原来在有些人眼里，仅凭地域就能分出三六九等。

金水区，20世纪八九十年代河南省委、省政府及一众直属机关的聚集地，当之无愧的行政中心。

多年以后，和中学好友聊天。他笑着提及班主任的"名言"："出校门后，往右拐的还可能考上大学。你们往左拐的就别指望了！"右，金水区。左，管城区和二七区。

呵，同在一座城市，还有差别！这倒和眼前老乡的想法不谋而合。

在这方面，我绝对属于后知后觉的迟钝型，从没当回事。

李家的子女教育理念一贯强调学习至上。品格养成中，以正直善良为荣，以奸猾阴损为耻。所以，爸妈一生不势利不钻营不谄媚，他们最为推崇的个人标签也是知识分子远甚于省厅局级干部。我身边同学的家长在公安厅、人事厅、政法委等单位工作甚至担任领导的，不在少数啊！大家一起上课、锻炼、写作业、做游戏。唱歌时比着嗓门大，跑步时你追我撵，犯错了都要挨罚写检查，没觉得谁更特殊。

此刻，面对男生审户口般的连珠炮问题，我保持着礼貌性微笑，勉强敷衍着。

"你家有当兵的？"

"没有。"

"那你咋上军校？"

"嗯，这个……"我被问住了，顿时语塞并陷入认真思考。

还真是，从来没琢磨过呢！

我的犹疑猛地激活他的兴奋点。他用左胳膊撑住桌板，略侧过身对着我。一口"豫普"滔滔不绝，娓娓道来。

"我了解过，上军校的大概有几种情况。一部分是家里有当兵的，爷爷、爸爸、叔伯或者远近亲戚；一部分农村的，生活条件不太好，冲着国家负担所有费用，每月还发津贴；剩下的就是你这种，啥都不了解，稀里糊涂就考来了。"

他的圆脸上堆满洞悉一切的自信和为人师的自得，耐心指点着我这个无知"菜鸟"。

我们同年同月同地同校入伍入学。

刚才，不请自来的他主动从东南亚语系的区域找过来，并紧邻我坐下。于是有了上述对话。

印象太过深刻。什么时候回想起来，那一幕都是鲜活的情景再现，无杜撰、无改动、无夸张、无遗漏。

我总想，这位攀谈的"老乡""老师"应该是哪类人呢？

穿过黑发的谁的手

是啊，我干吗要上军校？

也许，一切记忆的开端，有情的、无情的、含笑的、带泪的、痛苦的、甜蜜的……都要从那根光滑黑亮的发辫说起。所有的喜怒哀乐也一并编入青丝，坠在脑后，沉甸甸的，顺便将那些不复回头的画面拉入晦明难测。

发生惨剧的夏日清晨，我才一岁多。

打小就反应灵敏的我由于过分灵敏，在听到爸爸饭勺碰锅盖的"当啷"声时，猛一扭身，从他怀里直接滑入刚撤下火的铝锅。锅里的面汤正咕嘟着泡，热气滚滚蒸腾。被吓蒙的，除了哇哇大哭的我和不知所措的爸爸，还有闻声冲出屋门的妈妈。他们赶紧把我捞出，一番冲洗涮。

我的稚嫩小命得以保全，只是烫出满头大水泡。整日奄奄一息，水米不进。爸妈负疚极了，极尽照拂之能事。他们不分昼夜地打扇擦拭，外加抹尿碱涂獾油擦紫药水照碘钨灯。

最终皆大欢喜。

面没换，头倒是改了。

苍天怜惜我，给予额外恩赏以作补偿：原本的细软黄毛历劫重生后，全部升级为豪华顶配版的粗黑青丝。

小时候，苦夏难挨。家里除了大蒲扇，别无纳凉神器。我们兄妹身上包括头发缝都长满痱子，一片一片，又红又痒。为了扑粉方便，爸妈给我们一律理成秃瓢。

上中学之前，齐眉娃娃头是我的固定发式。妈妈总夸："配上黑逗号一样的大眼睛，猛一看，就像日本小姑娘。"

后来，晚熟的爱美之心开始复苏。我也和同龄女生一样，慢慢喜欢上长发。

岁月，溜着溜着就短了；秀发，留着留着就长了。

梳头是个麻烦事，费时费力。

起初自己不会，全由妈妈一手操办。每天早晨上学前的时间很紧张。我这边还睡眼惺忪、站着打晃呢，妈妈早扎好架势，准备大显身手。

她先将橡皮筋薅下来，拿木梳插进乱发一通挠扯。再摊开手掌，虚握成半圆，将头发拢入其中，收紧成束。又梳几下，把周围不听话的爹毛碎发顺进去。最后用皮筋勒紧，再劈成两半，左右一分，让它们更紧贴发根。

整套动作干脆利落、行云流水。几十秒，齐活！

头皮紧来发根疼的我立马清醒。

"吃现成的别挑嘴。"爸爸挂嘴边的家训。同理，梳现成的别嫌疼。不敢抱怨，我忍、我忍，直到无法再忍。

受罪与享受之间，只隔了一项梳头技能。

我开始虚心向妈妈请教。没辙，聪明人学什么都快。从最初的歪歪扭扭到逐渐的匀称不乱，没费几天时间。生性厌烦管束的我终于做了自己头发的主人。

　　打那以后，不管是一边一个的小刷子、高高晃悠的马尾，还是双辫、独根、三股、五股，各种发式得心应手。

　　早在高二下半年文理分班时，就隐约嗅到紧张备考的气息。

　　全年级共八个班。我们作为唯一的文科班，本身就有七十多人，再加上后来的插班生、复读生，规模宏大。

　　想学的、厌学的、随大流的、无所谓的；志在必得的、撞大运的、顺其自然的、只图毕业证的……不一而足，千差万别。

　　之前我的成绩不过排第五到十名，远称不上尖子生。语、英、史三科绝对占优，数学、地理、物理要差一些。尤其碰到什么"气旋""反气旋""洋流""右手定律""左手定律"，我绝对被秒杀，只剩无助惶恐，在风中凌乱。

　　还有可怕的立体几何。

　　只要一看到留平头、戴眼镜的数学老师夹着大号木制三角板和量角器踱进教室，我的身体便自动进入抗拒模式：呼吸受阻、眼睛发花、头变两个大。

　　他操着南方口音，笑眯眯地注视讲台下，循循善诱道："同学们仔细看噢，钢铆钉的钉头（老师读 dòu）是六边形。""在棱锥体里面削个圆球，最大面积可以是多少？"

　　天哪，我可怜的脑细胞就是鏖战三天三夜，全部捐躯累死，也弄不明白啊！

　　还有，一个水池，面积多大。如果进水管和出水管同时打开，多长时间能灌满？谁吃饱了撑的，尽出脑残题！

　　2020 年 12 月，和连城聊天。我笑着提起几十年后仍残留阴影的这类题。

"哈，现在都改手机了。充电多久、用光电多久。如果一边充、一边耗，充满需要多长时间?"

妈呀，什么叫"与时俱进"，这就是!

阴影依旧在，几代学童苦。

正式分班后，我准备集中力量，攻克难关。

"长头发吸收营养。你学文科，背记的东西太多，会受影响。还是剪了吧!"望女成凤的妈妈屡次表示担忧。

"放心! 留着它，我也能考上大学。"我不知打哪儿来的自信。

一尺多长的粗黑发辫垂在后背上。随着轻快的步伐，在此起彼伏的校园铃声里，轻摇出活力韵致和对未来的憧憬。

炼狱

现在，想上大学很简单。不只高考一条路，自考、电大、在职等形式多样。应试人群也不再局限于校园，而是覆盖整个社会。就连次数，也可一年两考。

2021年6月，高考刚结束。几年前在市直党校认识的杜同学发来一张图表，我好奇地瞅了瞅：1988年录取比例为24.63%。从1993年之后攀升势头不减，直到2018年的81.13%！！！嚯，瞧这"就怕你上不了大学"的人文关怀！难怪造就了满坑满谷的本科生。用人单位和社会都评价文凭含金量越来越低，充其量不过早年间高中毕业水平。

此外，还有一些闻所未闻的新兴学校。名头五花八门，响亮气派，一股掩饰不住的野鸡味，和方鸿渐的"克莱登大学"难分伯仲。

接下来，不妨回顾一下20世纪80年代末的高考环境，以佐证我选择军校的偶然与必然性。

当时，既无扩招一说，"拼爹""冒名""改档案""高考移民"的歪风邪气也未盛行，暗箱操作或自主招生的把戏还没登堂入室，社会上兴趣班、课外班、提升班、"一对一"辅导远未遍地开花，大家基本以在校学习为主。

高考仍保留着相对公正性，绝对是一场发生在个体之间、心理与生理的无形较量和拼搏。

煎熬着，煎熬着，春天，不不不，是高考的脚步近了。

天越来越热，心越来越沉。

偌大的教室没有空调，半死不活的吊扇根本搅不动凝滞的空气。汗津津的胳膊经常粘住课本和试题纸，偶尔还蹭上几条蓝色钢笔道。衣服洇出一大片湿印，又被体温焐干，边缘处会结成白花花的汗碱。

往返学校的路上，人民路遮天蔽日的梧桐树很贴心地挡住了头顶的灼热，却架不住蒸烫的热气从晒软的地面上升腾，气势汹汹地直扑全身。

比起紧张的态势，外在环境都能忽略不计。

谁都清楚，一年中最酷热的"黑七月"三天无疑决定了云泥殊途。每具十七八岁的稚嫩身体不仅背负着能否跃龙门的个人命运转机，还有家长亲友的脸面和期待。

如果生不逢时，投胎在河南、山东、安徽这类自身院校特别少的省份，我只能以亲身经历道声同情和珍重。

像什么呢？千军万马争着过独木桥。你想杀出一条血路，必须随时提防密匝匝的贴身队友。没准儿他会趁你不备，踢过一脚或飞来一刀。

就这么惨烈、决绝！

当年能金榜题名，固然好。一则从此脱离苦海，前途一片光明；二来对苦苦守盼的父母有了交代。他们终于可以骄傲地在同事邻居之间炫耀，接受或真心或假意的祝贺。

如果不幸失手落榜，就请你揣着一颗不甘、后悔、沮丧的心，顶着一项由好奇、嘲笑和冷眼编织的巨型无影帽，加入下届队伍中复读吧！一雪前耻，倒罢，迟来的喜悦能化解所有的委屈和煎熬。但万一第二年、第三年又名落孙山呢？反正我见过心理承受力最强的同学，连考三年未中，不知最终是否圆梦。

高三，见证奇迹的时刻来了。

在一众年富力强的班主任当中，到我们"独苗"文科班走马上任的郭老师绝对称得上"非主流"。年岁长、资历老，还不教主课，是一名体育老师！他满脸皱纹，一头白发，走路略有点罗圈儿。可能正是他众所周知的不苟言笑，才被学校委以重任。

郭老师的妻子姓陈，教历史。她身高体壮，声音洪亮。不是一家人，不进一家门。陈老师也是每天习惯性板着脸孔，很少有笑模样。

但历史是咱的强项啊！甭管画的重点还是冷僻旁门知识，全都记得滚瓜烂熟。比如，孙思邈的生卒年是公元581到682；黄巾军起义的歌谣是"小民发如韭，剪复生，头如鸡，割复鸣。吏不必畏，从来必可轻"之类。成绩好的学生，老师绝对喜欢，根本不可能给脸色看，所以威严的陈老师对我很和气。

第一次上交周记。郭老师对我自创的格言"自强不息、自信不息"大为赞赏，画上了醒目的红线和惊叹号。

此举让我受宠若惊，迅速激发身体里的小宇宙，自觉自愿地将背负的压力质变为动力。

可能深受爸妈遗传或家教影响，对我来说，学习原本也不是苦差事。从懵然无知到茅塞顿开再到醍醐灌顶，最终涤荡心灵，大有身居斗室、心行天下的真实快乐。

响鼓何需重锤敲？不待扬鞭自奋蹄！宝剑锋从磨砺出，梅花香自苦寒来。科学有险阻，苦战能过关……

为高考，拼了！

总之，我就像上了发条的机器，越学越来劲、越考越精神。信心倍增、如鱼得水。

如果说诀窍，无它，唯取长补短尔。对于强项课程，我都争取发挥到最好，不留遗憾。取来"长"，以弥补数学的短。不易，却从未失手过。

每次英语或历史老师抱着批改后的试卷进教室，我都满怀期待，知道高光时刻即将到来。老师们习惯按分数高低念名字。第一个站起来的我佯装平静，拼命掩饰喜悦和骄傲。但一甩一甩的马尾辫还是将真实内心出卖了。用同桌左左的话来说："神气活现的，像只骄傲的小公鸡。"

公鸡？呃，性别有误，比喻倒形象。

反正从高三起，我便牢牢焊在第一名的位置上。无论期中考、临时考、摸底考、模拟考，任七八十人轮番上阵挑战，动摇不了分毫。

撼山易，撼本姑娘难。

我们并没有什么不同

2020 年 7 月 31 日，七姐估计深有同感，在群里发了张高考地域图。被围在当中的唯一黑色"重灾区"醒目而熟悉。

那是 1988 年我们的共同户籍地——河南。

我发文评价："悔不当初……"

悔的是当年懵懂无知，正直的父母也学不来变通。倘若在原籍辽宁高考，不仅难度降低，入校后也不会面临改学新语种的压力。爸爸读小学时，跟风瞎闹的从众心理让他全然忘却始自太奶的满族血统，信手在登记表上写下"汉"，我们和后代就此失去了政策加分红利。

唉，本该享受"天堂"优惠，却一头冲进"炼狱"。

妈妈单位有位憨声大嗓、体格壮硕、胡子拉碴的叔叔，老家在最招黑的某地，普遍风评为"坏人扎堆、孬点损招频出"。一方水土养一方人，生于斯长于斯的叔叔果然头脑活络。不仅成功鼓捣到内蒙古高考，还把民族改成自己都念不囫囵的"达斡尔族"。加分没商量！

"可难了俺们。姐，当初你在哪块考的学？"

"河南。"

"这俩地方，唉……"

"哈哈哈，别说了。懂，都懂！"

2021年3月，"80后"小兄弟受托送我去济南高铁站。最后话别时，我们在此问题上产生了共鸣。空气中有惺惺相惜的味儿了。

将图转发连城，他笑了：他的籍贯轻飘地排在榜首。而我的，沉重地拖在最后。

"想当年，我能考上大学多难！河南啊，重灾区，竞争惨烈。容易吗？郑州考区英语第六名。"好女必提当年勇，我不禁自我表扬。

"我也是月坛中学的高考状元！"连城弱弱地声明。

"那才证明你傻！守着北京那么多好学校还往外考。可我连外经贸都不敢报。现在后悔吧？"

"要是没上工院，咱们怎么能毕业后都分到村里？这辈子不就遇不到了？"

好吧，我承认：虚荣心被工科生难得的甜言蜜语击中了。

实际上，在当时那种大环境，除了咬牙苦读，没别的捷径改变命运。区域导致的难易差异确实存在，但个人不努力也白搭。

即使坐拥户籍优势的连城也不能坐等天上掉下录取通知书，必须真刀真枪地认真学习。

上育民小学时，我属于被老师另眼相看、广电局子弟"之外的"少数。如果以高考为界，将学生们分成两类：考不上的、考不上以外的。那我还是"以外的"，只是足以扬眉吐气、荣耀一生。

我的大多数同学都名落孙山。二炮的孩子居多，他们就顺理成章当兵了。战士考学、当军官。

我是1988年的月中状元，这要得益于高中三年的后发优势。我初中时学习不算优秀，也就中等偏上。但是一上高中，尤其高二文理分科后，我的数学优势开始明显，理化成绩也不错，还当过物理课代表。

高中班主任是赵自钧老师，教数学。不管别人怎么评价他，对我来说他绝对是恩师。军校同学李航的爸爸是我中学六年的体育老师，海城人，身材高大。

1989年夏，我去李老师家时还听他讲过赵老师的"寻子历险记"。在那个不平静之夜，赵老师半蹲下身体，推着自行车，左顾右盼、小心翼翼地穿过长安街，去找失联的儿子。想象一下吧，那个场景，活灵活现！

高中英语老师叫王珊。我去过她家，是个平房。王老师对我的英语学习意义重大。我最大的收获就是敢开口，不怕人笑话。我小学没开英语课，初中是哑巴英语。高中了，王老师让我们每天英语 on duty（值日），逼着大家张嘴。为了这个你就得头天准备，不然站起来结结巴巴的，丢人。

王珊老师的哥哥当时是清华大学自动化系的主任，还组织我们去参观。人家说小孩子在美国不会英语没关系。在一起玩，叫着"jump-jump"（腿上跳）自然就会说听懂了。对于我这种压根够不着海外关系的普通人家子弟来说，无疑是天方夜谭。

　　高中物理杨老师也是女的，五十多岁，快退休了。胖、高血压，家住北师大。和大姐家在一个大院，我曾经顺便去拜访过杨老师。她家里书特多。

　　杨老师对我这个课代表很严厉。高三"二模"时我物理考了四十几分。她说"不用考大学了"。不知是恨铁不成钢还是激将法，甭管哪种，反正起作用了。我脸皮薄，被老师这么说，还不得用功读书啊！

战场

渴望、期待与忐忑中，头一年我哥享受的"国宝"级待遇毫无悬念地轮到了我。

爸妈力所能及地保障物资供给。买回蜂王浆、橘子粉、奶糖、饼干等一堆食品后，统统放入"备考房"。哥哥住校后，那里顺理成章地由我使用。

家里还特意每天订半斤牛奶让我补充营养。层层关爱中，没人记得那是我的忌口。

近一年的时间，爸妈脸上始终带着慈祥、和善的笑。仔细看，那笑里有小心翼翼、不安、宽容和期冀。他们在家说话、走路、做家务时，压低音量，放轻动作，生怕干扰我。

"没事，放松心态，好好准备。"

"不行就明年再来，反正你年纪也小。"

"正常发挥，肯定没问题，别给自己太大压力。"

即使如此，我还是寝食难安。爸妈在家属院的脸面、根植于心的"学习才是王道"理念加上头一年哥哥的闯关成功，这些形成方方面面的包夹，逼得我身陷绝地，无路可退。

"志在必得"四个字如融入血液，直抵心脏，和它一起跳动。

1988 年 7 月，正是汪浙成、温小钰笔下的那种苦夏。

知了躲在人民路铺天盖地的法国梧桐叶片之间，扯着嗓门大声嘶鸣。最热的三天毫不留情地如期到来。

每天清晨，在我面对丰盛的早餐食不知味时，妈妈悄悄整理好准考证和必备文具。然后她坐在桌边，很有耐心地劝我多吃一些。临出门前，母女俩相互提醒物品。妈妈再骑上车，安全准时地把我送到离家很远的九中考点。

为节省往返时间，午饭在我爸单位——省工商局解决。根据我的喜好，爸爸请食堂范师傅精心开了小灶。我一家人的紧张情绪估计没掩饰好，感染到了旁人。奉命送菜来的小范手足无措，终于打翻了我最喜欢的烧茄子。他羞红了脸，我却无端轻松起来。

一件素雅漂亮的幸运裙陪伴了我重要的人生时刻。深蓝色，的确良面料。除领口和袖端，脖颈下方也镶着长条褶皱白花边，上面有几粒亮晶晶的装饰扣。

考完最后一科，起身走出教室的瞬间，长吁一口气，感觉释放了所有压力。从我上中学后，它一直如影随形。像块脏黑黏腻的膏药，糊住了我渴望的明媚天空。

相比之下，随后郑州高考史上第一次为外语类考生增设的口试就算即兴加演。"搂草打兔子——捎带手"的事，完全不用殚精竭虑地做准备。

自我感觉发挥正常。

猛吃猛睡了一段时间之后，爸妈慷慨允诺，他们卧室里、那个我觊觎已久的宝贝书柜随时开放。

真乃大快人心的英明决定！

每天我抱着小说窝进沙发，累了就去阳台远眺街景，或者下楼转转。也实现了电视自由。再也不再用像以往那样，全年受限，只有大年三十到初五才能如此随意。

日子过得简直如神仙般逍遥。

我爸还不时从单位借书回来。其中有套三部的《狄公断狱大观》。七八成新，纸张雪白平滑，质地细腻薄软，装帧古朴大方。

刚拿到书，我还纳闷呢：封面的作者后面怎么标注"荷"？高罗佩，这不地道的中国人名字嘛！行文之间，从服饰、建筑、风俗、景物到语言、心理活动、推理情节，足证作者对历史沿革、民族文化的谙熟和自如运用。一般的本土作家也未必能如此出色，怎么可能出自老外之手？

长大后方知，高罗佩是著名的汉学家、外交官，通晓多门外语。具体呢？十五门！搁现在，妥妥的一位学霸啊！对中国文化崇尚备至的他练得一笔好字，操得一手妙琴，还是张之洞的外孙女婿。难怪呢，这个没异心的"非我族类"下笔如有神助。书里一些细致入微的情感描写对情窦初开的我来说更具吸引力。

那些天我基本"长"在了客厅沙发上。舒服地半躺着，手不释卷，如饥似渴、废寝忘食。随着引人入胜的故事展开，自己不知不觉地沉浸其中。

家里只我一人，各间屋门洞开。偶尔小南屋的门帘被风一吹，影影绰绰的，我都会无端吓一跳。心慌气短，死死地将后背抵住长沙发。眼睛东张西望，想看又不敢看，巴不得家人赶紧回来。

一段惬意的"恐怖"时光插上翅膀般飞逝而过。

全套书快看完时，该估分了。

那是一个风和日丽的下午，阳光不再炽烈。

妈妈将空白试卷与标准答案合并装订的大折叠册、铅笔、白纸搁在阳台的木椅上，又打开一瓶浓稠的浅绿色猕猴桃汽水，面色忐忑又故作镇定地离开了。

我坐在小板凳上，放空杂念，集中精神。假装再次置身考场，回忆当初每道题是如何作答的。写下来，再对照答案打分、计算。不时拿起瓶子美美地喝两口。对的喜悦与错的沮丧交替出现，前者居多。

除了独辟蹊径写成记叙文的《习惯》悬在高低两极之间无法估算，其他各科成绩远超心理预期。

我再次被幸运之神垂青，剑走偏锋的作文斩获高分。最终总成绩和估算只差一分，还没加上市级三好学生的奖励。

高考，完胜。

一念，半生

停电让夏夜更添闷热。

饭桌上的空墨水瓶里插着一根白蜡烛，一小团淡黄色光晕映衬出周边的黑暗。套用川端康成《雪国》那句话来说，"夜的底部变黄了"。

爸妈和亲自登门的班主任老师围着志愿表，面色凝重地反复斟酌。他们就连呼吸都是小心翼翼的，生怕扰动了本就四处乱晃的烛头。

像河南这样考生众多、院校又很少的省，填报志愿并不比考试轻松。如果第一志愿报得太高没录上，极有可能直降大专。还不如稳妥谨慎地报个匹配度高的院校。

什么二本、三本？根本没这一说！

考虑到文科本身就比理科选余地少，三人组充分意识到了重要性和科学性，在精挑细选普通院校的同时，全面撒网。甭管提前录取的军校、警校、师范，还是八竿子打不着的矿业、农林、海洋，统统来一个。多重保险嘛！

一派庄重和虔诚中，我一生最关键的转折点就此决定。

本身对上军校没抱什么希望。一则缺乏环境熏陶。舅爷没调到省委组织部当部长之前，郑州只我们一家人，无亲无故。

爸妈都是信奉"唯有读书高"的知识分子兼循规蹈矩的机关人员，和部队扯不上半点关系。

二则，我几百度的大近视眼也不符合要求。在高炮学院附属医院体检时，大夫手里的小棍往下多划拉几行，我都看不清。军人，没有好视力怎么保家卫国？不耽误事吗？

我最想上北京的对外经济贸易大学在河南省仅招两三人，女生仅一名。没有十足把握，最终首选了广州对外贸易学院（现广东外语外贸大学）。

我的总分远远超出该校往年录取线，具有绝对优势，十拿九稳。

爸妈已做好我去南方读书的各方面准备。铁了心要省吃俭用，拿出一份工资做学费。还提前拜托在那里的同事，请他关照我的学习和生活。

钟爱的长辫躲过了高考的威胁，最终没能逃过命定的一剪"没"。那是后话。

八月初，命运开始恶作剧地撇嘴一笑。

解放军外国语学院的录取通知书到了。简约朴素，瘦长硬挺。这抹烫有金字的大红硬生生地将我推向一条绿色之路，彻底断了我与地方大学的缘分。

"考上本科了，多好！"在爸妈的自豪眼神和邻居亲友的赞扬声里，懵懂单纯的我根本没意识到，军地的本科反差有多大。

轻飘飘的稚嫩心灵难以承受之"重"就在前面等着我。同样的四年，注定不会那么恣肆飞扬。

一切只是开始。

人生就此完全改了方向。

当然，连城也是。

　　我们北京是"先报后考"，即四五月份时就按照"提前录取"、"第一批录取"（相当于现在的一本）、"第二批录取"……的批次填报志愿。

　　青春期叛逆的我一门心思想离开家、离开北京。我很迷军校。记得好像1987年高考后某天的《北京晚报》头版，有篇《不当檐前燕雀》，说的一个考上石家庄陆军学院的考生事迹。

　　当时"两山"作战还在持续之中，英雄徐良上了春晚。十八岁的我对于当兵参军有种莫名的向往。可惜那年志愿里没有陆军学院，否则我一定报。

　　我翻过来倒过去地从一沓"厚报纸"里挑出来两所军校备选：实际填报的解放军信息工程学院数字通信专业，还有解放军通信工程学院。比较之后，感觉"信息""数字通信"更让人捉摸不透、更高大上。说实话，我连学校在哪里都不知道，反正肯定不在北京！

　　至于地方院校，我"第一批录取"填的是南京航空学院工业与民用建筑专业（简称"工民建"），"第二批录取"填了北京建工学院的"工民建"专业。之所以都填工民建"，说明我那会儿对盖房子相当有兴趣。如果真学了这个专业，1992年毕业应该正好契合中国房地产市场迅猛发展的节奏。莫不是未卜先知?！"第二批录取"之后的"大专"没有填。自个儿心气挺高的，只想上本科。

高考分数出来了，548，高于当年北京大学在京录取理科分数线，当然也是后来才知道的。

可惜，军校有权优先调档、提前录取，所以我得偿心愿，进了解放军信息工程学院的大门，从而决定了我往后的成长道路。唉，人生转折处确实只有几点，可不得慎之又慎乎?!

入学后才知道，它原来叫"解放军工程技术学院"，1988年改的名字。那年暑假，刚做好的校门上是张爱萍将军题写的新校名。上届学员的白底红字校徽还用的老名。

当时经常拉部队帮助地方建设，就是使用免费劳动力。因为"工程技术"四个字，地方政府在军民共建基础设施时要求我们学校多多干活儿，说："他们是工程兵，有大型机械!"真是天大的冤枉。

解放军早先是有铁道兵和基建工程兵这两大兵种。1985年百万大裁军取消了。我们真心不是工程兵，是1978年洛阳的解放军外国语学院数学系搬到郑州才建的校。

好像是8月中旬吧，学校来电话，让去拿录取通知书。我骑车到了传达室，见到一个牛皮纸信封。寄信人地址前有个括号，看到里边"郑州"两字，我才知道学校在哪儿。体育李老师的儿子李航也被录取了。他后来到我家串门，商量一起去报到。

渊源

一路走来，"两耳不闻窗外事，一心只读圣贤书"。

高中时，我哥上同校的 87 级理科重点班。他班里有位很帅的刘姓男生，曾不知死活地将一张字条千辛万苦转交给我。我随手丢进书包，不幸被妈妈"无意"发现。

在一个夜朦胧、灯朦胧的晚上，妈妈郑重其事、苦口婆心地把我教育一番。唉，疑似早恋就这样被扼杀了。我又羞又臊，恨不得找个地缝钻进去。

平时在饭桌上，听爸妈讲讲老家旧事或单位的人情恩怨、口角是非，权当佐餐。

没网络没手机，对外部世界的了解肯定少得可怜，更别提这所军校了。除了通知书上的简单介绍，一无所知。

有些同学则不然。好歹家里有人当过兵或干脆属于"内部的"，曲里拐弯地也能略知一二。

我呢？甭管远的近的、亲戚还是朋友，上下左右扒拉一圈，除了我爸的大舅当年跟着四野打过海南，三舅在原沈阳军区后勤部营房总队开过车，勉强算沾点部队的边。其他的，挨都挨不上。

可我也不曾亲眼见过他们二老，接受过耳提面命啊！

　　如果硬要说对部队有丁点印象，那就是每次经过省军区时大门口直立的哨兵，还有……

　　高中时，我家住人民路，紧邻河南人民大会堂、省军区、省博物馆和紫荆山公园，绝对的黄金地段。

　　出门不远，往北走几分钟就来到金水河堤。岸那边是省委省政府的高干住宅楼。

　　快到河中段，有一处警卫战士们住的长条平房，地势较低，猫下腰也很难看清里面。一扇扇窄小的窗像张开的嘴，四四方方。水泥台上晾晒着一溜儿黄绿色的解放鞋，代替主人坦然迎接着来来往往的脚步。

　　2021年3月，在经常光顾的美发店，相熟多年的"托尼老师"对八竿子打不着的部队都有深刻印象呢！他拿出手机划拉一番，指给我看小学毕业照里最边上的小女孩。

　　"我说过，她家在海浪机场。她到门口，一说我爸是谁谁谁，人家就让进。我们也不懂啊，跟着学'我爸是谁谁谁'，一个字都不差，结果站岗的把我们轰走了。有时我壮着胆，使劲蹬车往里跑。院里可大了，有操场、训练用的器械。菜地里还种了胡萝卜。我们就偷，事实上和家里的没区别。只是紧张刺激得来的，蒸着吃，感觉味道挺甜。"

　　相比之下，连城比我强点。

　　在我们"70后"的童年爱国主义教育中，《南征北战》《上甘岭》《平原游击队》《地雷战》等战争片担负了重要角色。尤其对男孩影响更大，都喜欢玩刀枪弹弓之类和打仗的游戏。

我爸打小挺疼我，给我买过一个两块五的铁盒子枪，还配个子弹夹。里面装着塑料子弹，跟"开塞露"似的。枪能把子弹打得老远，比我两个哥哥可阔气多了。两块五，巨款！

连城还有一张颇具时代特点的七周岁生日照：圆脸、细眼、招风大耳朵。头戴无檐帽，身穿水兵服，腰系小腰带。他背着道具枪，站得笔管条直，神态端正。活脱脱一个英姿飒爽的小海军。

灰楼门口不是有武警站岗吗？不对，当时都是解放军，还没有武警呢。他们有个传达室，里面居然有台彩色电视机，20世纪70年代，彩电！

解放军还在旁边的小树林训练。练什么啊？挖个坑，把那个座儿坐里面，练习操作迫击炮，还用一颗教练弹比画。我们这帮小孩就和当兵的套瓷，看那个教练弹，类似后来在部队投掷过的假手榴弹。

我二哥1976年到1980年在北海舰队当兵，从西四156中学走的。那会儿没有高考，1977年才恢复的。我二哥当兵应该在冬天。我记得戴的棉帽子。发军装之后还照相。没有领章帽徽，找人借的。谁呢？哈哈哈，我！就我手里有帽徽、领章，电影《芳华》里那种。平时朝当兵的亲戚们要人家富余的。二哥要借，我还挺不情愿。

二哥自己说是1977年1月离开家的，半年多就有机会回来了一趟。他和他们领导到百货大楼买电视，我爸热情招待。罗马尼亚产的黑白电视，个头很大，电子管，19 英寸。不好买，得找关系。我二哥当兵吃海灶、穿呢子水兵服。带回家那罐头，牛肉的，特别好吃。打开之后，上面一层黄油。都是大肉块子，一起炖点土豆、白菜什么的。

1980 年，有个礼拜天。我当时还和我爸妈一起睡呢！有人敲门。嗨，二哥复员回来了，个人物品用两个炮弹箱装着。箱子是松木的，用它给家里打了一个"一头沉"的柜子。质量可好了，一直用到现在。

二哥复员时穿的普通布料军装。水兵裤不是那种斜开门的阿姨裤吗？后来就找裁缝改成正常便服了。

要是他当年留在部队提干，肯定比现在要好得多。没准儿我也能沾点大院亲戚的光。

不过，再后悔有什么用？命里早定好了。

杏，幸？

第一句至理名言：世上没有后悔药。

第二句至理名言：无知者无畏。

分别说的是我和连城。

人民路 14 号院 12 号（后改为 13 号）楼五层、最靠西的拐角房间。

纸上摊放着几十枚熟透的杏子，通体金黄，点缀着几抹不规则的殷红。我懒懒地躺在床上，腿伸得长长的，顶在墙边。老话讲，"桃养人、杏伤人"，身心放松之极的我实难抵挡美味的诱惑。

杏肉绵软，甘美多汁。稍微用力，"咔吧"一声，不费力能将核咬开。里面的果仁白生生、水灵灵、嫩汪汪，清甜无渣。

嘴巴，一个一个地塞入；耳朵，一字一字地倾听。

下班回来的爸爸仍沉浸在我金榜高中的兴奋里。他略带几分神秘地说："你那么喜欢英语，上外语学院正合适。再说，女孩子穿军装多神气，将来没准能当个间谍呢！"

日后的事情证实我爸真的……嗯，想多了。

兴奋、憧憬还有激动刺激了我的新陈代谢系统，它迅速催生出睑腺炎。不偏不倚，正长在左眼皮内侧。红疼痒，和麦粒差不多大，短期内应该很难痊愈。

妈妈看后不停絮叨，说早不长晚不长，该动身去学校报到了，却弄成这般怪样子。将来在新同学面前，多有损形象！

亲娘啊，难道是我愿意的？

临行前几天，在紫荆山公园的石桥上，妈妈给我拍了一张纪念照。

亭亭玉立的少女倚栏而站。她身穿一件浅米色的暗花对襟短袖，衣扣也被包以同色布料，是不事张扬的协调。下着一条朱红底带黑色条纹图案的扎染长裙。两条细细的带子呈菱形自下摆相向交叉穿过前面，又轻轻收在腰部系拢。

系带子时千万不能用力过紧，否则那些菱形会抽巴（皱巴）、皱成一团。别问我怎么知道的，你猜！

女孩双手自然交叠，背在身后，更显得身姿丰满、曲线玲珑。头发全部向后梳起，编成长辫，露出光洁的脑门。脸上带着几分骄傲，无忧的笑意顺着眉梢眼角挥洒轻扬。

红肿的眼睛被镜头定格，同时画上句号的还有那段青葱的中学时光。

成家后，妈妈将一些珍贵照片慎重地交给我个人保管，其中就有这张。每每再看，蓬勃的青春气息似乎仍力透纸背，迎面袭来。

我不止一次扪心自问：假如当初勇敢些，豁出去试试心仪的北京的外经贸大学或打定主意去广州上学，要不索性读还不错的河师大，这样毕业后就能受到父母的庇佑，我的人生道路又将如何？

只可惜在人生这张考卷上，"如果"是道无解题。

但有一点可以肯定，绝对能少走一些弯路、少遇一些挫折。

2006 年转业回地方，等于重新站在原点。最珍贵、最美丽的十几年光阴化作档案表里冷冰冰的墨迹。所有的沉寂与奋发、平淡与辉煌，都随着军装被打好捆，搁在衣柜底层，变成说不清道不明的过往。

难怪一向要强的我妈在第一年秋天来部队探亲时，倚靠着门前村路边的杨树，将身背重物，辗转火车、长途车、板儿车的艰辛化为失态的滂沱泪雨。难怪她在频繁的两地书里，愤愤写道："有生之年，再也不会让儿孙们沾那个字了。"难怪每次回家时，爸妈都一改往日的严厉，对我迁就备至……

多年以后，我才懂得为母之心。

不知他们再想起那个暗热的"决策之夜"，心头会不会掠过一丝悔意？

如果，终归只是如果，与结果无关。

绝大多数情况下，二者还被命运之手恶搞一通：攥揪捏撒扔，弄得背道而驰。

赴洛记

高中母校——市十一中和我家仅一路之隔。堪称全市最美的两排法国梧桐高耸粗壮，像忠勇的卫兵立在人民路旁，将一众楼舍、河岸、绿地和街心公园细心地遮护在身后。

五楼阳台是妈妈实时掌握我上学及放学动态的最佳观察哨。20世纪80年代末，即使在省会城市也没有太多的车辆和行人。身处闹市，难得拥有一份安静。所以，每天学校不时响起的清脆电铃声能轻易穿透梧桐树繁茂的枝叶，毫无衰减地传送到我家。

一进学校大铁门，离传达室不远的左手边是几块长条形大黑板，用于校方发布权威消息和通告。依照往年的惯常做法，高考录取结束后，那里就变身为光荣榜。

粉笔勾画出醒目的大红花、飘带和小喇叭。线条朴拙，却丝毫不影响热烈的喜庆之情溢出框外。潇洒工整的字体不知出自哪位老师之手，书写着中榜者大名和录取院校。

真正的"红榜题名"。

已经身在异乡为异客的我无福亲见。

后来妈妈在信中数次提起。当她站在阳台上，再次听到熟悉的铃声时，既牵挂远行的我，也会骄傲地想起我为这个书香之家带来的荣耀。

报到时间早在通知书里写明。

爸爸从单位申请了一辆小轿车，去洛阳市局检查工作，顺便送我到学校。公私兼顾。

十六年来，一直被大人安排、呵护、管理着的我从未自主决定过什么事，这点光好像也沾得理所应当。心里自然没有独自出门的忐忑，只余兴奋。

收拾行李、准备出发的那些天，我不时拿出录取通知书，一遍遍地看。红底烫金字醒目、喜庆，点亮了我对未知生活的希冀。

那天，响晴。

我们父女、办公室尹叔叔和司机师傅，再加上行李，将小车塞得满满当当。

通知书上简单列明了必带品。铺盖和军装将来要统一发放，所以妈妈只准备了换洗便装和洗漱用具。行李呢，就是一个棕黄色的革质马桶包和装搪瓷脸盆的红绿线塑料网兜。

在高速并不普及的 20 世纪 80 年代末，大货车、小客车、摩托车、农用车等完全无差别，一律走国道。

路面拥挤混乱、颠簸坑洼，处处暴土扬尘。它们似乎不情愿只给两旁的高树低草化个"灰颜妆"，还要固执地钻入密闭的车窗。音响里反复播放着一盘通俗歌曲卡带。演唱者叫胡文阁，一位当时很出名的男旦。

一道道光秃的黄土坡、一孔孔破陋的窑洞、一丛丛灰头土脸的灌木、一棵棵蒙尘的泡桐、一串串清雅的淡紫色花影，从窗外交替着飞闪掠过。

大人们谈天说地。我安静地坐着，心里却如滚沸的一锅水，咕嘟作响，盛满了激动和期待。

爸爸先去文化宫旁边的市局谈事，饭后我们沿着中州大道一路前行。

作为洛阳的地标，中州大道名副其实，又大又宽、敞亮气派。和人民路一样，它两边也种着枝丫纷披的法国梧桐。大店小铺林立，呈现出一种闹市的繁华。

右手边，依次经过了好几个长相雷同的厂区。都是从主路凹进去一个大空场，当头矗立着伟人挥手的经典雕像。下方是很大的厂名，旁边和后面还排列着规规整整的老式建筑。

沿着大道畅行，快到尽头时有了分岔。沿着其中一条走不远就能看到学校大门。迎面而立，威严气派。

正值暑假，来往的人并不多。

我们一路打听。经过三道门之后，左拐再直行，就看到空旷的操场。靠边的正当中，高高矗立着一口白色"大锅"。几年之后，我就在一大片田野中频频看到它的同类。只是数量、品种更多，结成了阵。

洁净发白的水泥路旁栽种着粗壮的法国梧桐，撑起浓密的连片绿荫。细碎的阳光顽强地穿透枝丫，洒落成不均匀的金点。巴掌大的树叶随风轻摇。

"原来，这里也有啊！"熟悉的法国梧桐仿佛从家追过来，让我无端多了几分亲近感。

道路笔直地伸向远处。右侧有不高的土台，与宽阔的操场相接。左侧则是一栋栋长相完全相同的两层灰砖宿舍楼，彼此间隔不远，像沉默不语的哨兵。

小车缓慢地朝南开，我们边看边找。司机叔叔眼尖，发现倒数第二座楼前进出的人比较多，应该就是。一问，果然。

爸爸把我的行李从后备箱里取出，简单叮嘱了几句，就离开了。

我独自被丢在一片陌生当中。脸盆里有妈妈放的二十几个国光苹果。它们徒劳地想摆脱网兜的束缚，滚来滚去。

犹如我不安的心。

世上最遥远的距离

"哎，你当初怎么来学校报到的？"

"坐火车啊！"

"有伴还是自己？"

"我有一个中学同学，他在别的系。一起来的。"

2021 年 2 月，想打听一件事，被迫打扰正闭关钻研学问的琥子。聊过几句，突然想到正在改的这部书稿，直接变身"刨根问底拦不住"。

同队的上百位同学来自五湖四海，哪儿的都有——吉、辽、京、津、冀、豫、鲁、皖、川、甘、新。最远的是新疆，最近的就在本地。

"你们队还有天津的？"2021 年 8 月 16 日，受托帮着看稿的连城问。

"怎么不会？北方人学俄语，正合适！"

"我们就没有。"

"两个学校有什么可比性？"我甩了个白眼。

"那咱们原来不是一家吗？所以我想着招的生源应该都一样。"

唉，哪儿跟哪儿啊？

别管家在何方，反正为了一个目标，于1988年夏，齐聚洛阳就是了。

怎么来的？各有高招。

像我这种由家人"专车"送来的幸运儿只占少数。当时没有代表中国速度的动车高铁，坐飞机更是彰显身份地位与财力的豪奢之举，因而绿皮车成了大多数同学的不二选择。

家住城市的同学还好些，不用太费劲。无非转两趟火车，当然前提是顺利买到车票。

硬座都不敢百分百保证，还妄谈卧铺？没座只能站着。累了四处踅摸，在车厢接头或随便哪个空地，不挑不嫌，垫张报纸就座。或趁人家上厕所、打水，赶紧蹭会儿，让酸麻的腰腿歇歇乏。

我离开郑州去洛阳，连城则是从北京到郑州，仿佛一种命定的缘分。

他当年为了搞到小小一张车票，费老大劲了。

如果在北京上学，倒公交车就行。我们去外地，必须考虑买火车票的问题。

记得通知的报到时间是8月22日吧？暑运高峰，和现在一样一票难求。更不方便的是那会儿还没有网络售票，都得去火车站的售票窗口现买。

可以参照小品《有事儿您说话》想象一下。虽说我没扛着被子卷、吃热汤面熬夜排队，但下面发生的事足以证明，没关系没路子，买车票确实让人挠头。

李航来找我，说去过车站了，没票，让我想想办法。

找谁呢？我大哥。

当时已经改革开放，但在很多领域还属统购统销，算计划经济时代遗留的惯性运动，直到1992年邓公南方谈话后才有了真正改变。

我大哥单位负责全国的电子器材销售，他请经常出差的同事帮忙拿来一张北京铁路局某人写的条子。就是一个便笺，上边龙飞凤舞地写着"请××同志协助解决"之类的话。

我如获至宝。两个人骑车到了北京火车站，在西侧的一个小窗口找人交条和钱拿到了票。

后来，坐了十个半小时的179次到达郑州。

土生土长在北京的连城尚且遭遇出门难，更何况家在农村的同学们。他们当中有些人就没出过县城之外的远门。那可真是漫长的考验呢！坐长途汽车，再接续火车，没准儿还要赠送点三轮车、农用车、大马车等附加内容。

和连城他们信息工程学院一样，洛外在火车站也安排有专门的接站人员。有些同学可能早在那里就已打过照面。比如琥子和老俞。一个搭伴儿来的新疆团场瘦小伙，一个有父亲陪同的安徽"小胖子"。哈哈，不是我说的！

"车次差不多的，就等着送一拨。我们那趟车到得挺晚的，十一点多了吧？"

"坐的是大巴？"

"不是。212 吉普，有几辆。"

"你行李多吗？"

"不多。东西不都发吗？"

"天黑乎乎的，没觉得城市冷清？街上没人吧？"

"火车站那里还挺热闹的。到了学校，分不清哪儿是哪儿。三系、四系、一系，反正就这么轮着送人。"

"咱们队干部在等着吗？"

"嗯，齐队长，当时是副队长。他给了我一包方便面，华丰牌的，还有盆。我觉得方便面是世界上最好吃的东西。"

以后每年寒暑假，同学们都要风尘仆仆地往返于自己的路线。差别只在于第一次的人地两生和第 N 次的轻车熟路。

"那时还是年轻、体力好，站十几个钟头都不觉得累。路上基本没吃没喝的。现在想想，简直不可思议！可能还是因为要回家了，有一股心气。"

电话那头，三十多年后才变得熟悉起来的星哥笑着说。他仍保持着对音乐的爱好。作为新疆移动会员之声合唱团的一员，不难在网上搜到他们演唱的视频。他的面孔与我隔着薄薄的屏幕，好像并未远离。

是啊，比起洛阳到库尔勒的万水千山，郑洛之间区区一百多公里确实不值一提。

即使如此，它也曾是世上最遥远的距离。

因为，一入军营深似海。

青春第一课

离开人行主路，略凹进去些，就能看到宿舍楼的两扇朱红色木门。2022 年 5 月，发终稿在班级群里征求意见时，宋教员很贴心地补了两张照片，拍摄内容分别是宿舍门口和军训结束时的大合唱。我也借此丰富了记忆。

门上有八个醒目的红色油漆大字，排成两行：情同手足，亲如一家。左右还贴着红底黑字的对联，上书：五湖四海汇洛阳成新家，八市七省集军校为英才。它的版权属于当时"三十多岁，书生意气，挥斥方遒"的杨教导员。

针对其中"八市七省"的质疑在三十多年后才延迟爆发。话题一经抛出，立马引起热议。到底代表了定向招生还是只为体现文字虚实或对仗需要？做事认真的三姐还专门请教了杨教导员的妻子，最终也无定论。子行另辟蹊径的解释很精彩："'五湖四海'暗含五四青年，比'八市七省'更准确的八市一京则暗合八一军人。"

你来我往之间的打趣与调侃延续了数小时，给一个疫情中的初夏正午涂抹了温情。这个，倒确定无疑。

木门敞开后，连接着一段很长的、略带些幽暗的走廊。水泥地泛着冷冷的钝光，能闻出洁净的阴凉气息。

外面几间都悬挂着白底红字小木牌：水房、队部、储藏室等。再往里就是相向而对的宿舍，一间间挨着。房门上贴有名字。

走廊尽头，北面的那个房间是我第一次离家过集体生活的地方。

它的屋顶很高，面积也最大，能住二十几人。每张床都提前铺好了深咖色的棕垫。粗粗硬硬，摸起来扎手。上面有薄薄的褥子和白床单。

床下除了一个枣红色的木凳，空空如也。

木凳外观很普通。敦敦实实的长条形、四根小短腿。侧面用明黄色油漆写上我的专属编号：14125（一系四队第125号）。毕业后在部队礼堂观看星爷的《唐伯虎点秋香》，他卖身入华府为小厮时，也有一个号码：9527。不由暗笑，似曾相识。

小身材的方凳却有大用处。点名、开会、操课、政治学习、看电影或参加其他活动，它的身影随处可见。在处处讲求整齐划一的军校，哪怕提起、放下这类简单动作也要一遍遍分解、练习，务必只发出一个声音。

后来这里改成全队的晾衣房。

几根长铁丝由西贯穿到东。按照规定，除节假日外，不允许在室外晾晒衣被，所以同学们平时的换洗衣服都在此喜相逢。

没洗就胡乱团巴的、刚洗还滴答水的、半干带潮气的、快干压皱的、已干忘收的……真是你不嫌我、我不烦你，相依为命。如同它们的主人。

离家不过数小时，感觉换了一处新天地。

宝盖头下面有只豕——小猪猪（我的生肖），却绝对不是"家"。充其量，我来到这里或者说我至之，只能叫"室"。

邻床是一位瘦弱的山东女生，娇柔文静，没有想象中齐鲁大地人该有的高壮身量。

我们互相友善地笑了，不再拘谨，像大人般交谈。过了几天，彼此更熟络一些。她拿出影集给我们看，里面有妈妈、妹妹和其他家人。那位阿姨身穿一身白色的海军军装，普通的眉眼平添了几分英气。

愚钝单纯的我只顾担心，千万别在"罘"这个冷僻字面前露怯，全然没有意识到人生第一课已经开讲。

等到毕业分配才后知后觉：哪里不是江湖？人的命运早已与生注定。

只是当时已惘然。

饮一杯陈年芬芳的酒

关于宿舍和晾衣房的记忆，于多年后再被提及。酒酣话至，一切自然而然。

时间：2020年11月7日。一个只有俄语人才在意的日子。

地点：乌鲁木齐。我结束南疆深度游、返京前的最后一站。

自治区博物馆正在施工，到处"轰隆隆"作响。金灿灿的树叶在秋阳里抖得欢快。人行通道洁净悠长。黄昏街头，一辆2路车从八楼前面驶过。

冷硬的晚风并没有吹散这座城市的温度。

东哥费心安排了一次聚会。在"胖老汉家"，军校同学和他的发小济济一堂。

星明长林，霍然东行。

上军校时，队里有十几个新疆同学。男孩一律个高而腼腆；女生不管秀气或豪爽，通通能歌善舞。

见面前，心里并不踏实。比起东北的老铁们，和他们多少有些生疏。毕竟从1992年那个雨天后，好几人再没见面，怕尬聊无趣。

事实却是"虽然很久没见，还是觉得很亲近"。平均年龄五十岁的我们仍然可以毫不费劲地辨认出彼此。

不知是时光留了心，还是我们用了情？

提到在校生活，大家迅速同步，抢着发言、佐证和纠偏。那些青葱岁月的一点灰烬尚带有余温，被杯里的酒、脸上的笑点燃，汇成往事之火，将头脑席卷吞噬。又像一颗颗子弹呼啸而来，在心头炸响。击碎了几十年堆积的流光尘雾，荡起一圈圈涟漪。

三年前携子北疆行，我不好意思惊扰他们。但是每天漫长的行车时光里，当睡意不再蒙眬，我一边欣赏着高山草甸、荒凉戈壁、绿水野花、牛羊漫坡的美景，一边不由自主地想起一些地名。不，应该是它们主动跳进我的脑海：乌鲁木齐、阿克苏、石河子、库尔勒……我那些新疆同学们的家。

难得此次相聚，谁知下次重逢是何时何日。

"饮一杯陈年芬芳的酒，为着今日的聚首，谁管明天的分手？"上学时最喜欢高明骏的这首经典歌曲。

构图简单的磁带封面上，"来自缅甸丛林"几个字让我觉得他自带神秘光环。

服务员催促了好几次，我们才恋恋不舍地挥手作别。

心里很满足。不是因为吃了什么、喝了多少，而是吸纳了许多以往的未知。

夜色里，他们身影已远去，言犹在耳。

"女儿问我，你们当初宿舍在一起啊？我说对。男生在外面、女生在里面。再后面几届，听说就分开了。

"咱们的晾衣房不是最靠里吗？绳子上都搭满了，一件挤一件。压得中间弯成圆弧，直往下坠。身形差不多的两个人容易互相拿错衣服。男生粗枝大叶的,不知道事先写个名字。女生心细,在兜盖内写字或粘块胶布加以区别。

"你都忘了?毕业走的那天,下大暴雨,好像路冲断了,火车走不成。我们又回学校啦!

"有天,都吹熄灯哨了。咱队有个女生端着盆,可能刚洗完衣服。也没看清,走错了,进了我们宿舍。她个头小,踩着横栏去上铺摸衣架,从前往后一通摸。我睡在下铺,那个谁就躺在床上呢!他也没动静。可能睡着了?我大气不敢出一声,怕吓得她尖叫,无端引起风波。后来女生自己觉出不对劲,'哒哒哒'地走远了。咱们蚊帐是那种老式的嘛,布的,特别热。大夏天的图凉快,男生,谁知道身上穿的什么?可能连那个短裤都脱了。我确定他当时肯定在装睡,避免尴尬。哈哈哈!"

记忆真是带有明显的个人标签。

"我总怕自己记错了。"在琥子面前,我没想掩饰担心。

"你写的就是自己记忆中的军校生活、一系四队,所以没什么对错。"

不愧教书育人的导师,一语中的。

我不再纠结如何描摹或锁定那些日渐模糊的细节,而是让思绪忠实于心,再度沉入三十多年前的夏天。

发如韭，剪未生

日思夜盼能"逃离"爸妈管束的独立生活已摆在眼前。

稚嫩的我并不知道，它远没有想象的那般自由和放松。每天都有从未经历过的新情况、新变化使我猝不及防。

首当其冲的，是长辫面临着无可逃脱的挨刀命运。我对军校真是全无概念，否则早在家就提前弄好了。

我被点名叫到一旁。发蒙，不知何事。左右看看。呵，明白了。规规矩矩地在凳子上坐好，双手平放腿上。

心情很复杂。紧张、忐忑、不舍，还带点对新发型的期盼。

辫子上的皮筋都没解开，被一只手直接握紧。接着后脖根处真切地感觉到剪刀张开的凉意。"咔嚓咔嚓"，声音有些刺耳。发质硬、辫子粗，纤秀、平钝的剪刀遇阻很大，有点涩。势头倒是干脆利落、一往无前的。

平时被绑得服服帖帖的头发这下可撒欢了。失去束缚后，一根根争先恐后地从里往外刺着、撅着、奓着，乱蓬蓬的。

脑后的手又动了几下，估计在找齐。

然后？就没有然后了。

好一个短平快！

分层打薄？修个造型？想什么呢，当这儿是美发店吗？

天热加上紧张，我的鼻头、脑门、两鬓、脖颈沁出许多滑腻的汗。一些掸不掉的短楂被粘住，扎得嫩白的肌肤又痛又痒。脚边、地上，一团团、一缕缕，乌黑的碎发四下凌乱。

刹那间觉得无比脆弱，委屈十足。鼻子酸胀，眼泪"唰"地涌出，打着转，差点夺眶而出。深吸几口气，低下头，强忍着来到一处僻静的空地。

终于，泪如雨下。

倒不是多么爱美、图虚荣。只是从未有过这般强烈的意识。青丝已断，好像与父母、家的联系也被粗暴割裂。随意丢弃，半点不由人。

以后再看军旅生活题材的电视剧和小说，我总要用"内行人""过来人""明白人"的眼光挑东选西、品头论足。通常会一针见血地直揭创作弊端。缺乏生活基础，完全是闭门造车、胡编乱造嘛！

二十啷当岁的小鲜肉扛"两毛一"的肩章？军装可能这么贴体、显身段吗？制式裙和地方流行的花苞裙莫非属同款双胞胎？还有，能扎穿脚面的细锥高跟鞋、波浪卷长发、吓死人的浓妆、做作浮夸的表情……

让人难以接受，更别说信服。呵呵，简直快把一个有十八年军龄的人整不会了。

但是，如果遇到剪发的雷同场景，我往往口下留情。因为那一瞬，心蓦地变柔软了。

发如韭，剪未生。

我的长发岁月从此决然而逝。

free 的两种释义

free，一个很常见的英文单词。

关于它的释义，我这个曾经的小学霸早已谙熟于心。不就是"自由的；免费的"？

自古云，便宜没好货。更何况白给、不要钱的？

从来没有哪里能像军校这样让我对它有更深的认识：原来，两种释义既顺理成章地和谐，又能决绝地相互对立。

头发收拾利索，接下来进入另一个值得期待、激动人心的环节：领军装。

不对，想起来了。刚报到时是住在最里面的大房间。分军训班时我才分到倒数第二间。

记得在大屋子里发的军装，还商讨怎么缝领章。当时窗前蝉声聒噪，东北听不到那么大声的蝉鸣。

2021 年 1 月，为了确认一下最早的居住地，向热心的三姐求证。她发来上述信息。

至于在何处拿到军装，我俩的记忆出现了偏差。我记得在教学楼往北门去的路边，有一排类似仓库的长条建筑。排好队，各人按之前标明的几号几型，领自己的就是。

一天 24 小时，除了自由活动和睡觉；全年 365 天，除了假期和外出，必须按条令规定和学校安排，统一更换和穿着军装。

细数起来，军装包括的件数可不算少：绿色长袖春秋装、涤卡冬装、土黄色短袖、蓝色百褶裙（换装后又多了及膝西服裙）、汗衫，后来还有作训服。帽子也分大檐帽、棉帽和作训帽。

结实耐穿、外观老土的胶鞋当然属于"标配"之一，它可是出操、队列训练、体育活动和公差勤务的必备工具。还发尼龙袜呢！真让我开眼。当然也是深绿色的。

这么说吧，除了最贴身的内衣，基本能来个全套武装。从头到脚，无所不包。

被汗水浸渍久了，军袜容易变硬、捂脚。女生们很少穿，除非强令要求。后来才知道男同学还发平角大短裤。曾找关系不错的男生要了一条崭新的，拿回家孝敬给爸爸。没想到他老人家久居高位，眼界不俗，也算吃过见过，居然对这种越洗越软、超级吸汗、貌不惊人却极其好用的军用品大加赞赏，情有独钟。

2021 年 8 月中旬，立秋好些天了，空气仍带几分闷热。

由气温突然想起学校曾发过一件非主流衣服：鹅黄色、小立领的无袖棉织衫，好像还有透明的白玻璃扣。用北方话讲，应该叫"坎儿"。三姐说我那时经常穿。是吗？记得不太真切。

我应该是很喜欢它的，否则不会这么容易地就从记忆深处拎出来。在所有制式军装里，只有它最贴近地方人员穿的便服。

再加上很衬我的白皙肤色，能最大限度满足青春期的臭美需求。

除了正装，还有一堆"配饰"：长细窄及短粗宽的两种背包带、武装带、皮带、水壶、挎包、肩章、领章、帽徽等。

大的、小的，长的、短的，轻的、重的，软的、硬的，这么多东西抱在怀里、背在身后、摆在床上、码在小柜中，像极了"暴发户"。

此外，脸盆、牙缸、毛巾也免费发放，不用花一分钱。简直血赚！

"她那时候还太年轻，不知道所有命运赠送的礼物，早已在暗中标好了价格。"这是茨威格给玛丽王后作传时写的名言，放在我身上一样适用。

当初丝毫没有意识到，免费的代价究竟是什么。

再想想茨威格的先见之明，不禁在心里暗竖大拇指。

只识其文、素未谋面的洋先生啊，高，实在是高！

丰衣

东西领了，不能总摊着。您光站一边看，当甩手掌柜哪儿成啊！

接下来要"整理内务"。对，是这么说的。

先分好类，把常替换的备品放入床头木柜。小柜齐腰高，每人半格。空间有限，放不了太多东西。心灵手巧的安庆姑娘五姐用图钉将一条格子大手绢牢牢订在柜门内侧，无疑多加了一层搁物袋。这让四体不勤的我大开眼界，佩服之极并立刻仿效。

至于那些十天半月都不一定用上的物品，统统写好名字收进箱包，再送到储藏室。

储藏室紧挨着队部，属于后勤管理的"军机重地"。里面摆满了一张张铺着木板的高低铁床。采光不好，细闻还有一股淡淡的霉湿气。队里指定专人负责，每周定时开门。

套用一句口水歌词，毫不起眼的储藏室木门绝对"不是你想开，想开就能开"。小有权力的保管员很有原则，铁面无私，严格执行开放时间。极个别情况下，有些小马虎确实急需开箱子取东西，必须向队干部申请，经同意后方可。

想起来了，先后担任过保管员的男生好像毕业后都分到了西北。那次 2020 年的乌市聚会还见过。

　　新军装不能马上穿，需要在宿舍动手装饰一番。主要工作包括钉帽徽、装肩章、缝领章、写名字等。管你原来在家女红行不行，都得自己来。那会彼此还不熟悉，脸皮薄，张不开嘴求人帮忙。

　　十八岁，十八岁／我参军到部队／红红的领章印着我开花的年岁／虽然没有戴上大学校徽／我为我的选择高呼万岁⋯⋯

　　我们倒有大学校徽，但发得晚。先见面的是"红红的领章"。需要独立解决的第一道难题就是如何应对这个小冤家。

　　万事开头难。缝之前，要先安上一颗金色的小五角星。小星星很轻，上面有两条焊成一体的细短腿儿。使用时，找准领章正中心，使劲捅穿过去。将腿儿分别往反方向一掰，就能固定住，不会乱晃。

　　接下来开始缝领章。

　　在家自己又不是没缝补过，有什么难的，还用向别人请教？手到"章"来，分分钟的事！

　　找出带来的针线布包，纫好线。还仿效看过的电影画面，在头皮上蹭蹭。干脆弄得结实点？下回洗都不用拆了。一劳永逸，多省事！

　　我越干越佩服自己，手下不禁运针如风。

　　眼花头涨脖僵手酸，鼓捣了十几分钟后，大功告成！将得意之作一会儿远观，一会儿近瞧，欣赏个没够。嗯，针脚有点歪，不够匀溜。可又密又紧，拽都拽不动。

不对啊，怎么看着有点别扭？

没辙，只好硬着头皮、提溜着衣服去请明白人检查：嗐，缝反了！纯属瞎耽误工夫。拿出剪刀，费力地逐一把线绞断，拆开后再返工。

气急败坏的心情导致动作粗暴，连带可怜的手指遭了殃，被针戳中好几下，直冒血珠。

搞定了领章，接着对付肩章。

绿肩章左右各一片，背面有两条细细的布环。要穿过与衣服一体的软"舌头"，再把它们用同个小金属扣扣住。

肩章的正中间也要嵌一颗略大的红色五角星。五角星背后有孔，需将配的细铁丝穿入、折弯，一起扎进肩章的中间位置。同样反向一掰。用的次数多了，细铁丝的某处就变白、极易裂断。将就着往前顶顶，接着用剩余那段。

幸好幸好，麻烦的"85 式"没穿两个月。那年国庆，我们赶上换装，领到了从里到外的全套"87 式"。

大快人心事，byebye（再见）了您哪，红领章！

妈妈再也不用担心我挨扎了，哈哈哈哈！

新式肩章通体大红色，镶有两道金黄细边。少了中间那颗五角星，俗称为"光板儿"。刚换时，大家普遍感觉看不惯。碍眼了一段时间、引发无数吐槽后，可能见怪不怪、习以为常了，也就不再那么挑剔。

这时，所有人一致发现新肩章的好处：方便。不像"前辈"

那么烦琐。直接一套一扣，完事！

信中答应过爸妈要寄军装照，这下可以行动了。

穿上收拾妥当的新军装，再扎上那条人造革武装带，颇觉神气。路过队部门口的军容镜时，看前后没人，站在镜子前，左右打量，上扯下拽。军装、胶鞋给熟悉的脸孔增加了几分陌生感。"我"和我，隔着一层薄薄的镜面相视无言。

走出宿舍楼，心里默念抬头、挺胸。余光总能瞥到或远或近的人，感觉他们都在议论、观察我。想加快脚步，可动作机械，胳膊腿越发地不协调。

早有头脑灵活、寻得商机的外系学长捧着相机，等候在保留青砖本色的三道门那里，招揽兴奋而拘谨的新生光顾生意。

他不指点摆动作倒好，越说我越紧张。鼻头沁汗，表情生硬。我僵直地站在三道门前，拍下生平第一张军装照：短发参差不齐。圆脸，眼睑略肿。似笑非笑，嘴微噘。领口处露出白色的确良衬衫一角，上面有几个淡紫色圆点。

经历几轮变迁发展，军装早已摆脱前几代留给人们的刻板形象。早先只讲实用、不求美观，土得像"面口袋"。现在可完全改观了，摆脱了粗糙难看，质地也好。还按长短肥瘦细分了几个型号，统称几号几。比如2号3就比2号2的宽松一些。这样选择余地更大，适体率也大大提升。

再怎么说，军装毕竟不同于走秀台上的时装或日常便服，其特殊性质决定了必须优先考虑正规性和严肃性，因此很难做到完全贴体、曲线毕现。除了像我这般丰满如玉环的人能撑起来，多数同学的军装还是显得肥大、阔长。

　　爱美之心，人皆有之。更何况正处于青春期的姑娘们？虽说按照条令规定不允许擅自改动，个别胆大的女生还是偷偷将军装送到裁缝铺"瘦身"。多是长裤。10 块钱一条吧？参照我们每月领到的津贴数，这笔费用可不算少。

　　"我会专门留出一套标准军装，跑操、军训时穿。其他的就效仿楼上二队老生的做法，将肥裤子变瘦，长过膝的裙子收短。咱们队长眼尖，专门守在宿舍门口挨个盯着看。我当时穿着合体的裙装走过他身边，心里那叫一个忐忑，生怕被逮个现形。"

　　对三姐来说，这是一段斗智斗勇的有趣往事。

咱当兵的人

熬过最初的不适之后，我们主动或被动完成了从中学生到大学生、从老百姓到军人的"两个转变"，开始一种崭新生活。

新生训练期间，拔军姿、走队列、整理内务等是每日必备内容。打靶、紧急集合和外出拉练则作为非常态科目，可缓解新鲜感渐退后的枯燥乏味心态。次数少、机会难得，因此记忆深刻。

风萧萧、秋草摇，南山靶场红旗飘。

激动人心时刻到，听从指挥不乱跑。

军装一穿、武装带一扎，按照公布的顺序，每十人一组织。扛着枪，间隔一定距离立正站好。远处立着若干标靶，旁边有举旗发令的队友。那时，甭管雄姿还是"雌姿"一律英武无比。

打靶看着神气十足，但实弹射击前需要反复瞄准练习，还要学枪支的分解拆装。"军训打过一次步枪，大二社会实践在483团打过冲锋枪，毕业前打过手枪。"东哥记得真清楚。

"靶场在南山。咱们手枪、步枪、冲锋枪都打过。我手枪打得挺好，35环，好像还奖励了10发子弹。第一次打枪的时候，不太了解枪的后坐力。三八大盖嘛，离得太近。肩膀没太顶住，光顾瞄准。结果它一回力，就把颧骨这儿撞了。还挺疼的，撞青了。"身为军二代的三姐长得娇小，却一直有不认输的要强劲头。

我没有她的好枪法。"有意瞄准无意击发"，说易行难。尽管心里一遍遍默念并提醒自己，别急慢慢来，还是慌得不行。越慌，越急；越急，越慌。瞄的时间长了，手就失去准头，眼睛也酸胀发虚，结果好几发都脱了靶。

那一刻，感觉所有人的目光都齐刷刷地聚集在我身上，压力可真不小。

其实都是假象。真枪实弹不是闹着玩的，一丁点事故都不能有。大家神情专注，各司其职，哪里还顾得上笑话别人？

一击一发的半自动步枪尚且如此，拿着电影里看过无数次的冲锋枪时，更是心痒难耐。一下下慢悠悠地点射？不能够！直接"突突突"一梭子打光。图的就是短时快感！手枪对手、臂、肩的稳定性要求就更高了。结果嘛，嘿嘿嘿……反正我每回的战绩都惨不忍睹。唉，自古术业有专攻，这不是咱的强项啊！我很会自我安慰。

直到现在，和不相熟的人聊天时，对方仍会好奇地问："你当过兵？""对！"答得那叫一个响亮。

紧接着，第二个问题一般都是："打过枪吗？"

"当然！好几种呢！"我答得更加响亮。实话实说，没毛病！可心里挺虚，生怕人家接着追问成绩啥的。

当偶有灵通人士带着半神秘半显摆的神态，放风出来说要搞紧急集合时，无疑就像往平静的水面"嗵"地砸进一块大石，每个人被搅动得心绪难宁。

如同笑话里讲的，"不知道那只鞋什么时候扔下来"的焦虑让我们没法踏实，因为谁也不能确认紧急集合的尖锐哨音到底会何时吹响。有些和队干部关系不错的同学受托前去打探，往往铩羽而归。更胆大的几个呢，索性当面问队长。被一片叽叽喳喳声包围的他总要笑眯眯地来一句："谁说的？噢，那可能快了吧！"

所以那几天，几乎每间女生宿舍的床头柜上都整齐地摞着折成豆腐块的军被，大家会不厌其烦地反复分辨、默记第几床被子是自己的。之后和衣躺在床上。个别同学会盖个毛巾被或单子，在一派不安中等待着紧张刺激时刻的到来。

如果这时有人和平时一样，"哗啦"一下，大咧咧地拉开被子，四平八稳地安然入睡，那绝对是羡煞同屋人的大无畏"英雄"。晚上队长查铺时，每每看到这一幕，都会半严肃半好笑地强令必须脱衣睡觉。

准确的消息像藏在厚厚云层后的月影，让人模糊莫辨。有时太困了撑不住，一觉睡到大天亮也没等到紧急集合。

几天风平浪静过后，我们刚一放松，"嘟"的尖啸哨声划破静夜美梦，没什么预兆地开始催命。

不让开灯、不许说话，你只需一跃而起，在黑暗中抓过被子，用"三横压两竖"法打好背包，穿上胶鞋。穿戴整齐后，水壶、挎包左右一挎，系上武装带，再戴上帽子。

十分钟内，大家就像炸窝的马群，争先恐后往宿舍楼外跑。这通紧张！

楼门前列队检查时，看吧，洋相百出：鞋子没系带的、被子跑散的、扣子扣错的、忘戴帽子的……挨批、被罚事小，关键是丢面子。

重温《炊事班的故事》，发现里面也有紧急集合的搞笑一幕：提前打好背包、穿戴整齐，却等来几波"烟雾弹"；猝不及防时，动起了真格。一帧鲜活的部队写实场景顷刻间将我拉回过去。

相比于 N 次折磨人不偿命的紧急集合，似乎提前告知的拉练能好受些。如果你这么想，那我只能说小朋友，你 too young too simple（太年轻，太天真）了。

紧急集合嘛，只辛苦十几分钟，完事后回宿舍继续睡觉。

什么叫拉练？它可不是慢条斯理地等你吃饱睡足、收拾停当再出发，而是拉长了时间来炼你。等待的煎熬心情、消耗体力的过程和好几天缓不过来的结果，在短时间之内形成超强打击合力。

路程挺远，要从晚上十一二点走到凌晨甚至天亮。眼瞅着月上梢头，之后晨曦来临、太阳东升。除了就地隐蔽和短暂休整，双腿几乎一直在走。哪怕困得眼涩头昏，也不能停。到最后，摆臂迈腿全变成了纯属下意识的机械动作。长达数小时，走的不都是平地，山路、公路、土路轮流，爬坡、过沟、跨坎儿交错。

沿途必须注意随时观察地形、听从指挥，还要传递口令。鞋带松了、沙粒硌脚了、后跟被踩了，小意外不可避免。你只能匆忙离队，闪在一旁，整理完毕后迅速赶上，根本不敢耽误时间。口令越传越走样得厉害。大家哄笑一番，暂时解了困乏。

为补充体力，当天傍晚我们专门到服务社买一些零食。放弃平时爱吃的花生豆，特意选择小袋的黑紫色粒粒梅。它吃起来不易察觉，还能生津提神。

从南山跑下来的最后五十米冲刺属于对体力和毅力的终极考验。在整个拉练过程中，为了脸面，很少有同学坐收容车。几十公里走下来，每个人早已精疲力竭，还要提着这口气，顺着崎岖不平的小路，向南门狂奔而去。

"叭叭叭"（跑步声）、"叮叮当当"（水壶军挎背包相互撞击声）、"呼哧呼哧"（喘息声），大部队带着各种声响，如一股绿色洪流席卷而下。脚下扬起股股黄土，呛得人喘不过气。这个时候，你一定能真切体会到，什么叫强弩之末难穿鲁缟。

等到达宿舍楼，我们个个脸色苍白、汗流浃背。全体都有，一律弯腰躬身、大口喘气，恨不得一屁股坐在地上。但这会儿真不能犯懒。队干部反复提醒，强令大家站起来，活动手脚，否则明后天就甭想起身了。

整队、简单讲评后，我们快不迭地卸下全副武装，开始在宿舍休整，也就是补觉和整理内务。

说实话，自打出娘胎就没这么累过。讲究点的，匆匆洗漱一番；不讲究的，勉强蹭回床边。结碱花的衣服都没劲脱下来，一挨枕头，倒头便睡。

正漫无目的大做美梦时，便被人推醒。原来，队长挨屋教大家挑水泡的小窍门。

连走带跑，几个小时的折腾后，脚板上没磨泡的真不多见，有的甚至大小十几个。队长给我们现场演示。先将缝衣针用火烧一下消毒，再纫根头发丝，把泡挑破，顺便穿拉几回合。最后找干净毛巾或卫生纸摁压着揩净。这样瘪皮能很快长好，不会再蓄水。

窍门挺管用，看来是实践所得。

新生训练结束后，我们进入了正常生活。

军校每天的生活很有规律。始于早晨六点响彻全院的起床号，终于晚上十点雷打不动的熄灯哨。

排队如厕、洗漱、出操、打扫卫生、整理内务、就餐、上课、运动……

日复一日，周而复始。

它，渐渐向我们露出了真实的一面……

辑二

学习篇

我真的太难了

高三起累积的学霸傲气一直坚挺到入校初始。

499 分，已超出文科外语类重点线，再加上市级三好生的 5 分。嘿嘿，足以傲视群雄吧？

没过多久，同学们变得越发熟悉。平时闲聊也不再拘着，完全可以毫无顾忌地相互打听分数，自我感觉良好的我开始进入梦醒时分。除了新疆和东北这些偏远地区，人家安徽、山东同学们的高考成绩毫不逊色，尤其县城一中出来的农家子弟。

寒窗苦读，只期一朝中榜。不仅改变自身命运，也关系到几代人的荣辱。这种强大的动力铸就了他们"万般不计较、唯有分数高"的可贵精神。相比之下，出身干部家庭、生活在大城市的我幸福多了，曾经吃过的那点苦真不算什么。

2019 年 10 月，班里同学难得聚到一处。

桂花酒的浓郁香气和金黄色泽下，悄悄隐藏着 52 度的烈性，一如活力不减当年的宋教员。光洁的鼓脑门、一头披肩大波浪，她身上丝毫看不出岁月的留痕。

教员娓娓道来，当年与父亲被招生组请去吃饭。对方现场发放通知书，忙不迭地将这位烟台文科高考状元罗致门下。"比我低几十分的都上北大了，还请回学校做报告。"她笑着，对往事"耿耿于怀"。

这才得知，我的第一位军校教员还有如此辉煌的过往。啧叹之余，不禁感慨：果然，山外有山、洛外有"撂"（才子）。

不过，一点儿也不奇怪：山东的嘛！

志愿表上我填的英语专业。一是对洛外根本不了解，谁知道它到底培养哪类学生、都有什么语种；二是英语功底深厚，早就驾轻就熟，压根没想过改学别的。

也许那年报英语系的人太多了，后来学校开始征求意见，说可以调剂专业。我赶紧将此消息告知爸妈。

爸妈从中学起就学习俄语，后来世道叵测，荒疏多年。现在正好有一个孩子能帮他们圆梦，了却遗憾。于是，他们毅然决然、喜笑颜开地联手将我推向愁眉苦脸的新境地。

对于上辈人固有的俄苏情怀，我早已耳濡目染。不信请看拙作《两件列宁装》。

嘿啦啦啦啦　　嘿啦啦啦

天空出彩霞呀　　地上开红花呀

中朝人民力量大　　打垮了美国兵啊……

电话那端，年过七旬的老人家不知道这首歌曲名叫《全世界人民团结紧》。但她能随口哼唱熟悉的旋律，每个字都记忆犹新。那是她刚上一年级时首次登台表演的节目。

数日后的一天，电话响起。

"我又想起一首歌，当初我老姑教的。"语气略带几分急促，好像担心转眼就忘记了。

"名字呢?"

"不记得了，关于列宁山的。我现在还会唱第一段。"

我边听边对照着手机搜出的歌词。哑然，一字不错。

1953年3月5日，斯大林去世的日子，她仍清楚记得。当时的难以置信产生了巨大冲击力：伟人，怎么会和老百姓一样逃脱不了生老病死?

1954年，上三年级的她和小叔站在桃树杈上，抢着模仿电影里斯大林的腔调手势："同志们，今天我们开个大会……"翻来覆去，就这两句。再往下，笑作一团。

班里的七名女生放学后，抱着在供销社买的布料，一起来到本溪市里唯一的裁缝店，组团做列宁服：同样的天蓝色、同样的双排扣、同样的三紧式、同样的粉红色翻领。一片叽叽喳喳中，裁缝逐一量好尺寸。她身量最小，取回来的成衣瘦短，与拿去的七尺布料相差不少。眼尖的继母和六婶经分析后一致断定，精明的裁缝偷奸耍滑，暗中克扣了她的布料，用别人的边角料拼凑出新衣来应付。

絮叨的数落声如风过耳，她沉浸在那份新鲜感中。那件被质疑"调包"的列宁服，她爱若珍宝，不舍得脱下。

第二年，她捡漏儿成功：早已参加工作的姑姑做了一件卡其布列宁装，不合身，大方地送给她。深蓝色、双排扣、斜兜、同色大翻领。腰部有两个"鼻儿"，一根带子穿过去，在左边打个花结。这件列宁装比起第一件，无疑更正式、更上档次，和当时花2毛9扯的两条鸭蛋青色头绫子一起，温柔地系住了少年时为数不多的美丽记忆。

在学校，她读过《古丽雅的道路》《卓娅和舒拉的故事》。

他和她是同窗。中学、大学都学俄语，后来各自考入吉林、北京两所国家重点大学。鸿雁传书时，有关苏联的书籍、电影、时事人物、传统文化都是无法绕开的话题。

大女儿面临语种调整时，他们欣然让她选择了俄语。"你学好了，将来当翻译，带着我们去那里转转。"可惜一直夙愿难偿。

经历了人生无数风雨，到现在这般年纪：

他们仍然喜欢听卫国战争时的歌曲，偶尔对中文标音模仿出来的俄语唱法，摇摇头，再评论一二；

他们仍然钟情于俄罗斯油画、风光片，虽未亲至，却觉熟悉；

他们仍然习惯将电视遥控器暂时定格在正播报俄语的新闻上，竖起耳朵，如品尝美酒一般，咂摸咂摸语感、语调、语音，尽管什么都听不懂；

他们仍然清楚记得当年课本中的一两句简短对话和零星单词，带孙女去满洲里时，遇到毛哥，还鼓足勇气上前张口；

他们仍然在书柜里摆放着一本本苏联小说，这是物资匮乏时两个知识分子节衣缩食买来的精神食粮，包好的牛皮纸上面，墨迹仍旧。

他们，是我的父母。

他们和我一样，都有一种融入血液的情结。这种情结，与一门语言、一个邻国有关。

语言是俄语，邻居叫俄罗斯……

军训结束后，疲惫的身心还泡在"两个转变"的余波中，又被迅雷不及掩耳之势抛到一场实力悬殊且无悬念的学习竞赛中。这和地方大学新生普遍罹患的考后放松症完全不同。

"重打鼓另开张"，说得容易。但咱有发足狂追的成功经历啊！

想当年转学到郑州插班就读。第一次英语测试给了爸妈当头一棒，让他们颜面大失。和同学们相比，我的水平实在太差了，毫无基础可言。

要强的妈妈决定亲自当家教。她凭借原先那点"连瓶底都盖不住"（老妈原话）的半吊子英语、花17块钱买的一台山东德州产的晶体管收音机、一套郑州大学外语系的教材，每天六点先听广播自学，再"填鸭式"教给我。每晚雷打不动，几个小时的恶补。

中文注音、反复朗读、强行记背，见效明显。我很快赶上了进度。从那以后，春暖花开，一片坦途。

没确定过自己是否有学外语的天分，反正比起看到就头疼的立体几何、折磨死人不偿命的物理，英语成为我最不怵、最喜欢的课程。

上课苦短，恨时光飞逝；课余时间还主动做大量练习、总结规律、整理笔记。画有黄色啄木鸟图案的《辅导与练习》和

《中学生学习报》都快被我翻烂了。

　　越学越爱、越爱越学，陷入了良性循环。别人都怕考试，而我每次都欢欣鼓舞地盼着。考高分嘛，手拿把掐的事。

　　功夫不负有心人。

　　学得那叫一个扎实、牢固、标准！

　　有了前车之"荣"，再加上爸妈不时写信来，表达热切的支持与鼓励之情，我不免信心爆棚。

　　"懦夫司机"（诺夫斯基）们，小样儿的，放马过来吧！谁怕谁？

　　然而……

　　"啪啪啪"，脸真疼！

差异

　　我只顾盲目自信，全然忽略了决定语言学习成败的重要因素：时机。

　　二十几年前，第二次去圣彼得堡执行培训任务。一群人住在内务部所属某住宅楼里。整个七层都被一范姓中国小伙承包了，他也负责我们的早晚餐和外出接送。

　　小范和我们年岁相当，操着一口极流利极地道的俄语。他和当地人勾肩搭背，谈笑风生，热络得像老朋友。如果闭着眼睛，你很难想象出他标准的东北人长相。

　　为什么说他口语地道啊？俄罗斯人日常说话时，速度快不说，还难免蹦出几个方言俚语。我们这些科班出身的大学生都不能马上明白，需要对方转换另一个单词。可初中没读完的他却对答如流，完全不打磕巴，还时不时地给我们这些翻译当翻译。

　　"扔到这个环境，没人教，啥也不懂。只能逼着自己去听、张嘴说。不懂什么语法，一个词一个词地穿起来，彼此能明白就行。每天都用，一来二去的，时间长，自然而然就会了。"

　　所以说，要是缺乏去当地务工留学的机会，没法被当地人生成的语言环境熏着、泡着、浸透着，那么最好从小开始打基础。孩子吸收新知能力最强，也最容易集中精力。

而我们呢，在十七八岁思维定式的岁数才蹒跚起步，难度可想而知。就像在一张已有痕迹的纸上画图。不仅要先擦掉原来的，还需重新构思、描画。双重辛苦！

这下完了，"扎实牢固标准"全成了学习新语言的绊脚石。

以前学得有多好，现在适应得就有多慢多难。

人们常把外语分成两类：入门难而提升易的和入门易而提升难的。

不幸得很，俄语恰恰属于前者。

后来，又一个扎心事实加剧了我的泄气速度。

我起初傻乎乎地认为全队人都是学英语出身。既然一起从头开始，面临同样困难，那么谁也别特殊。

但很快就现出了端倪。

我想当然了！对于辽宁和吉林的同学来说，俄语早已是熟面孔。不仅早打下六年基础，更是助力高考的利器。

20世纪80年代末，"一分决定前途生死""半分就是一操场"，势态吓人、形势逼人。"我们考俄语，稍微用点功，就能轻易拿到九十五六分。平时成绩好的尖子生，答题时细心点，得满分都可能！"

天哪，越比越伤心。英语生正赶上标准化改革初期试点，题目难度、范围增大，还有不可能打高分的作文。你考一个90分试试？

有得比吗？一方，零起点、零方法、零经历、零内容；另一方呢，有基础、有积累、有窍门、有方法。站在领先至少五十米的地方，样样应付自如。

　　至少三年级之前，一些同学能优哉游哉地在运动场打球、散步，或泡图书馆，看些与学习无关的杂志。我们则将主要时间扔在教室，还要自觉"加餐"。

　　It's unfair（这不公平）！

　　我太难了！

　　自找的，怪谁？

开心园

我刚才说过，以前英语学得有多好，现在适应就有多慢、多难。

在最基础的语音阶段已初现端倪。

我们的启蒙教员姓宋。没错，就是前面说过的烟台文科状元！大学霸来教一群小学霸，完全够格。

俄语共有 33 个字母。我们每周学几个，然后温故、知新，周而复始。

俄英有些字母长相、写法一样，但读音不同。此时，基础扎实的学霸后遗症开始笑话频出。

比如一看到"m"，立马条件反射：这不是英语的"艾姆"吗？没毛病！谁知道它是俄语 T（"特"）的手写体小写。每回上课，教员会叫同学起立，大声朗读含有这个字母的音节组合。明明坐着时默念得好好的，一旦被教员幸运点中，站起身，感觉大家眼光都"嗖嗖嗖"地从四面八方射来，脑子立马变得空白。

无奈地红着脸、僵着舌，"妈毛米"脱口而出。周围响起一片善意的笑声。这才意识到，应该是"他涛基"嘛！个人丢脸，倒给大家单调的学习生活增添了乐趣，也值！

还有那个大名鼎鼎的标志性字母 P。别跑，说的就是你，弹舌颤音。它绝对是语音学习途中最吓人的"拦路虎"，没有之一。据说连列宁同志都发不出来，这还是他的母语呢，何苦为难我们这些外国人？后来与俄罗斯人多次实际接触，发现颤音真没那么重要，不必逮着就发。

可我们当时还是乖乖按照宋教员传授的诀窍，在"胡萝卜加大棒"政策下，老老实实、规规矩矩地抓紧一切机会练习。次数只多不少，不敢偷懒耍滑。

现在公开一下宋氏独门音功秘诀：先将 P 和其他元音组合一起发。娴熟后，将后面的元音毫不留情地剔除、甩掉。最初发的音，轻飘无力，虚浮得很，当属正常。坚持练习短则几天、长则半月，直到腮帮生疼、舌头发木，才能"P"得底气十足、声调洪亮、收放自如。

在她的监督和指导下，我们班整体语音都很标准。

"好的开始是成功的一半。"这句著名的俄罗斯谚语特别在理。对于今后渐深式的学习来说，没有孤僻口音和队列训练时没有孤僻动作同等重要。

感谢教员的辛苦付出，守护了我们的"纯度"。

跌跌撞撞、死拉硬拽地熬过了语音阶段，别指望停下来喘口气。

万里长征才走出第一步。接下来，是从易到难、逐渐深入的语法学习。

不学不知道，一学吓一跳。谁也别抱怨，甘苦走着瞧！

原来，被教员们辛苦领进门的崭新世界居然如此变态又魔力十足。

天哪，名词居然分性别，和人一样。阴性、阳性，还有中性。用某公众号调侃的话来讲：房子是男的、别墅是女的、窗户却是不男不女的；面包是男的、盐是女的、咖啡店又是不男不女的。这这这，简直没常理可言啊！

再来，一个名词、代词、形容词要变六个格，好吧好吧，我能接受，单数、复数，阴性、中性、阳性不一样，好吧好吧，我还能接受；一个动词变位有40个，除了过去、现在和将来，还有完成体和未完成体，不同时态变位不同，不同体动词变位也不同，好吧好吧，我也能接受；表方位表时间表原因表结果分别接二三四五六格，好吧好吧，我终于头晕气短、舌头打结，没法接受，缴械投降了！

我咬牙刚把啰里啰唆的名姓父称弄明白，您这儿由着性子发挥的一堆又算什么？喂喂，那个叶卡捷琳娜同学，我问你，喀秋莎、卡佳、卡季卡是你的姐妹吗？什么什么，都是你？一个人！

俄语套路深啊，越想头越沉。

看看，俄语只是刚接触的第一门课，就当仁不让地给我们来了下马威。

学校是我们的家

作为全军唯一一所文理外兼收的重点院校，洛外更注重打好坚实的语言基础，再将其他领域知识兼收并蓄。

在校四年，学过各类课程40多门，杂得很。

有些属一次性。一般半学期或一学年就结业，考试通过就彻底弃之不管了。在阶梯教室上的大课很多归于此类。它们也分乏味的和有趣的，比如军队政治工作学。它以枯燥而艰深的理论知识为主。我们听得无精打采，笔记倒写得满当当。迄今为止，我只记得一句"长流水不断线"。

有些课，时间短但让人留恋，丝毫没有"终于上完了"的如释重负感。军事地形学就是这类。这门课安排有实地教学内容，就选在南门外的山坡上。我们拿着分到手的指南针、测量仪等专业设备，绘制着等高线图。设备装在厚厚的棕色牛皮套里，沉甸甸的。心情却无比轻松。

能够名正言顺地换个环境，呼吸着清新的空气。哪怕只有几十分钟，再光秃的果园、田垄也觉得顺眼。

对于俄罗斯语言文学的学生来说，"长流水不断线"的只有专业课。从大一到大四，贯穿始终，是课表上几乎"天天见"的熟面孔。

刚入校时，百多号十几岁的男男女女一律年少气盛，要脸面，自尊心强。大家都没找后门、没托关系、没走路子，正经八百考进来的，谁主观上也不想扯后腿、招人耻笑，那就少废话，咬牙苦读吧！

白天自不必说，晚上熄灯后的时间也绝不舍得浪费，要抓紧温习功课。

用被子或大衣蒙住头，塞好可能漏光的边边角角，再打开手电。这是夜读的常规步骤。

想也知道，该多憋气且极易脖酸眼胀。

别无选择，实属情非得已。一是大家住集体宿舍。每屋最少八人，最多十几人。偶有"走光"，肯定影响别人休息。二嘛，有的队干部特像一条训练有素、精力旺盛的猎犬，热衷于熄灯后在走廊里四处逡巡。看我们这帮小兔子是否乖乖入睡，还有没有在水房逗留磨蹭，在走廊端盆卷袖踱步慢行或在各屋之间窜来窜去不肯就寝的。一旦被窥探到任何可疑光亮，挨批在所难免。如果没人主动承认，搞"连坐"让全宿舍集体受罚也是有可能的。

如此恶劣的条件下，可怜我这双本就近视的大眼睛，其模糊程度和获取的知识量实现了同步增长。

说也奇怪，这种非典型性姿势的读书效果倒出奇的好。可能正是闷得快窒息的不适感让大脑收到求教信号，赶紧驱动记忆模块，尽快缩短受刑时间，记住完事。

"自从依赖老花镜辨认字迹，看书便不再随时随地，更缺了大学被窝里蒙头打手电读小说那种偷来的兴奋。"看吧，三姐也挺怀念这种特殊的阅读体验。

到寒假前的两个多月，除了语音，我们只学了几句三四个单词组成的简单句式。比如，"我读书""妈妈在家"之类。

回家后，有天和老妈闲聊。突然想迫不及待地念两句，显摆显摆。好歹咱也是专业的！可惜并没得到想象中的夸奖，还闹出了不愉快。

当我逐字逐句读到"институт, это наш дом（学校是我的家）"时，"噢，学校是你的家，这儿算什么？小没良心的！"在毫无防备的情况下，一句嗔怪兜头砸来。

我彻底蒙了。哪儿跟哪儿啊？

不过站在妈妈的角度一想，也能理解。我打小被送回老家寄养，祖孙情深。这段经历让母女一直难以亲近，总有几分疏远，又始终没机会去缓解和改善。现在我离家上学，像笼中鸟重获自由。依我的性格，毕业后只怕离得越来越远。

知女莫若母。我妈预见到这个结果却无力挽回，才如此敏感易怒吧？

苦乐在心

外语有五技，听、说、读、写、译。

我们的专业课程分得很细，务必学透、学精、学深。从最初的语音到逐渐拓展内容和范围，教学计划循序渐进、稳步推行。除精读课外，又陆续增加了泛读、国情学、视听说、时文等，将一门语言弄得花样迭出，就是为了技能齐备。

上课用的多是学校自编教材。封面绿色或天蓝，插画线条简单、极为卡通。下方列着的一行行编书人员中，能看到熟悉的教员名字。

"如果上面所有的人我都认全，是不是就该毕业了？"我常这么想。

五个指头伸出来还有长短之分呢！这些课程也是。

我最喜欢上泛读、时文和国情学。

泛读和时文教材都是大开本、浅蓝色封面。泛读内容以卫国战争为背景的小说或一些名著节选为主。文章感染力、可读性都很强。写人物、对话、心理、风景，无不生动形象。字里行间流淌着斯拉夫民族特有的豪情、浪漫、细腻与忧伤，特别符合我的喜好。

阅读过程中，生词肯定隔三岔五地遇到几个。只要不是核心关键词汇，一般我先试着猜大概意思，画横线标出来。这样保持流畅完整的阅读体验。

最后一并查字典。明白词义后，回过头再一一对照，通读数遍。猜对的，印象更深刻。不懂的，抄本上，没准儿下回还要碰上。

那时在班里，我通常第一个读完，然后将查到的生词写在黑板上，这样别的同学就不用重复费力了。

时文多是新闻题材。不在意时效性，而是教会我们掌握固定格式和搭配。

在当时的全国俄语教学领域，我们学校开设的语言国情学绝对算创举。教材也是系里编的，紫皮、小薄本。

这门新课很快就抓住了我们的心。可惜每周只有一到两节，要是天天上就好了。

教材章节包罗万象。宗教、礼仪、风俗、民情、饮食、禁忌等，什么知识都涵盖在内。教员娓娓讲述，给安坐教室的我们打开了一扇扇俄罗斯百科之窗，真正做到"身未动、心已远"。

如果论起难度，排前两位的肯定是听力和口语。毕竟不是母语，耳朵和舌头需要长久的训练，才能形成行家所称的语感。

因此，视听说课挺让我们发怵。

2021年5月19日，是我和连城常拿来调侃的"小滑子看球纪念日"。比起这个，属于视听说的片段有点模糊，需要求证。15时许，三姐发来微信："木地板需要换拖鞋，小格子间，一人一副耳机。还有啥需要回忆，趁脑子还好使。"

得，和我的记忆完全吻合！

这是唯一一门需要换鞋的课。

视听电教室在走廊最西端，地势略高。大而通透，采光不错。换鞋的小隔间却比较黑，靠墙立着鞋柜。

幸亏一次只容纳一个班二十人左右上课，否则等着换鞋得耗费多长时间？女生相对心细、爱干净，会顺手将换下的鞋摆放整齐。有些大咧咧的男生可不管这些，随便一蹬，甩得横七竖八，一地都是。拖鞋很难做到回回消毒，但也没听说谁传染了脚气。想必我们的身体还是相当年轻而健康的。

教室铺着洁净的木地板。每个座位贴着编号，被独立的挡板隔开，形成一个小小的私密空间，彼此不受影响。

上课要戴耳机，便于听录音和回答问题。桌面上有简单的金属按键。教员坐在最前方的总控台那里。她想提问哪位同学，就用笔点击对应的座位号。即使回答错了，也可避免大庭广众下面对面的尴尬。

这门课需要很高的专注度，不能溜号、开小差。听懂听对的喜悦满足和听不懂听错的失落沮丧互相交替，一节课的时间就在不知不觉中流逝了。

单纯的生活场景类对话，比如问路、看病、购物、就餐、庆祝圣诞节，发音清晰、句型相对固定，容易些。如果播放的是故事片，哪怕只一部，也需要分成几部分连续观看。有故事、有冲突、有情节，无疑加大了逐字逐词听辨判的难度。

曾看过一部苏联黑白电影《西伯利亚交响曲》。讲的是曾为钢琴手的男主人公如何在远东边疆开荒拓土，最终重新找回了人生价值。从头到尾，贯穿着浓重的革命情怀和积极向上的正能量。连续的几节课上得，都是辛酸泪！

剧情不复杂。演员们可能都毕业于高声大嗓学院激情四射专业，语速快又含混。我们听得本就吃力，中间还不时插入歌曲。优美的旋律和跳跃的音节把语句切割得凌乱断裂，很不容易抓音。放得再慢、慢到失真，个别词也听不出来。

终于它赢了，成为数年后大家还能记得的共同阴影。

狗刨

在知识的海洋里，我至今仍喜欢"狗刨"。

何出此言？

本科教育阶段传授的都是入门知识。让我们在慢慢接受陌生的语言之余，也能学到与一名军官相匹配的相关技能。

师傅领进门，不是船到码头车到站，还需要在实践中自己领悟、琢磨、精进和提升。就像我学游泳时，起初只会瞎扑腾的"狗刨"，姿势难看却实用。之后即使有了正规的教练指导，学会各种标准动作，但狗刨好像刻入了身体，成了一种下意识的举动。只要觉得脑子发空，内存告急，就要时不时地划拉些有益的知识。

毕业后分到地处偏僻的单位，在陌生环境中无意进入另一场竞争。和同批来自其他院校的学员相比，母校系统扎实的教育成果让靠专业吃饭的我们很有信心面对新挑战。

无论是翻译《红星报》、校音还是日常竞赛，参加比武，没个怕的！

每每提起校名，"学生综合素质高""语言基本功好"，总能引起听众的这类褒奖与认可。

是啊，我们可能不如某些高校名头响、洋气，少点于谈笑间盘点世界局势的风发意气。但安身立命嘛，实用、不浮夸才是关键。

2020 年年末，偶识早已在俄语学习软件闯出一番天地的小兄弟。他在大名鼎鼎的莫大读硕士，学成归国创业。

初见时一番寒暄。

"李姐，您洛外的啊？你们学校俄语基础都挺好的，尤其听力。"

闻言自豪也惭愧。

还有一次陪同前辈去谈事。

"（她是）洛阳军外毕业的。"老人家介绍我。

闻言，坐在对面，正纵横开阖、笑顾左右的那位仁兄明显减了脸上的轻慢。他将散淡的目光移过来，盯在我脸上。态度热情而真诚，开始主动攀谈。

后来结识了一些圈内朋友。

"当年都是没考上大学才去留学的。"

"本科在哪儿上的？要是俄罗斯人教的基础课，可不行，特别不规范。还是得国内的正经高校！"

嗯？简直颠覆认知。

好吧，不管怎么样，歪打正着了。

改写一句广告语："俄语学习哪家强，且到中原看洛阳。"

当年百般苦，现今点点甜。

明星

紧张有序的军校生活里，不分家的并非文体，而是文体与专业。较之高中时期繁重的备考，闯过最初语种转换的难关后，接下来的各科学习相对轻松。只要认真听讲、用心巩固复习，基本都能跟上。极少数同学有余力，课上吃不饱，还要自己找补，这样成绩就更优异。

文体活动是有益身心发展、丰富业余生活、促进带动学习热情的必要补充。它既能融洽人际关系，打造个人价值和集体观念，也让旺盛的精力有了正当用武之地。

所以，放在学习这章里，绝对没毛病！

总会有一组青青校园的记忆与音乐有关。那些耳熟能详的优美歌声来自齐秦、童安格、苏芮、高明骏……在就寝前、熄灯后、学习间隙、晚会中、联欢上；在操场、教室、宿舍、树林、草坪、小径……浅吟低唱、盘旋流连。

刚入学就斥巨资买的轻音乐合集《月亮河》；自己用语音空白磁带灌了许多流行歌曲；寒假返校的当天晚上，《跟着感觉走》的旋律随着暮色中的雪花一起飞舞；六班高低闺密组合表演了《星星索》，红花、绿叶各得其所；在大家强忍笑意的耐心等待中，高个李姓山东男生开了 N 次头、调儿也跑丢 N 回地来了首《烟雨濛濛》；在大礼堂演出的男女声对唱《дороженька》《в моей душе покоя нет》……

音乐，和初春鹅黄的烟柳一起摇曳，和盛夏路旁的梧桐一起低语，和深秋金灿的银杏一起欢唱，和隆冬无声的雪花一起飞舞。是音乐，记录了萌动的情思；是音乐，润养了被束缚的心灵；是音乐，吹干了思乡的泪水；是音乐，传递了友情和爱恋；是音乐，灼痛了遇挫时的双眸；是音乐，淋湿了毕业的不舍；是音乐，抚平了成长的创伤！

永恒的音乐记忆，经年流光，温暖余生……

2022 年 5 月 27 日，影响数代人的音乐教父罗大佑在线放声，引发了 2000 多万人的集体共鸣。那些经典旋律当年也缓缓流过我们的青春岁月。前几天演唱《青春》的沈庆英年早逝，引起的追忆和伤感似乎被今晚的歌声抚慰。三姐、撤佳、舒里克不约而同地分享了音乐会消息。

三姐更是有感而发：

一曲《光阴的故事》瞬间泪目。军校毕业前夕，每晚由大姐起头，宿舍姐妹们一起哼唱："春天的花开秋天的风以及冬天的落阳，忧郁的青春年少的我，曾经无知地这么想。风车在四季轮回的歌里它天天地流转，风花雪月的诗句里我在年年地成长。"夹杂着同窗四载即将奔赴天涯海角的不舍和感伤，也有着对未来可期的青春抱负，悠悠歌声一遍遍回响在狭窄走廊，随风飘散在空荡的草场上……

确实如此。

我偶有登台机会，唱过歌、演过小品，但纯属个人一时起兴的小打小闹。八哥、老俞、星哥他们几个才是正规军。

军训结束后没多久，随着毕业生离校，学院的军乐队迫切需要新鲜血液的加入。

队里有五位同学通过严格考试被选入。

"我们刚来那会儿不都有表演节目吗？唱歌的、跳舞的。军乐队就把这些人先召集起来。像拉手风琴的那些本身就有专业，直接分配乐器。我们没专业的就唱谱。试着唱一段谱，音都要同时往下降八度。只要唱准了，基本都能定下来。"

我再次确认星哥是"口嫌体直派"的掌门人。

"回忆什么，人生要向前看。"两分钟前，他分明如此表态。可到底还是详细发来一条条的补充，且有问必答，还随口哼唱演示。

"军乐队有二十来个人。四个女生吧，俩军鼓、俩黑管。"

2021年6月2日，老俞也回了长长的语音："菲尼娅，当时咱们队参加军乐队的是五个人。国立吹圆号，向前吹长号，我是长笛，刘伟呢，黑管，还有文星是大号。队服统一做的，不花钱。军乐队主要是在院里演出。宣传处的干事如果能联系上校外活动，就搞一搞，但是很少。我印象中记得一次，有个什么酒业集团请我们去，好像还发了点补助，十几块还是二十块钱呢！"

三十多年后，星哥对这段经历记忆犹新。"大号是当时乐队最大的乐器。分配给我也是因为我个头最高。很多同学第一次看到都说，哇，很难吹吧……其实它是最容易的。经常听到指挥说大号吹得不错，我挺尴尬，因为记得我好像根本没吹。"

军乐队的队员们经常穿一身笔挺的演出服，戴副雪白的手套，捧着锃亮的管弦乐器，骄傲地站在重大场合的舞台上。当指挥棒一挥，雄壮激情的音乐顿时响起，环绕在我们周围。他们的一举一动潇洒帅气，无疑成为大眼睛小眼睛追逐的焦点。

舞台上的风光是台下无论寒暑、坚持认真练习而挥洒的汗水凝化而成。

军乐队每两周训练一次。

"乐队外出接任务，有时就在行进的卡车上吹。别人应该都没问题，可大号是支在椅子上的。车颠簸时，我对不上嘴儿，太难了……"

星哥被我逼迫得思路大开，捎带手帮我补充了其他遗漏，让模糊的记忆逐渐浮出脑海。

"队里有足、篮、排球队，我还是排球队的。不过，排球不如足球和篮球热，所以和其他系队打得不多。队服是蓝白色的。"

写到体育这部分时，绝对绕不开赵老六。高而壮的首任一班长不仅是阅兵时的基准标杆，也是活跃在足、排球场上的熟面孔，更是运动会上为队争光的骨干分子。

三十多年前的沈阳小伙早已在京安家多年。性格没怎么变，还是大咧咧的热情与爽朗。口音里残留着几丝苞米碴子味儿，很带喜感。本以为过个端午，他就把节前我拜托的事忘了。毕竟机关工作的人，多少有点选择性健忘症。但事实证明我错了。

2021 年 6 月 15 日，刚开过会的他发来九条语音。可能税务职业使然，讲述起来层次分明、结构清晰，一点儿不含糊。

"咱们外院的排球在河南省还是不错的。一系二队还是几队有几个是院排球队的，我也在院队打过替补。当时是那个鲁志东吧，教练，水平挺高的，经常组织一些训练。

"各个队之间还打比赛。我记得咱们的排球队是我、大潘、文星、陈宇还有东吉、老魏。还有几个，我再回忆回忆。大潘打得不错，二传。有一次跟四系三队比赛吧，挺激烈的。最后我们 2：3 输了。好多女同学加油，队里组织的啦啦队也挺给力。

"咱们各个班也打过比赛，男女混合的。三男三女或四男两女。我印象当中，个头稍微高一点的，像你和你五姐，咱们中午有时候也打打球，玩一会儿。我一般都是踢完足球呢，又来练排球。"

至于足球队的衣服我记得倒很清楚。因为好几个队员都和我同班，比如赵老六、八哥、放哥。他们有时训练或比赛来不及换军装，就那么穿着在眼前、身边晃悠进出。

队服是一种类似薄绸的红色面料，上面印有黄色队名和各自姓名。现在想想，番茄炒蛋，不正是出征奥运会的国家队标配吗？

"系里每个年级都有足球队。球衣红底镶黄边，街上做的，十几块钱一套。不太吸汗，容易粘在身上。也没有固定训练时间，一周约个球队踢一场。"二班的主力队员阿珉更有话语权。

傍晚时分跃动在球场上和每年院运动会上的飒爽英姿、矫健身形，或健壮或轻盈或秀美或阳刚，配合着热烈的欢呼、呐喊声，在多少人的青春梦境里浮浮沉沉，又搅乱几缕萌动的心思。

这些能歌善舞的才艺达人、绿茵场上的健将无疑是最闪耀的明星，能轻易成为不同队系之间口口相传、被打听、被关注的风云人物，比学霸更容易赢得知名度和追捧崇拜的眼光。

他们的歌声、舞姿、活力落在多彩青春幕布上，都化作无法抹去的灿烂颜色。

在这方面，军校和地方实现了零差别。

家传

自诩在文体方面并非天赋异禀。这把年纪再比学赶超那些有特长的同学们，势必难于登天。那就扬长避短，做自己擅长和喜欢的事吧！不为别的，只图悦己。

军校四年，除了学习，我把大部分时间留给了一位亲密伙伴——文字。在我沮丧、失落时，它默默给我心理支持和精神鼓舞。如果说前者是被迫接受的指婚，只图相敬如宾，那么后者才是缘分天定，情投意合。

说起来，算遗传吧？

爷爷是李、王两家祖辈中寥寥的读书人之一。沈阳解放前，爷爷上到国高二年级，能识文断字。在当时文盲遍地的动荡乡下，实属不易。

到我爸妈这代。他们在 1962 年分别考上东北人民大学（现吉林大学）和中国人民大学。两所重点大学毕业生组建的小家庭里肯定少不了书香。

青出于蓝，能否一定胜于蓝先不说。但经过天长日久的晕洇与浸渍，好歹比空无一物的"白"要多点内容。

教育正是如此，从学习到性格，无所不包。知识分子家庭更注重这个。如果教不好孩子，哪怕当再大的官，人前也灰头土脸，大失颜面。

我家尤甚。

还是毛娃娃时，爸妈就开始了启蒙。他们先问："月呢?"再引导我们用小手去指挂在天空的月亮。兄妹皮肤很白，爸妈再问:"白不白?"我们也随口回答:"白。"爸妈觉得我们比同龄孩子长得大，自然教了"大"字……此外，一有时间，爸妈就骑车带我们外出认字、识物，赏景、学习两不误。

我们上学后，又多了互动节目。

爸妈下班回到家，除做家务、辅导和检查作业外，还要抽空"加课":他们当演员，一问一答情景再现;我们做观众，认真揣摩模仿。

一放假，除了完成学校布置的作业，我们还要在爸妈的督促下，背诵古诗词，以提高文学修养。

爸妈工资微薄，还要准时给老家的长辈寄钱，日子过得并不富裕。但他们仍省吃俭用地从牙缝里挤出钱，订少儿读物。

家里有两个高大的多层书柜。爸妈卧室那个以多年来珍藏的小说为主，还有《大众电影》《大众电视》《八小时以外》《知识就是力量》等刊物。

我们的书柜在大南屋靠墙立着。里面高高低低的一摞摞，都是《儿童文学》《少年文艺》《儿童时代》《中学生学习报》《东方少年》和小人书。

一册册书搭成盾的模样，抵御着岁月的轮番来袭。

它们也是慰藉灵魂、哺育情怀的最佳补品。渗透浅表的肌肤，日复一日，侵蚀入骨，化成无形的养分，与血液一起流淌全身。

　　渐渐地，我长大成熟了。

桃花坞

铺垫了这么多，最想说的不过是一段与文字有关的往事。

老家山多土肥，适合果树生长。在我和妈妈两代人的记忆里，对此都留有深刻印象。在妈妈的印象中：

> 奶奶家栽的果树很多。房后山坡上有两棵山里红树，秋天收好几麻袋；房西边是成片的枣树，北边是满墙的爬山虎，交汇出一大片绿，特别养眼。墙外又是桃树、李子树和红果儿树的地盘；前山坡上种着樱桃树、杏树、山楂树；东边则是几棵大梨树；菜园里还种了几株紫皮葡萄。花开时节，奶奶家的房子被包围在多彩的花海中：红、粉、白、黄，如云似雾，层层叠叠，连衣缝、发丝里都能沾染上丝丝缕缕的香气。

爷爷是搞南果梨试种的先行者，奶奶也是打理内外家务的好手。有了他们的辛勤劳作，我的童年似乎一年四季也渗透着果香。

> 窗根是一棵粗壮的杏树。暖意融融的春天催生了它的

满树繁花。蜜蜂嗡鸣、蝴蝶起舞，到处流淌着醉人的花香。一些缀满白花的长枝条从开启的窗户里探头探脑地伸进，好像在偷看。之后花落、叶萌、枝长、果生，小青杏躲在繁密的绿叶间，顽皮地和你捉迷藏。

对于果树来说，第一年的收成普遍不会太好，因为要适应土壤、气候等环境因素。可是，即使结的果子再青再酸涩，也不会被嫌弃。庄户人不会文绉绉地说什么敝帚自珍，但一样珍惜自己的付出。

成立文学社就属于多年家庭熏陶在异地嫁接后的成果。尽管它小而稚嫩，存活的时间也不长，却让我难忘。

作为军人委员会的宣传委员、集刊物创办人、投稿积极分子、编辑、校对数职于一身，那阵子我几乎忙得飞起来。

为文学社选名字时，脑海中很自然地蹦出"绿帆"二字，可能受了夜读时一本小说《红帆》的影响。帆，代表乘风破浪、战胜险途的勇气，也喻示将来毕业远航的志向。同时，我们身处军校，绿也是最贴切的颜色。

在灿若星辰的俄苏文学史上，格林的《红帆》并不是特别著名的作品，却是特别著名的浪漫主义爱情故事，极富诗意和想象力。

撰写毕业论文时，我选择的题目也与它有关。很难说不是一年级时筹建文学社的后续影响。

在图书馆一楼资料室猫了好多天。那里挑顶很高，林立着一排排整齐的书架。鼻端吸入略带霉味的陈旧气息，并不难闻。

可能题材太过小众，能找到的参考材料很少，想达到规定字数实属不易。

幸亏本姑娘扩充、联想、东拉西扯的能力很强，才算合格通过。这篇小说最打动我的情节，当然是阿索莉不顾现实苦难和周围人的嘲笑，执着地等来了天际那角红帆和心爱的王子。"……她惘然、羞涩，但又十分幸福。她不知所措地将双手伸向那艘高大的帆船，她所一直向往的奇迹。"

阿索莉对爱情的渴望触碰到了我的灵魂深处，所以对帆船这个意象产生了特殊情感。

一语成谶。

当时的我并不知道，"帆"早已代表一种预判。毕业后，我在屡次被人望文生义而质疑的无海之地工作十几年，穿着白与蓝，也有机会看到本国海、外国洋上的点点帆影。不知是否冥冥注定？

经过队干部的宣传鼓励，多位同学踊跃为文学社投稿。利用业余时间编刊，每期费不了多少工夫。

先初步筛选出佳作，再由美术功底好的同学画几张插图。一并刻到蜡纸上。不需要精致的排版，基本就算完工！接下来进入体力大比拼。

将蜡纸平放在纱网上，下面放着摞得整齐的白纸。让滚棒沿着蜡纸均匀地由上而下压过，原本空无一物的白纸上就印了图文。一张、两张、十几张……刚开始还干得兴趣十足，觉得曙光在前。可几十本的总工作量最后让动作变得僵硬，仍然看不到希望。

　　都印完后，还要按页数从散发着浓郁油墨气味的一叠叠纸中抓取。检查无误，码墩整齐，装订好。翻看时一定要小心。手一打滑或力气稍大，管保蹭上几道黑印。

　　创刊号不到 40 页，排得略显拥挤。

　　第一篇出自同宿舍大姐之手。内容讲的是放假回家那一幕。她的笔触细腻灵动，与平时北京女孩的朴实外表不太相符。"清晰如昨"是我迄今仍印象深刻的四个字，并收为己用。

　　"自己的孩子自己疼。"每次捧着热乎乎的新刊物去各班分发时，我心里特别有成就感。我甚至颇具勇气地穿过操场，跑到才子才女扎堆的五系一队，找到师兄，美滋滋地塞给他一本。要不说年少无知呢，狂妄得早把"班门弄斧"甩到了九霄云外。

　　军校纪律严明，做事必须循规蹈矩。经过入脑入心的教育，再桀骜难驯的人也做不出大逆不道的事。

　　特殊环境好像具有一种神奇的魔力，让粗糙的人更粗糙、细腻的人更细腻。对于我来说，虽不如林妹妹般"见花流泪、见月伤情"，却也变得对文字更加依赖和信任。

　　每一处不起眼的景物、每一件不值得提起的小事，似乎都自然而然地与周遭景物联系在一起。换而言之，司空见惯的风花雪月配上很不寻常的背景，往往具有别样韵致，哪怕是苦涩僵硬的。或许正是身体的不自由，才让心灵放飞得更自由。

　　除负责编发文学社的刊物外，我偶尔也会给院报投稿。

　　每次看到辛苦誊抄的稿件能刊载，哪怕仅豆腐块大小，也足够我激动半天。

　　三道门正对的那栋楼是院办。打开水、去服务社、上邮局、逛北院生活区，一天经过它身边好几趟，可惜像我们这种连系办都很少去的普通学员平时根本没机会入内。作为掌控学院正常运行的重要中枢，这座阴凉洁净的建筑在我们眼里显得很神秘。

对我来说，唯一能正当"登堂入室"的理由便是发稿了。编辑部老师通知队里，让本人过去拿报纸。这时的我心情无比自豪。几百米的距离，轻快的脚步好像一瞬间就能滑过。

礼貌地和老师告别后，刚一下楼，就迫不及待地边走边看。明明熟悉得能倒背如流，可印在规规整整的报纸上，有点陌生，仿佛平添了仪式感。

引用人品不咋样却活得有滋有味的袁枚老先生的话："苔花如米小，也学牡丹开。"

上学后，写日记的爱好受制于环境被迫放弃。代替它的是一个专门创作用的小本。很普通的牛皮纸面，没漂白的内页上印有单调的一行行横线。

里面收纳了自创的诗歌、《紫月亮》等散文，还有即兴感悟和摘抄。空白处，我再随意来两笔涂鸦。"我脸上灿烂地笑着，却在蔽颜的帽后落了泪。"得意之作。

小本不肯示人，是一方寄心怡情角、一处灵魂秘境。

在严纪统率一切的校园中，潜心、醉心文字的我仍能卓尔不群，拥有一份难得的灵魂自由。没有随波逐流，泯于众人，是多么幸运的事。

和唐伯虎一样，我也找到了自己的桃花坞。

高光时刻

赵老六他们拼体力的体育小明星和我这个动脑力的小笔杆子平时看似不搭界，却能在一个重要场合形成交集：运动会。

洛阳的初秋很美。可能老天爷觉得夏天的炎热给人们带来太多的不适和烦扰，所以心存愧意，想方设法地用微凉清爽的秋意来弥补一下。

运动会是学校每年的一项重大活动。不仅提供一个体能竞技的公开展示平台，也使健将们有机会冲刺和刷新历年纪录。

"咱们外院每年都非常重视运动会，丝毫不亚于会操。训练一般都得提前一个半月就开始了，很严格。每个队都争取在运动会上拿到好成绩。"赵老六记忆犹新。

毫不夸张地说，那些天，除了正常上课，各队都把备战运动会当成重头戏。简直就是一场活生生的战役演练，务必精准到位、分析全面、反复推演、知己知彼。

"尤其我们队。队干部组成集司、政、后于一身的指挥部，各司其职。齐队长本身专业搞体育的，对于这种全年难得一遇的大显身手的机会更为看重。齐队长通过分析，觉得一些重点项目可拿分，就抓得很紧，像短跑、接力、五公里。每天训练很艰苦，强度大，吃得也不好。运动量大，肌肉酸痛、僵硬的情况老有。训练结束，队长还指挥我们互相按摩，放松身体。"

一个队一百多人，真正有实力可以破纪录或挣分的同学并不太多。面对诸多的竞技项目，他们经常一人身兼数职。这也是考验齐队长排兵布阵能力的时刻。

那两天，阔大的操场一改往日白天的冷清，处处彩旗飘舞、横幅齐现。不时响起热烈的加油声、呐喊声和锣鼓声，将头顶上方的空气都扰动得毫无宁日。

赵老六、小勤、红霞、阿保他们在场上奋力拼搏，不放过任何一个为系、队争荣誉的机会。

而这几天也是属于我的辉煌时刻。

写稿、收送稿、催稿是队里交付我的光荣任务。

运动会期间，全队上下总动员。不上场的同学们自动充当啦啦队。像我这样还算有点特长的一部分人被挑选出来，分成宣传报道、后勤保障、医务、应急服务等小组。

秋高气爽，万里无云的好天气。吃过早饭，大家右臂夹紧小方凳，迈着整齐的步伐，听号令统一带队入场，然后在划分好的指定区域坐下。

那么多学员队不可能都安排到紧贴赛场或主席台的核心位置上，总会有远有近。印象中我们队好像运气不太好，每回都比较偏。

宣传稿没办法提前准备好，只能现场创作。顶多把固定的格式套话先写上，留出可灵活填补的空地。根据当天的实际比赛项目和上场人员，再度创作。

没有像样的桌椅。索性坐在小方凳上，以膝盖为桌。眼前，因激动兴奋而站着挤着加油的各条腿晃来晃去；耳朵里，灌进各种混合声响，还要留意捕捉大喇叭里传来的即时比赛成绩。

经常，这里正埋头为刚取得优异成绩的某个健将写庆祝报道，那边又要忙着为即将展开激烈角逐的同学鼓劲，希望他在赛前能听到来自集体的支持和助威。

只有刚开场和半天比赛快结束时才能踏实坐下来。其余时间，手攥几张稿件，频繁往来于队里观赛区与播音台之间，是我的另一种常态。

文字的世界也是一场无形较量。播音员选谁的稿、播放时机是否卡点，全在人为。我没混出和他们相熟的好人缘，只能以份数博中选概率。

每回听到运动会大喇叭里传出播报：一系四队来稿。嗨，那份小骄傲！哪怕并非出自我手，也是我负责修改、人肉送达的不是？

"我一般是 100 米、200 米和 400 米跑，还有跨栏比赛，后来也参加过铅球和跳远。至于成绩嘛，100 米跑得一般，可能第八名左右，有时还进不了。三班长当时应该是咱们队最快的。200 米呢，主要是我、冬吉还有国立参加过，能取上名次。400 米训练是比较艰苦。有一次，我还跟三队的两个刘师兄一起训练。他们水平比较高，参加河南省运动会都有名次。接力的话，咱们队好像还可以。具体成绩有点儿记不清楚，但那个场面挺感人的。大家都齐刷刷地大声喊着，挥手跳脚地加油，有的从起点追到终点，比自己上场比赛还卖力气。"

我和赵老六体会到了同一个点。

　　要知道，啦啦队确实是渲染气氛的不二主角。不用刻意组织、安排、部署、动员，没参加比赛的或当天不用上场的同学们都自觉成为其中一员，为队里或同系的战友真诚呐喊助威。嗓子哑了、手掌拍红了、腿踮酸了，全顾不上。

　　中长跑项目是对体力、耐力的极限挑战。除拿着锣鼓助威的同学，个别热心的女生还提前来到接近跑道终点的地方，嘴里连续喊着"加油""快了快了""再坚持一下"。她们攥着拳头，脸上一派紧张和关切，小步陪着精疲力竭、大汗淋漓的伙伴一起冲向终点。

　　如果撞线成功，取得好名次，身边所有的人都激动地相互击掌或拥抱，有时还会喜极而泣。

　　是啊，这样热烈而隆重的场合，谁心里的小我都要退让给集体的大我。每位同学心往一处想、劲往一处使，没有私心杂念。队兴我荣，队衰我耻。

　　万涓成海，集体荣誉感就是一点一滴建立起来的。

爱·好

对文字的爱好并没有随毕业而中断。只是看得多、练得少。除了两地书外，没什么机会让我大展身手。顶多在单位组织重大节日征文比赛之类的活动时，被处里安排着牛刀小试一下，获奖十拿九稳。于是，营区里广为传播的才女之名终于回馈了母校带给我的荣耀。

读书的通用功效不外乎开阔视野、增长知识、修心养性、愉悦情怀和塑造三观。对当时独立寒冬、望长城内外的我来说，它们更是对抗枯燥环境、避免沉沦的良药。一页页、一篇篇，一天天、一年年，帮我积蓄着强大的心理力量。如盖着雪被的萌芽，只待春风来。

转业后先当一线执法新人，接触的多是格式化法律文书。偶尔写个总结、工作汇报或情况说明，不需要太深厚的文字功底，否则就属于"高射炮打蚊子"。后来通过竞聘和考核，被任命到新组建部门就职，负责全单位的内外宣传。

终于有了施展拳脚的天地。

内刊、官网都是前无古人般的创举。尤其前者，从组稿、配图到版式设计，皆亲力亲为。

又过了几年，我终于攀升到了人生巅峰，享受着家庭和事业的双丰收。

作为一名年轻的处级干部，手下有几号人，管理着几笔宣传工作经费。有点小权，负点小责。内刊、官网、新闻发布会、社会宣传活动……忙碌得挺充实。

少年郎茁壮成长，两口子也算有得聊。四位老人身体健康无恙。

可能从一线执法到竞聘领导岗位太过顺当，加上之前在山沟沟里的部队履历也算辉煌出色，单纯的我全然忽视了地方人员对军转干部的复杂心态。身边早已养成"不干不错，越干越错"的畸形氛围，一个黑不见底的深渊在悄悄凝视着我。

"刚转业一两年，地方工作都没摸清楚呢，就当一个部门的负责人，还是有点那个……"主管领导笑眯眯地截断话头，没再往下说。

果然，不懂谄媚与推诿的刚直性格势必开罪别有用心的小人。本以为身正不怕影子斜，哪知道阳光都被收买了。我又不肯低头屈服，自然处处掣肘，迅速被踹入低谷。

那阵子，压力很大。感觉自己如同被搁在案板上的鱼肉，听凭"刀俎"处置，完全没有主动权。愤懑委屈外加彷徨无措，我每晚失眠，精神无比焦虑。

我死乞白赖地挤去与少年郎同睡。和他开心地聊几句，之后，他发出均匀平稳的呼吸声，我却无法入睡。郁积的难过像暗夜那么浓稠，将我笼罩得严严实实。眼睛时开时合，焦躁且无奈地等待第一缕晨曦映上窗帘。

瞒着长辈，不敢让他们跟着操心。大难临头没有各自飞的

"同林鸟"连城只要有空就宽慰和开解我。但解铃还须系铃人，我自己想不通，一样不治本。

在那段晦暗时光里，为了转移注意力，排遣思绪，我习惯性地求助于书本。而它们确实对得起我多年的信任，成为最好的心灵救赎工具。

《明朝那些事儿》《白鹿原》《蛙》《无字》等这些书平时无暇也无心细读，现在有了充足时间去品读。随着书页的掀开，我好像真的被一种神性力量牵引着穿越时空，不知不觉进入文字主宰的世界。

那里变幻多姿，魅力十足。它释放的魔力让我为之沉醉，变得超脱，对得失荣辱也有了新的理解和省悟。

终于，守得云开见月明。

回头再看，曾经受的伤、经的痛都成了刻在心头的勋章。

表面一切如旧，内心却对曾陪我共克难关的文字多了几分虔诚的敬仰与迷恋。随着年龄增长，时不我待的感觉越来越强烈。任光阴无情，任世态炎凉，总有一些东西应该留待后人观。从此，重拾爱好、写点什么的念头开始在内心深处蠢蠢欲动，一发不可收。

我可能上辈子是个以文谋生的人。反正每次写完内心想表达的东西，就变得无比愉悦。

"你发的朋友圈，每篇都那么长，动不动几百字。真行!"连城举贤不避亲。

"你随便一写就两三百字，我可做不到，想想都头疼。"撒佳善意打趣道。

要不是从他们嘴里听过这话，我自己都没意识到，日积月累的，竟然搭建起如此浩大的一座座庙宇。

"你看过那么多书，怎么就不能整理一下思路，把感想、观点写出来告知世人？有人还不一定有你读的书多呢！"我替连城感到惋惜。

晚饭后忙完家务，他总要坐在陈旧的木桌前，顺手翻到夹着纸条那页的书，开始沉入另一个天地。手机里的"微信读书"也丝毫没削弱他对纸质书的喜爱。《资治通鉴》《危机与重构——唐帝国及其地方诸侯》等"翻牌子"的次数过多，封面和手里盘玩的核桃一样，差点包了浆。

"唉,茶壶里煮饺子，出不来啊！码字是学问，不是谁都行的。"

对于工科生的苦恼，我极为同情。我也相信了，人和人之间存在个体差异。

于我，文字是从心底流淌出来的声音。随形就势，并不难捕捉。日常的所见所思所悟，想写就写，没考虑那么多，也不觉得像被迫做功课般犯难。

不用堆砌华丽辞藻，也别搭建复杂的行文结构。只求真实、有温度。

接连完成连城和我的童年回忆录、家史，算是给离家上军校前的人生圆满作结。

噢，抽空还编写了童话集《芳草地的故事》。

这就是冯唐说的"成事"吧？

事成，也成全了自己的心。

读刘勰的《文心雕龙》。人家把行文当成一项工匠活来精雕细琢。咱有自知之明，这点半吊子水平离"匠"可远着呢！充其量不过一个"舞文弄墨"的爱好者。

爱了，自然就好（hào）。

好了，自然就好（hǎo）。

别怪我把大家绕晕了。字同，意和音却不同，充分体现出中华文化的博大精深。

依我个人经验，做任何事，只要由衷喜好，灵感就会不请自来。码字也如此。

有了灵感注入，一篇好文绝对信手拈来，不费吹灰之力。它如同小鸟的羽毛，轻盈地掠过天空这张无垠大纸。于振翅起落、升降、滑翔之间，不经意地成就最美的画面。

时间在键盘的敲击声里悄悄流逝，半生已过。

> 于我而言，
>
> 文字是定格时光的工具；
>
> 是折射内心的镜面；
>
> 是岁月最好的证人；
>
> 是默默传情的朋友；
>
> 更是我想努力留存于世的印迹。
>
> 如果说，能做自己喜欢的事是一种幸福，
>
> 那么现在的我，
>
> 流连字里行间，热衷遣词造句，
>
> 正是如此。
>
> 爱，无价。

辑三 生活篇

春意闹

四时景不同。

无限生机的春天，是我们外院最美的季节。

就像冯唐写的："像小猫一样，蹑着脚尖，一点一点地近了。"复苏的花木不知何时被柔嫩的雨丝叫醒，"欣欣然张开了眼"。淡粉、雪白、大红、鹅黄，"像眼睛像星星"，点缀在深深浅浅、浓浓淡淡的绿意之中，映着湛蓝得恨不得让人沉醉、融化的天空，显得愈发娇媚。

迎春老早就在蓬散柔软的枝条上绽放出带红托的旋状花蕾，而后吹起细长的淡黄小喇叭，为春天的隆重出场猛烈造势。

宿舍楼旁的空地上，一朵朵野生蒲公英开得肆无忌惮、没心没肺。为讨好、感恩春神，它们卖力地献出锯齿般的清香嫩叶、柔黄的花朵和空心的管状细长花茎，如一盏盏造型别致的小灯，照耀了周围的茸茸绿草。

沿着宿舍楼门前那条路，朝四系方向一直走到头。把角处，也是一堆堆新绿。金黄耀眼的叠瓣花闪烁在枝头，随春风轻轻摇摆。它们还时不时探头探脑，和脚畔的蒲公英低语两句。

那是棣棠。日文里，它有一个好听的名字：山吹。

教学楼前，立着一株年头久远、枝丫粗壮的老梨树。春风唤醒了它炽烈的花事。密而香的花似串串纯色璎珞缀满梢头，累累莹白似乎将它压得更弯。摆脱严冬梦魇、辛勤补工的小蜜蜂们也呼朋引伴地来喽！它们轻盈地穿梭着，"嗡嗡嗡""嘤嘤嘤"，畅快地鸣唱欢乐曲。

有些花没耐住风雨的撩拨和诱惑，过早凋零了。飘飘洒洒离开了枝头，并没有落入污淖中或被无情践踏。薄得透明的花瓣找到了净与静的栖息地。零乱、随性、适意地落在如茵草地上，东一瓣、西一朵，是大自然的随手涂鸦。

"正当梨花开遍了天涯，河上飘着柔曼的轻纱……"室内《喀秋莎》的歌声与窗外的一树梨花相映成趣。

偶尔，冷酷的冬君不肯轻易退场。将被迫逊位的怨气与凄惶，化作一场乍暖还寒的雪。在料峭的初春，负气挥洒得漫天都是。

春雪，难得一见，并非年年都有。

但只要它来到人间，一定要赶个桃红柳绿的时节。雪，细碎而稠密。像小鸟刚萌生的最柔软的羽绒，撒娇般轻扑着人的眼睛、脸颊和身体。

路旁，柳树的腰身回复了柔软。枝条褪去冬天时难看的深褐，换上养眼的浅绿，并爆出一颗颗豆粒般大小的嫩芽苞。几日间就从干枯光秃的老妪摇身变成秀发如云的淑女，在渐欲迷人眼的雪中轻轻摇摆出无数风情。从远处望去，仍是一派烟柳轻挥的袅娜。

那年春日，手里紧攥着写给远方边城的一封信笺。利用课间，穿行在细密黏人、四下翻飞的桃花雪中，匆匆跑去三道门边的小邮局寄快件。

雪，缠绵而羞涩，像极了少女心事。

母校之春让人印象深刻。

和花木一起复苏的，还有思念怀远之情。

那种感觉，不说就是没有改变。

永远不说，就是永远没有改变。

桃花灿烂

挤满了七八百人的郊外那座营院，秩序井然方正。包括植物，四季常青不凋的松柏占了绝对居于中心位置。

而在塞外的生物界中，喜鹊是当仁不让的大咖。强强联合，喜鹊也最喜欢苍松翠柏。它们习惯找根树梢，俏立着欢唱。"喳喳喳""喳喳喳"，抢着看谁的嗓门大。累了，"扑棱"一下，扑棱着翅膀飞走了。一丝余音尚留在空中，撩开平淡一天的序幕。

至于花嘛，没有母校的蜡梅、迎春、棣棠和木槿。只在大小花坛和楼间空地处，点缀着零星的串串红、月季和大丽菊。

但有一样是我熟悉的：桃花。它们倒开得泼辣、恣意。

八达岭的春天来得晚。五月前后，野桃花才羞红了脸。点点簇簇，好像给沉默透迤、光秃大半年的山坡披上了明媚的粉色镂花衫。

泛滥流淌的春意也翻越墙头，和绵绵细雨一道洇湿了偏僻安静的营院。训练教室是一长溜平房，沉默地隐在工作区的西北角。四周掩映着高树低草。每年开春，一树树桃花开得正艳。个别俏皮的枝条还颤巍巍地探进窗口。蜜蜂怕影响到我的专注，尽量压低了翅膀振动的声响。

每当这个时节，我的心思总会南下，飘回到千里之外的那个地方。

南门后山、食堂东侧的小土坡、图书馆不远的山丘上，桃花正艳。一丛丛、一枝枝、一片片，织成簇簇软红，将一切景物都装点得明媚无比。

一场花事，一场春梦。

在文学作品中，桃花好像都无可替代地成为春日、春光、春景、春阳的关联符号。什么"桃花依旧笑春风""人间四月芳菲尽，山寺桃花始盛开""桃红又见一年春"。在诸多花当中，似乎只有红艳艳、轻飘飘、香喷喷、绵柔柔的桃花才能享受春神的专宠。

仿写南京小学生的仙作："青春过期了，年华过期了。下一个要过期的，恐怕就是我这颗善良的心了呀！"

《徒然草》里说，人心是不待风吹而自落的花。

倘若能选择，我希望是灼灼桃花。

但愿此生，这朵花独自开落，与风无关。

啊，牡丹

　　我还想着重说说牡丹。

　　如果把牡丹视为一种普天下通行的地域性文化符号，具体投射于某座城市，我无疑最倾向洛阳。

　　再细化一下场所，我认为它更契合母校，甚于王都。

　　在我心里，它不再是简单的花的具象。

　　那些浓缩的往事跟随四季轮回的脚步，每年都要经历一番发芽、抽枝、含苞、吐蕊、盛放。在姹紫嫣红的硕大花盘中重现，又无声萎谢于葳蕤的绿叶间。

　　之后静待下一岁的春风。

　　如同牡丹。

　　2021 年，疫情虽缓未消。

　　一向我行我素的大自然可不管这些尘世规矩。派往人间的春使如期而至，带来了花神接掌天下的敕令。柔软而料峭的风吹得池水皱面，处处桃红柳绿。一派盎然生机。

　　不再宅家，而是喜欢上了外出。累赘而憋气的口罩还得继续捂在脸上，却捂不住心。经历了 2020 年突然暴发的疫情，人心早被磨炼得特别容易知足。

　　天那么蓝，云那么白，阳光那么明媚。春衫单薄，脚步轻快得像飘起来，一切变得净透柔亮。

有句谚语：萝卜虽小，长在背（辈）儿上。月坛公园就是这种"萝卜"。身为北京的五坛之一，小而精致的它一样是"3个尖"景区、国家重点文物保护单位。离家近，成了每天早晨捕捉花事的最佳地点。

大自然不愧是一位杰出的指挥家，手里的细棒轻点慢摆，每种花被安排得井井有条，依令开放。此起彼伏、上下跃动，俨然在合奏一支动听的春之曲。

亲眼迎来、送走了一波波五色斑斓的美丽花信风。蜡梅、迎春、杏花、连翘、玉兰、白花碧桃、紫叶李、樱花、丁香、榆叶梅、海棠、刺玫、红花碧桃、茶藨子……

又一场滴答的春雨过后，开始怀揣一点隐约的期待。

终于，小勤和往年一样发来母校的牡丹群芳图。

国色天香、华贵富丽、雍容张扬，尽显娇姿艳态。朵朵饱满丰盈，瓣软蕊嫩，美得肆无忌惮，甚至带着一丝侵略性。感觉一股被熏染的幽微香气正透屏而出，在鼻端萦绕。

以前不知打哪儿看过一段俗语："香花不红，红花不香，只有玫瑰又红又香。"现在看来，不止一种花能色香俱全。原本凭外表就能混口饭吃的牡丹，居然也可闻味。虽比不上茉莉、桂花、蜡梅般浓烈，胜在朴实本真。

洛阳比北京春来早。我们这边的公园里，牡丹丛被柔暖的风唤醒，刚换上新绿，又手忙脚乱地结出一个个泛青的硬苞。仔细看，总会有一两枚"奇葩"。一星半线的红颜挣破严严实实的多层叶衣，努力探出来，像绽在唇边那丝调皮的笑。风吹动，咧咧嘴，又隐退叶后。

有位大姐蹲下身，专注地对着什么在拍照。噢，是荷包牡丹开了。不多，两三串。粉红柔美。扁扁的椭圆像几个并排悬垂的小铃铛。

这种草本植物和木本牡丹并没有什么关系。一个罂粟科荷包牡丹属，另一个则是芍药科芍药属。之所以能混入牡丹家族，无非两者叶子、花期十分相近。

最早知道荷包牡丹，得益于琥子转发的一位同系孙姓前辈所写的文章，详细介绍过点缀校园的各种花卉。后来再回母校时，三哥带我实地看过。

果然，几天之后，迎来了真正的"花开时节动京城"。站在一丛丛娇媚的繁花前，思绪不禁飘到了几百公里之外。

每年四月中下旬，许多人涌去洛阳赏牡丹。"我们学校就有牡丹园，比外面的品种还多，人又少，根本不用去别的地儿挨挤！"我骄傲地对连城显摆。

其实我们在校时，并没有赶上在牡丹园闲庭信步、优哉游哉的好时候。那片占地颇广、四季花开不败的园林曾经是学校的农田。我们曾经辛苦地锄草作业，付出了汗水和我的数滴鲜血，让后辈们沾了光。

不过学校的花坛中、绿地边，随处能看到一簇簇牡丹，多以淡粉、紫红、珍珠白为主，都是普通品种。如果想欣赏"绿牡丹""墨玉""二乔""姚黄"之类的，必须辛苦去一趟人头攒动的王城公园或植物园。足不出校，就能一睹花王的艳丽，实乃幸事。

有，聊胜于无。

对牡丹的初印象并不好，具化成受气、屈辱、拥挤、烦闷、堵车、油炸蚕豆、呕吐等符号。

那是 1984 年五一吧，爸妈他们省计委组织外出游玩，主要是观赏"甲天下"的牡丹。我妈只顾着带上十二岁的我，却忘了另一样贵重物——相机。

开大班车的楼下邻居有意刁难。明明可绕道家属区去取，非改走另一条路。刚调来省城的妈妈人微言轻，只能强颜欢笑跟着大部队一起行动。

我们先到登封游览嵩阳书院、少林寺和塔林。等一行人抵达洛阳王城公园时，已经是下午一点多钟。枝丫上花无一朵，只挂着一大堆绿叶。

牡丹没看成，匆匆进肚的凉食、行车劳顿和没充分消化的油炸蚕豆倒三管齐下，折腾得我回家便吐脏了床。

后来，电影《红牡丹》的插曲成了眼镜歌唱家的代表作。听得多了，熟悉的旋律和《大众电影》封面上英武的姜黎黎一样，沉淀为经典。

应该说是母校改变了一切。它让牡丹化作我心底最美的记忆片段。

毕业多年后，因个人事由回过三次洛阳，往返匆匆。

人到中年，上有老下有小，要强的心还得分出一块不小的空间奔前途。牡丹和那段岁月一样被忙碌的庸常挤到了看不到的角落。

真正有心情、有机会细品慢赏，全仗着留校任教多年的三哥。但凡回去，我第一个就要麻烦他。而牡丹园则是每次必去之地。

二班长胜利、小勤等同学近水楼台，每年也会发照片让我们云赏花。

这次小勤照例得到大批点赞。

你看或者不看，牡丹就开在那里。不远不近。

你来还是不来，母校就站在那里，不离不弃。

在这件事上，我们可能都一样。

那朵曾开在心间的花一直陪在各自的人生之路上，若隐若现，从未远离。

客从何处来

2017 年，人间四月天。

又到了每年的心动时节。

与其说牡丹，还不如说是三哥在群里的一句话让我辗转反侧："趁着学校还没换牌，抓紧时间回来看看吧！"不留遗憾的渴望最终战胜犹疑和矛盾。

尽管杂事缠身，还是决定赶个过气的时尚，来场说走就走的旅行。

从来对我的心血来潮持赞成态度的连城果断出手抢票。洛阳牡丹花开时节，动的不仅是京城，还有海内外慕名前来的游客。又近周末。虽非一票难求，但合适的车次确实早已售罄，只能来张早班的。

先前的细聊中，敏感如我意识到此行可能给深居简出的建霞带来困扰。还是找三哥吧！咦？微信不回、短信不答、电话不接，瞬间"蒸发"。一晚上的反转让我心里顿失底气。

"你自己去不得了？花钱是应该的，不能欠人情。"连城不明白，所有的犹疑和钱没有关系，完全是因为那份三哥不在而产生的没着没落。

次日，他的电话意外到来。如同及时雨，浇灭了我不断滋长并即将践行的退票念头。迅速满血复活，陷入多半天的忙乱：弄完手头工作，回家签收大件快递。弃旧迎新、清理积尘之余，收拾简单的行装。

一大早成行。

牡丹盛会美名远扬，造成了特殊时段的多处改变和不便。在龙门高铁站来回几趟，身边经过好几拨被小旗导游引领的中外游客。灼热的阳光晒得我晕头转向，找不着北。

终于，穿过乱哄哄的停车场，看到了三哥那辆熟悉的车和窗边露出的熟悉的脸。

"失之东隅，收之桑榆。"错过京城人头攒动的赏樱，却无意中在母校得到补偿，算是匆匆一日行的赠品。

终于，在满城挤满赏花客、处处飙升牡丹价（连城评价）的春日午后，我站在枝头繁花累如珠珞的一树晚樱下。没有拥挤嘈杂、高声浊浪，只有碧空如洗、白云如絮。头顶柔软婀娜的锦簇花团吝啬地给蓝天让出一角，偶尔有小雀"啾啾"欢鸣，扑棱掠过。

从容、悠然，不必担心受扰。这种心灵安享的宁静，在沦陷于现代"文明"的帝都早已成了奢侈品。

踱步进园，寥寥几人。各品、各色牡丹汇成暗香盈动的彩河，或织成不规则彩图的花毯，争奇斗艳，竞相夺你的眼，连同处花期的晚樱、广玉兰都退居配角。

怒放的、含苞的；成片的、孤挺的；紫、红、白、粉、绿、黄……朵大如盘，沉沉地坠着。不知是否吸纳了太多的青春与热血？比起三十年前的艰苦，三哥、琥子、七姐、小勤，还有建雄、两个胜利，他们带过的一批批年轻军校学员无疑是幸运的。可当年朴实、纯真的我们也有着毋庸置疑的幸福。

逛累了，等三哥会议结束。我独自坐在仍是枯干的紫藤架下，陷入一个人的回忆。旁边偶有三四位颐养天年的老者。他们边聊天边好奇地打量我。相见不相识，"笑问客从何处来"。

啊，他们成了这里的新主人。

面前，一大片盛放的纯白牡丹。青春的回忆也是如斯纯白。树坑里的一棵荠菜开了花。纤细的腰身被风吹得摇摆不定，影子投在梧桐树根涂刷的白灰"底布"上，惨淡落寞。一只猫轻移碎步，目中无人地走过，这是它的地盘。

我，终究还是外来客。

略一偏头，看到一丝花蕊粘在衣上，轻笑着拂落。除了记忆，我什么都不会带走。那些记忆，永远属于一个名叫解放军外国语学院的地方。

今朝洛阳花又开，吾亦缓缓归矣。

未插牡丹，仍独自醉在一场花事里。

它多美啊！

刹那间，有泪滴下。

夏日

夏季，满眼的绿成为主宰。梧桐、杨柳、碧草、芭蕉、不知名的灌木、操场上的苜蓿、南山的果园树丛，浓淡相宜、深浅不一。

"原先在我们东北老家，没怎么见过知了。到了洛阳，这下可好！天一热，咱们宿舍楼前的那排梧桐树上，一个叫，其他的马上跟着叫，一大片。高声大嗓，嘈杂喧闹，不歇气。本来就睡不着，它们再这么扯着嗓门，互相比着'吱啦、吱啦'，感觉夏天更难熬了。"电话那端，伊万笑着谈起小知了带来的大印象，我深有同感。

没被列入"四大火炉"的洛阳，却有实打实的苦夏，热辣十足。

"军装一层一层地干，再一层一层地湿。"六哥至今记忆颇深。

女生爱干净，顾脸面。衣服换得勤，两套短袖可着倒腾。水房是夏天最受欢迎的地方，"翻台率"很高。十几个大小盆将两排水笼头下的排水道遮得满当当的。泡袜子、毛巾，浸黄瓜、西红柿。不时有人进来，瞅空洗衣服或洗头冲腿，谁呀，还调皮地将水甩到旁边忙活着的同伴身上，引起一片尖叫、笑闹。

教室的电扇尽管缓解不了暑热，好歹也能扰得闷滞的空气半死不活地流动两下。比起带点阴凉的水泥走廊，宿舍本就被高低铺、小柜、脸盆架挤得没什么空间，吊扇也无，彻底变成了一座蒸笼。

树多草密绿化好，蚊子指定少不了。犯懒不想用蚊帐，挨咬叮包别想跑！

象牙黄的布蚊帐比不了学弟学妹们的尼龙蚊帐那么雪白轻软，透气性方面也差点意思。

这样一来，三管齐下，威力倍增。

我们简直就像高温操作间的炉子上，呼呼冒着热气的大蒸笼里又被荷叶裹得密不透风的小面点。

当时，谁也没奢侈到自己买个台扇，顶多找把纸扇或硬纸板对付一下。白天的学习劳动累脑累神累身累心，但半夜还是经常全身汗湿地被热醒。

漆黑一片中，因阻于蚊帐而无法享受血液大餐的"暗夜杀手"们恼羞成怒地发出"嗯嗯嗯""哼哼哼"的尖叫。像不满，更像挑衅，越发加剧了凝滞的黏燥感。

实在憋闷又潮热。我只好小心翼翼地扯开一条仅容头部出入的底边，再将脖子四周的蚊帐塞好。主动奉献的脸蛋经常被啃咬出三四个小红点。没辙，毁容总比热死强。

每天早晨，为了犒赏蚊帐这个功臣，很有必要将它伺候得四肢通泰、面貌整洁。

将夜间紧闭的两片左右撩起、分开。再一点一点捻着、搓着、扯着、拉着，朝着蚊帐杆的两个顶角，"不忘初心、继续前进"。你不能图省事，几下一卷一折，就塞到顶角，那样就要耷拉出几块褶皱，不会出现平得如同敞开大门般的四方框架。难看不说，内务评比时肯定也要扣分。

睡眼惺忪时，断断不可完成此等耗费体力与耐心的危险工作。那可是上铺！必须等到洗漱完毕，灵台一片清明、手脚也恢复麻利时，背冲外、仰着头，跪在床边，眼、手、腿并用，还要注意保持身体平衡，谨防摔到地上。

要说夏天一无是处，也失之偏颇。

且不说居家时间最长的暑假就在七八月，有些乐趣分明只属于夏天。比如：食堂的餐桌上，蔬菜品种明显变多了；北院开始售卖好吃的冰砖、冷饮、点心、拌小菜，还有口味众多的花生豆。它们八仙过海、各显其能，争抢我们的胃和腰包。学校菜地里种的黄瓜、西红柿也进入了成熟期，个顶个的新鲜。一串串、一条条、一嘟噜一嘟噜，红红绿绿的，垂挂在架子上，"愿君多采撷"。

晚饭后，如果队里没安排集体活动或时间来得及，几个女生相互一约，背上军挎。走十几分钟，来到西边那些远离热闹校区的大田。在扑鼻的农家肥气味中，完成一次愉快的"血拼"。很便宜，花几毛钱，装满一军挎，够吃好几天。

有时被那股新鲜劲挑逗得实在等不及，就简单用手擦巴一下，路上"咔嚓咔嚓"地大快朵颐。这些田间零食没上什么化肥、营养素，绿色纯天然。我真能从里面依稀找回几分童年的味道。

还有，一年中难得的几次游泳课也会安排在这个时候。不用备战高考的那些年暑假，我们兄妹经常从爸妈手里要些零用钱，步行二三十分钟，到紫荆山公园的游泳池去玩。

一开始，只是泡在水里图凉快。慢慢地，无师自通，学会手脚并用划水以及如何憋气、换气、踩水。这些基础本领让我在上游泳课时变得十分自信。无论是岸上学动作，还是下水小试，都有模有样。

每次换好泳衣后，必须经过一个很大、很宽的消毒池，脚踝那么高。最让人发怵的是下课时冲洗淋浴。水龙头里哗哗流淌的，绝对是让人起鸡皮疙瘩的凉水啊！全队要统一带回，只能咬牙忍耐。唯恐磨磨蹭蹭，耽误大家集合。

有时排队吃晚饭了，头上还在滴水，将浅米黄色的军装洇得点点湿迹，不太雅观。对于头发略长的女生来说，此时却是名正言顺披散秀发的好机会。

更别说，处处繁花压低枝头、绿叶罗织新影的景象格外赏心悦目。比春天更显著的蓬勃与盎然让人自觉自愿地原谅了炎热与汗腻带来的不爽。

"向浦回舟萍已绿，分林蔽殿槿初红。"前些年，本想查找一个叫"浦那"的印度地名，没想到万能的"度娘"帮着联想到这两句唐诗。说实话，对我来说，诗句和作者都初次见，属于冷僻范围。不像李、杜、白、刘这类大家，他们的诗打幼年时多少都能背诵几首。

作者沈佺期，原来是与欲以色事武皇的宋之问齐名的同时代诗人，一生坎坷。最打动我的是诗中的"槿"字，它让我迅速联想到教学楼旁那排高高的绿化墙。

　　夏季的晚风轻柔似手，拂开了大的、小的绿叶。它们密极了，你挨着我，我挤着你，组成一张厚实的毯。上面零星点缀着粉色红芯或淡紫色红芯的大花。不知什么缘故，看到它的第一眼，直觉上认定它应该是木槿，还给院报投了一篇稿件。若干年后，网络普及。一查，果然。

　　再后来，不同地方、不同位置、不同时候、不同心境，都见过这个家族的兄弟，看来确实是华北地区常见的行道植株。

　　2021年6月20日，徐州户部山古建群。

　　依踞起伏山势将几座大宅院合成一体、形成旅游优势的民俗博物馆门畔，艳阳下，一株恰逢花期的木槿冲着大汗淋漓的我仰起笑脸。

　　木槿，你是被夏风从母校吹来的吗？

秋去冬来

秋天踩着第一片轻轻旋落的黄叶，如约前来。它化作早起时淡淡的白色哈气、草叶上晶莹的晨露、寒凉的风、高远的蓝天和恣肆而热烈的阳光。

丰饶的秋天解决饱暖后，也要来点即兴创作。它随手一挥，给翠绿几个月的青草、树木涂上沧桑的枯黄色，管你心甘不甘、情愿不愿。在它的纵容下，"老虎"张牙舞爪地跳将出来，恫吓世人。只是还没嘚瑟几天，就被彻底降服，失了锐气。

后山的涧河明显瘦了。草木飘摇，虫声愈响。果园里，苹果、山楂挂满枝头。

礼堂前面的抗日大道迎来了一年中最美的时节。它两边整齐地种着粗壮的法国梧桐，如列队的礼兵。巴掌大的叶片连缀起来，枝条有力地向天空伸展。秋风将树叶吹黄、揉皱、捏卷，再用冰冷的雨丝将它们打下枝头。

你只需耐心等着金色的阳光再度笼罩。看吧！天，蓝得没有一丝杂色，云彩慢条斯理地悬在一角。比阳光还灿烂的落叶铺满了整条大道。厚厚绵绵的，还散发着一股子好闻的清香。不时地，一片刚离开母亲的叶子在秋风的吹拂下，轻轻地旋跌在绒毯上。它发出一声快乐、满足的叹息。终于和兄弟姐妹团聚了。

　　落叶美则美矣，却抵消不了每天睡眼惺忪地拖着扫把清扫卫生区的麻烦。说来也怪，中原的落叶不像东北那么爽利，一场大风基本就能将枝梢扫净，而是今天几十片、明天几十片，慢悠悠地，很有计划性，分批次走向静美。让人恨不得抱着树干，将它们全部摇晃下来了事。

　　东边的那排树下，曾经垒起过一条平滑的小高台。是我们当年趴在雨衣上练习瞄准的地方，也是男生们念念不忘偶遇心动女神的舞台。

　　冬日，严寒肆虐。即使晴天，风也是干冷的。一切变得光秃枯瘦。号称四季不凋的冬青也不复夏天那般翠绿。残留的绿色也显得苍旧。缩在明显空荡荡的花坛里，瑟瑟发抖。

　　从食堂出来，天已经黑透。明黄的路灯将影子拉得长长的。旁边宿舍楼里一盏盏射出来的柔光，似乎在挽留行人的步履。

　　那时，很渴盼下雪。无论欲雪、雪中还是初霁，都会让心随着无尽的遐想而摆脱冬眠的怠懒，仿佛被注入了滚烫又新鲜的血液。尤其深夜醒来，雪片敲击窗户的"沙沙"声催得人再度沉睡。尽管一大早冻得耳红脸疼、哈气跺脚，扛着大扫帚扫雪，但雪带来的洁净美丽却让人变得宽容。

　　无论置身什么环境，踏雪寻梅总是一件再风雅不过的妙事。

　　学校图书馆门前，蜡梅正值花期，暗香浮动，清幽逸远。含苞欲放的、恣意盛开的，都在枝头聚齐。它们各不干扰，好像在想心事。鹅黄的花瓣薄软而滑嫩，美得惊心动魄。

　　偷偷采下几朵，夹入书中。摆好抚平，用力一压，上面放点重物。阴干后贴在硬纸上，拼成喜欢的图案，就是一张别致的新年贺卡。有一年，用16朵梅花和《人在旅途》的歌词，汇成了寄去远方的小心意。

我偏还记得它，偏我还记得它。

够了不是？

太阳惹的祸

正如在阶梯教室仅一面之缘的老乡"学长"所言，军校包吃包住包穿。不只刚入校时发放了大小不一、林林总总的大堆用品，每年也会隔三岔五地发衣服。

其中不得不提一个和我们朝夕相处的重要角色。

白天，它必须保持着一身清晰高冷的硬线条，触碰、移动它时都要谨慎小心。而每每夜深人静时，它就卸下所有的刻板身段，变得无比柔软，温情脉脉。主动与肌肤来场亲密接触，一起滑入青春的酣梦。

这就是让大家又爱又恨的军被。

不管哪种形式的军营，相对独立、不那么开放、严格管理的特殊氛围使其自带神秘感，而神秘感并不能让怀揣好奇之心的地方人士止步。他们按照自己的臆想，描摹着另一个世界的生活。许多不伦不类的军旅题材作品也成了首选。拜它们所赐，叠被子早已被熟知，都知道那是真正难走的第一步。

确实如此。

首先，必须表扬一下，我们的军被还有大衣里面絮的棉花，真心不错。毕业后到新单位报到，需要更换另一军种的服装。早有好心的学长告诉我们，被子和大衣最好别换。于是，我们几个新同志顶住了诱惑加逼迫，坚持将这两样青春岁月的见证物留了下来。

由质量杠杠的棉花担纲的金玉，即使叠成外表普通、毫无起眼的方豆腐块，也绝不会和败絮扯上半毛钱关系。

时代真是进步飞速。听说网上还有卖夹被子神器的，方便节时省力。可也少了自己动手的乐趣呢！

新被子领回来还带着淡淡的霉陈气息。此时，不能急吼吼地拿去阳光下暴晒，稍微晾个半小时透透风就行。一旦晒透，闻着暖香、盖着舒服，但想压薄，那难度简直了。打个比喻吧，一块热乎乎、暄腾腾的大面包，又鼓又胖。苛刻的顾客让你在短时间摁成一小块死面小饼干，否则不付钱，还要投诉你。那难度，哼哼，想吧！

抖平、摊开成一大片，用小方凳擀、身体压、脸盆碾，总之要充分利用你能找到的任何重物，不能忽视任何一个角落。之后叠成长条三折，同样擀、压、碾。这些基础工作不能怕麻烦。只有压得够薄，塑型才比较轻松。前面偷懒，最终影响整体效果。

一层白菜一层盐、一层白菜一层盐，如上动作重复 N 次。务必达到扁实薄最大化。再反复寻找叠合点，记上记号。

成功不成功，最后三分钟。

先折左右两半。双手相向，各角度大力压、摁、捏、揪、挤、塞、夹。横看、竖看，一律有交点、有线条、有棱角、有平面。最后，撂到一起合成豆腐块时，仍然从点到线、从角到面，无处不需要力气和耐心。甚至有些劲小的女生还动用了终

极武器：牙齿，帮着啃出一条条深刻的折痕，

朝上的那面不平整、侧面两条线长短不一、离垂直面太远太近、上下两层没有严丝合缝、咧着嘴歪着肚的……统统不合格！如果不想得到内务黑旗，或缺乏面对批评也无所谓的强大内心，那么，少废话，拉开重来吧！有时，带队检查内务的队长也会充当铁面无情的"破坏分子"。"哗啦"一下，酣畅淋漓地将别人几十分钟的辛苦毁于一秒，以起到警示作用。

内务整理中，叠被子是重头戏。再加上床单、武装带、帽子、方凳、鞋子、脸盆、牙缸、牙刷、毛巾等辅助品，各有摆放标准，从而构成一整套的评比体系。

这样花工夫、费心血、下大劲、动全身得来的成果，当然不舍得随手破坏掉。

春夏夜的女生宿舍，床头柜上一床床摞起的被子成为特色景观。放的时候也得存点小心思。同屋八到十条被子，谁也不想当底下那个最承重、最易变形的。入秋进冬，天冷了，没几个能不盖被子生扛的。再也不能偷懒省事，又恢复成每日一叠。

脑子灵活的个别同学会另备一床自家棉被。倒是省事，可往哪里收又成了问题。储藏室不是随时能开，不算宽敞的宿舍空间有限，根本没地方搁这么一个大件。几趟下来，只能作罢。

冬天里，大衣也要叠得有棱有角，面冲外摆在豆腐块被子上。无疑增加了难度和时间。

"军训时，根本不舍得盖着整好形的被子入睡。听说有的男生为了让被子板正，还特意往上面浇水，虐！最可气的是个别床铺靠近窗户，一到十点查内务，早上还条直的被子已然如新

出炉的烤面包，严重变形了。哈哈，都是太阳惹的祸！"

三姐的回忆里满是妙趣。

院里的小裁缝铺绝对是大神一般的存在。它不仅能巧手变出合体军装，还能帮着拆洗被褥。个别"大款"和"懒虫"才会购买劳动。

对我们女生而言，缝洗被子是一件惬意而开心的事情。

抽掉床上的凉席，拿到宿舍楼前的梧桐树下铺好，边聊边学。欢声笑语中，再复杂的工序也变得轻松无比。

将洗净后的深绿色被面里冲外翻过来，再把晒得蓬松的白棉胎搁在上面。对齐、铺平、码顺。从被面的开口处，摁着被胎一起匀力卷滚着。这个奇怪的东西变得越来越大、越来越胖，差不多要动用膝盖来用力压着。然后揪住被面那端的两角，用力向下甩摆、抖动。原本放在上面的白被胎已经被包裹进了被面。稍微整理一下，就可以缝制。

首先缝被头那道口，这个好办。然后是一项很有技术含量的大工程：被子正中间要绗至少一道的隐形线。大段线都藏在被面之下，露在外的只能是一个个间距齐整的小点。

在大针费力穿透被胎和被面的往复过程中，现去服务社买回的顶针起了大作用，很给力。不过，用顶针上密集的小凹点去顶的时候，千万小心别手滑，否则针尖会顺势毫不留情地扎入指头。

男生们很少有擅长缝被子的。这时就要买点零食，请关系不错的女生帮忙，或干脆图省事，减少清洗次数。

"你们相遇在人生的拐点，有过不少平淡无奇却牢记在心的美好时光，任风云变幻，也不会忘记彼此。"最喜欢的电影《触不可及》的台词深深触动了我的心。

2022 年 3 月 12 日，在放哥家小聚。他仍记得六班有位热心女生帮他缝过军被。也许就是这种美好。

经常被折腾蹂躏的被子对主人始终不离不弃、忠诚如一。只要给点阳光，它就满血复活，全然不计较你曾对它施虐的"恶行"。一心一意，傻傻的，只想用柔软的身体包裹、安抚一颗远离故土的心。

古都的阳光，温暖了军被；而军被里蕴含的阳光，则温暖了我们。

神圣的场合

除了学知识，队列训练也是军校生活中的重要内容。每年例行性的六月会操和国庆前后的阅兵，既是日常出操的终极目标，也是展示集体形象、争夺荣誉的最佳场合，自然强度最大、要求最严。

为了迎接来之不易的机会，我们纷纷投身紧张的训练。不能耽误正常上课，只好占用休息时间。

在走廊里一字排开，紧贴墙壁拔军姿；或是分班、分男女、分行、分列，变着花样地散落在操场各处，练习每一个分解动作，务必整齐划一。在拉起的线绳处，队干部来来回回、不厌其烦地纠正、审视。

稍息、立正、跨立、向左转、向右转、向后转、抬腿、摆臂，一个动作要反复、枯燥地练习几十次。上身保持正直，不能打晃和歪斜。原地练标准了，再合到一起走队列。相向、背对，一遍遍、一趟趟。

"有时腿累得往下低点，没够到线，队长在后面就是一下。"伊万现在都记忆犹新。

枯燥机械、单调乏味。

那时，对于身心俱苦的同学们来说，"嘟——"，清脆的休息哨声无疑是天籁。我们对它的渴盼，不亚于解旱的甘霖、指航的灯塔。

"解散，原地休息15分钟！"刚才还板着脸、不苟言笑的队长从来没有如此顺眼、如此受欢迎。

终于能喘口气了！看吧，三个一群、五个一堆，迅速化整为零。解开武装带、摘下帽子，系紧鞋带、甩甩胳膊腿、掏手绢擦擦汗、扇扇风、说说闲话，祈祷着该死的集合哨晚点、再晚点，最好队长被系里叫去开个会啥的，我们就此解散。

再不情愿，队长还是笑眯眯地踱步过来，掏出哨子吹响。15分钟，这么快就到了？不会用的周扒皮家的表吧？可训练时，半分钟都像蜗牛一样，慢吞吞地爬。

典型的相对论。

老话说："台上三分钟，台下十年功。"会操不止三分钟，我们的训练准备也没有十年。掐头去尾算下来，没这么夸张的跨度。但道理不差。

说起来真是咄咄怪事。每次会操或阅兵，一次没遇过恶劣天气。都是日照白云朵朵、风吹红旗猎猎。我严重怀疑活动的筹备人员早研究透了多年的气象信息，才能回回晴朗。

全学院几十个方队齐刷刷地站在草地上，不时响起震天的喇叭声。短暂变静时，小飞虫擦过耳畔的嗡嗡声显得更清晰了。按序列行进式那十几分钟并不累，最熬人的是队列式的两个多小时。

洛阳距离新"四大火炉"之一的郑州这么近，自然躲不过被辐射蔓延开的高温。

　　我们静静地、一动不动地站在六月的晴空下。天气很热，很快就开始淌汗。汗水浸湿衣服，紧粘在身上，好忍。关键是细密的小珠汇成大滴，像虫子在脸上、脖颈处乱爬，又痒又难受。肃穆庄重的场合中，早被队干部教育多遍的我们，谁也不敢伸手擦拭或乱动。不时有人因暑气难挡而"咕咚"倒地，这时他身边的同学就会伸出热情的手，将之搀扶到一边休息。

　　这是见怪不怪的事情，配合默契，一般不会引起太大骚动。助人为乐者，真的很快乐，因为能名正言顺地稍加休息。

　　"每天都缺觉，不够睡的。下了课，还没喘气呢。哨声一响，抓起帽子和武装带就往外走。会操时不让有小动作、不让出动静，干巴巴地站着，脑子都累木了。有人晕倒了，就能休息一会儿。说句不厚道的话，那时，我就总惦记前面的同学，他怎么还不倒呢？但必须承认，不管是会操还是阅兵，这种庄严的场合都能让人产生一种神圣感。戴着白手套，听主席台上的院长声音洪亮地喊出：'同志们辛苦了！'回答他的是震天响的口号：'为人民服务！'再加上整齐划一的唰唰行进声，确实挺带劲。我头脑里的弦一直紧绷着，用队长的话说，用余光瞄着，左右、前后都要看齐，别人出不出错顾不上，生怕自己犯错。那就不是个人小事了，是影响集体成绩的大事。"

　　彼时彼刻，伊万不再是那个喜欢打球、背着队干部偷偷抽烟的大男孩。他自觉收敛起嬉笑玩闹，化身为一名最称职、最英姿飒爽的军人。

南与北

报到那天，第一次经过三道门。准确地说，是南面这座。

当时的我没什么感觉。坐在低矮的小车里，视线受阻。只记得它简洁明快。一块块砖垒砌成漂亮的半圆拱形，带着纯朴的灰色。

我并未意识到，它竟然成为我那四年中当之无愧的地标性建筑，并随着第一张军装照被永远封存在脑海深处。

三道门其实有两座，南北各一。我们经过最多、印象最深的是南面这个。

它处于交通要道，每天与肃然警惕的哨兵一起，沉默地迎接着人与自行车来来往往。在我心目中，它不仅是婚姻状态的分水岭，更是繁重课业与轻松休闲生活的切割线。

南面属教学区。以礼堂前面的梧桐大道为界，隔着东西操场，两边整齐排列着各系各队的学员宿舍。里面住着十几、二十出头的小伙和大姑娘。肯定都未婚嘛！即使二系的研究生队，也少听说有家室的。至于那些带军衔、明显比我们年长的进修生，严格意义上，他们并不真正属于洛外人，可以忽略不计。

再加上教学楼、食堂、礼堂、图书馆、印刷厂之类的无生命体，完全可以断定南区的标签为"未婚"。

隔着中心马路，与南三道门相对称的位置，也有一模一样的北三道门。只是没有岗哨，可自由出入。

门后是学院的生活区。是各队系和机关的干部、教员们以及家属结束一日工作后的休养生息之地。另外，还有招待所、高级餐厅、澡堂和一些我们始终没搞清楚的设施，总体感觉生活气息很浓。最吸引我们的各类美食也集聚于此。

对于我们这些一天到晚作息被排得满满的学员来说，偶尔抽空去趟露天开水灶、邮局、服务社或操场那边"西半球"的图书馆，不啻一份偷来的轻松。更别说中午或晚饭后，能到北区溜达溜达，更是珍贵无比的自主时光。

偌大的北区里，与我们最息息相关的必到之处是澡堂。端着装有洗漱品的脸盆，带上换洗内衣。如果担心无处不在的纠察人员找麻烦，那就索性在塑料袋里多装件便服。

澡堂按规定时间开放。赶上人多也没办法，只能相互体谅着挤作一团，在一片白花花的水汽和乱哄哄的谈笑中潦草洗好。

女生讲卫生。不管四季，隔两三天洗个头成为心照不宣的集体行为。打满一瓶开水，拎到水房就可以了。这比远行到北区最北端的澡堂省事。夏天时，也有三四个女生约好，一起打好水，然后把水房门一关，抓紧冲凉。

有次学校澡堂维修，联系了大门口不远处的某工厂。轮到我们时，已经挺晚的了，还刮着风。可能因为是专场，澡堂里没什么人，空荡荡的。水龙头多、水量大，不用跟打仗似的匆忙。轻松心态下，将自己从容洗净的体验感真棒。

我们来回走了近二十分钟。一路上兴奋得像中了大奖，叽叽喳喳的，说笑个没完。回到宿舍，洁净馨香的身体又沁出了一层微汗。但心情很好。

那晚，居然梦到了三道门。

通透的门洞里，仍残留着我们经过时留下的幽微香气。

天性

俗话说"三个女人一台戏"。按我们队的女生数量，每天上演十台戏绰绰有余。还有人刻薄地打过比喻，一个女人相当于五百只鸭子。照这么算来，每天或扎堆或独游在校园里的，得有上万只鸭子。"嘎嘎""嘎嘎"，队干部和教员耳边难得清静啊！

队里三十多个女生，年纪能差上三四岁。按照有次聚会时邻座大个美女附耳发布的独家消息，某位河南同学的真实年龄比她填的还要大两岁。这样算来，高低极值就更悬殊了。管它真相如何，我肯定是占据尾巴稍的"小不点"。

大家来自天南海北，相貌、外形、性格、家庭背景、处世方法都不同。但不管大姑娘还是小丫头，爱美的天性都是一致的。

参加学校组织的舞会、演出时能名正言顺地化点淡妆，可这种机会毕竟很少。于是，在一些条令没有规定的细节方面，我们开动脑筋，集思广益，绝对是"八仙过海、各显其能"。

爱美，先从头说起。

内务条令有规定，发不过肩。除因特殊需要，女学员不能烫发染发。后来还规定过一阵子标准发型。挂图就贴在一进宿舍楼门的墙壁上，出来进入的，想不看到都难。男生分三种吧，什么刚健型、稳健型等。女生有四种，什么秀丽型、活泼型等。

整体发型被框定了，不存在标新立异，但局部还是可以灵活掌握的。不让烫发，但前面那缕可以烫后弄个外翻刘海啊！发不过肩。也能稍微留得长些啊！检查时用皮筋系住发梢，然后向内卷起到后脑勺处，用铁卡子固定。或者不怕麻烦，用塑料发卷使劲向里卷扣，也能呈现短暂的短发效果。但前提必须是不怕揪扯，确保充分固定，否则就会出现发卷当场松开露馅的尴尬局面。

按照院务部统一规定的时间，四季军装进行换穿。

春秋季一般是草绿色常服。外观一样，可巴掌大的三角翻领处是女生自己能做主的，尽可体现与众不同。秋衣和针织衫能露出一小块，白、黑、黄、蓝、粉，各种颜色都有。个别的还有漂亮诱人的蕾丝花边。

最初我们的冬装有四个兜和立领风纪扣，男女款差别不大。脖颈处被捂得严严实实，也就没地儿可臭美。后来，我们换成双排扣翻领款。这下子领口又成了重点投资的"一亩三分地"啦！

有年冬天，可能图省时、省事、省力，我们食堂早晨总喝玉米糊糊。金黄黏稠的糊糊烫嘴，我又喝得急，难免会在衣襟处喷溅一两点，干巴结印后也忘记擦掉。结果被前来开会顺路探女的爸爸毫不客气地当面指出，我羞了个大红脸。但打那以后，我便牢牢记住，洁净才是最高层面的美丽。

最后说到鞋袜。只要花心思、肯琢磨，也能大做文章。尤其穿土黄短袖和蓝色制式及膝裙时。只要不是三令五申必须穿制式皮鞋的场合，那么裸露在外的半截腿，管它们长的短的、白的黑的、光滑的粗糙的，统统能通过细节来展示个性美。

夏天的袜子款式、颜色可多了。带花边的、镂空的、缀小球球的、配色的、纯色的……即使都是丝袜，也分两股的、三股的；肉色的、浅灰的、纯白的、透明黑的……

鞋子嘛，黑、灰、棕三色，夏天可着浅色。鞋跟不得超出五厘米。队干部真的会拿着尺子，过来一个个地量。我有一双系带的拼色皮鞋，菱形的棕、黑色块相接。黑、灰、棕，并没说必须纯色的吧？所以我穿得理直气壮，队干部检查军容风纪时也说不出什么。

在蕙质兰心的爱美女生看来，Nothing is impossible（没有什么是不可能的）。如果想营造一体化的"短靴"视觉效果，也很容易。只需白袜配白凉鞋或黑袜配黑皮鞋即可。

袜子、内衣、手套之类的常用小物件，花样多、价格便宜，自然是我们外出采购的重点商品。坐公交车到了上海市场、广州市场，流连于林立的摊位之间。选来挑去，几个小时都不会觉得累。比起那些吊着、挂着、摆着的琳琅满目，闲逛的自由与开心更吸引我们。这才是真正的乐趣。

曾经看中一双棉皮靴。柔软的皮面折射出淡淡的光泽，里面絮着一层雪白的软绒。做工精致，纤秀大方。我拿起来左看右看，爱不释手。颜色没问题，只是上宽下窄的细酒杯跟好像有些超标。目测、手量，仍然没把握。纠结半天，终于难抵内心的渴求，咬牙拿下。

　　为了省事，我干脆动手让鞋跟"缩水"。拿出削铅笔的小刀，用力切入。咦？没有想象中硬，相反还微软。拿尺子再量，正合适。只可惜没美几次呢，鞋头便翘起来了。走路时扭晃得很，怎么也吃不住劲。只能遗憾丢掉。

　　一次不成功的 DIY（自己动手制作）。

　　连城总说，该干吗的干吗，多大头戴多大帽子，多大那个啥穿多大裤衩。

　　唉，我这不也是美令智昏吗？

女子必须如男

流传甚广的一出豫剧《花木兰》中，有一段老少皆能哼两句的经典唱段："刘大哥讲话理太偏。谁说女子不如男？"

真是这样。一旦穿上这身军装，好像理所应当地被抹杀了性别差异，哪怕转业到地方之后。

一线执法那两年，我没有队里其他女同事的好命，能享受被照顾的待遇。人家基本不用外出办案，坐在办公室写写材料、统计统计数字、做做内勤杂事即可。我呢，和男同事们一起，拿上水杯、夹着文书包，将大量时间用于查场所、翻库房、转书市……渴了，仰脖"咕咚咕咚"灌几口凉茶水。饿了，蹲地上吃附近村里小饭店的盒饭。

"你们军转干部都是特殊材料做的嘛！"科长半妒半嘲地笑着说，可他的眼睛里没有笑意。

"别管你们以前这个长那个长的，到了咱们这儿都没用。"是啊，旧官不如现管。过去的辉煌早翻篇了。

日复一日的风里来雨里去，我自己都模糊了天然性别。所以，当东城区的王哥和小远在书市拥挤的人群中护着我时；当现场出现意外，梁哥让我先回车里锁好门时；当库房清运大摞大摞的查扣物，好心的赵哥安排我只负责登记，而不用大汗淋漓地出苦力时……这些被呵护的画面才会记忆犹新。

　　更别提出国培训时，妇女节收到了一束束玫瑰和礼物。平时也是安享着无处不在的优先礼让。

　　被充分尊重的感觉真幸福。短暂却美，如昙花一现。

　　军校的特殊性体现在整齐划一。男女生同样出操、上课、训练、公差，接受身心的熔炼。

　　差异之处只在生理。

　　生而为女，很不容易。每月不方便那几天，确实带来太多困扰。除非痛经厉害得需要去门诊部拿药，否则量再多，也不好意思提出休息。大家都在紧张忙碌，你个人的特殊情况渺小得不值一提。

　　入学头两年，我用的还是旧式月经带。现代的女孩们估计都没见过这种老古董。但比起老妈年轻时自己缝的纯手工品，还是方便、卫生多了。听过一则笑话，讲班里新来的女生，名叫"岳晶黛"，来讽刺没文化的家长乱起名。可当时，它正是大姑娘、小媳妇应对月事的不二神器啊！

　　轻柔便捷的卫生巾价格昂贵，品种也少，远远没有普及。听过外国人使用一种"ob"卫生棉条，售价不菲，但超级省事。搁进身体，几个小时的饱吸后，抽出丢弃就行。既不会弄脏裤子，还能正常打球、游泳。

　　我们这些没见过西洋景的土包子不禁大为羡慕。后来，又有传闻，建议未婚女子最好别用。这么一来，囊中羞涩的我们为自己找到了不放弃老友的最好借口。

　　我的个人"秘器"是黑白格子布的。两条细绳穿过顶端圆圈，系在腰上。发挥重要作用的那一长条兜裆布上缝了块红色胶皮，可以防漏。量最多的头一两天，潮涌阵阵，偶尔还会洇透裤子。

条件所限，我没有太多更换的带带。布边变硬后，经常将大腿根部的嫩肉磨破。走路时很疼，要略撇开些腿，姿势不甚雅观。天长日久，那处皮肤明显变暗变黑，成为永久性的难看。

每次运动会之前，为了保证女运动员不因身体原因影响成绩，队里要逐一统计生理期。有时队长会很神秘地把几个人叫到队部。据说有办法能推迟月事。可是，这么做会不会影响以后的健康？谁来负责？究竟合不合适？似乎没人考虑过，也听不到丝毫的抗议声。

军人，集体荣誉至上。首先要学会的，就是服从。

浓妆淡抹总相宜

　　我一向崇尚素颜，到现在仍旧如此。

　　没退休前，不管单位在原先的花园路还是后来的六里桥，我每天到得都很早，经常能在卫生间遇到一位正忙于梳洗的女同事。

　　夏天清晨，远远地看到一个人身穿防晒服、包着围巾、眼戴墨镜、手举遮阳伞，慢悠悠地踱进大门。不用问，肯定是她！快成了单位一景。

　　可惜西北的狂风黄沙吹刮过的印迹实在太明显。她瘦削的脸上，毛孔粗大，撒满雀斑，还挂着两坨高原红。特别注意皮肤保养的她付出很多精力，仍然收效甚微。

　　"洗面奶、收缩水、遮瑕膏、BB霜、粉底液，有时还得回屋敷张面膜。"她向我逐一介绍着盆里的瓶瓶罐罐。

　　"啊，比起你，我活得太不女人了，一点都不精致。"我有点自惭形秽。

　　"我这是没办法。像你这样天生的好肤质，不知得省多少钱？"

　　咳，真不算什么难自弃的丽质。我这种最讨厌"凡尔赛"的人也不肯沾染一丝一毫站着说话不腰疼的矫情。不过生性懒惰罢了。往脸上涂涂抹抹、糊上东西，平白加上一层膜。浪费时间不说，毛孔憋得都透不过气，想想都难受！

早在上学那会儿，我的护肤程序也很简单：抹上洗面奶，洗净后再涂些面霜或乳液。拍均匀，得嘞！

平时用的擦脸油都是很便宜的国产货，如"安安""宫灯""友谊""咏梅"之类。话说，那会儿也没有琳琅满目的进口化妆品。至于面膜、粉底、眉笔、眼影，没碰过。一是津贴有限，二来不太在意"面子工程"。比起队里那些喜欢描眉画眼的大姑娘，我应该算不修边幅吧？

手头宽裕了，咱也烧包一下。买过盒装的雅芳珍珠膏和夏士莲雪花膏。后者装在漂亮的玻璃瓶里，细白香滑。有次我甚至没挡住队里的流行趋势，跟风入手一瓶奥琪增白粉蜜。结果呢，三种名牌产品因为不合肤质，欠缺滋润感而成了"鸡肋"。幸亏宿舍里有位瘦小的辽宁女生。她建议不妨往里面兑入服务社买来的甘油。一试，果然有所好转。高手在民间！

冬天寒冷干燥，皮肤水分大失。嘴唇裂口、手背发皴是常事。为了不受罪，必须额外来点应季的滋润品。记得一次买了一管擦手油。透明的薄塑料纸包着软白的膏体，不时散发出淡淡的水果香味。抹上后总想尝一口。尤其腹内馋虫大动、盼着开饭时，更是难挡诱惑。

没用几天，放在衣兜里的小管被压得又扁又瘪，还沾上了灰，只能遗憾丢弃。我还用过装在两片壳里的蛤蜊油。只是太过油腻，摸哪儿都是一块洇透的指头印，只能改作奢侈的擦脚霜。

　　一直没弄明白，这种蛤喇壳是天然的还是仿制品。看上去严丝合缝，有点失真。

　　舞会或演出制造了能惊艳亮相的难得机会，此时的捯饬必不可少。简单打个粉底、描描眉，再涂点口红。我一直觉得，哪怕素面朝天，只要给点口红，一样能产生变脸效果。可还得吃饭喝水不是？那不白用了？

　　既然如此，罢罢罢！

你的样子

还有，女生们顶顶重要的臭美事项之一——拍照，怎么能忘了呢？

桃花含苞、柳树绽芽、蜡梅吐蕊、芭蕉卷叶；雪落、微雨、天晴、云开……只要有时间、有心情，都能一一被镜头捕捉，定格成最美丽的青春画面。

20世纪八九十年代，相机还属稀罕物，其贵重程度远没达到人手一个。平时都是借来借去。胶卷和冲洗必须自己负责。一个柯达或富士胶卷能拍三十多张。很少有人能奢侈地独自享受整卷，基本上两三人平摊。

遇到手艺高超的摄影师，还能幸运地多拍出一两张。在快门没卡壳之前，到底还能不能照成，谁也没把握。所以，经常上演这样的画面：这边煞有其事地摆好姿势，大声喊出的"茄子"余音未消。可照相的却怎么也摁不动快门。哎呀，没卷了！大家白白浪费了表情，不禁哄笑一场。

那年春天，图书馆旁边那排连绵的小山坡上，桃花开得一树好颜色。溢彩流光、轻红娇美。我和下铺的小勤没有午休，抓紧时间去拍照。走得久了，明媚的阳光晒得身上暖暖的，沁出了微汗。

脱掉军装搭在胳膊上，里面是那件妈妈给的淡紫罗兰毛衫，衬得秋衣那圈齿状花边分外醒目。穿行在桃林中，头顶、鼻嗅、手拉、背倚、脚触，全是团团簇簇的清香柔软。此时，"人面桃花相映红"是最合适不过的诠释。

冬天，雪霁。我和七姐约好去照相。我们或蹲或站，摆足了姿势。我还抓起一把雪涂在军帽的银灰色穗子上。等待取相片之前，每天都满怀隐隐的期待。日子过得有盼头，心里就滋生了几分快乐。

多可贵的单纯！

没有重新分班前，我们宿舍有四张上下铺，住着同班七人加上土耳其语的大姐。一段相对固定的难得时光。后来就和别班女生混住了。

好像刚一入学，班里男生就流行起按照年纪大小排序。同在第一寝室的八人加上半路插班的老大排成九位。被分到二寝的四人中，只有四川小伙舒里克最终粘上了那条兄弟链，成为老十。这种像家人般的亲密感让我很向往。"要不咱们也排吧？"提议迅速全体通过。

为了推陈出新，我们女生不是简单地从一排到八即可。而是立意巧妙，将奇数位次的称为姐，比如大姐、三姐等。偶数的呢，称为哥。本主则是最小的八弟。不叫八哥，因为怕引起"鸟人"的误解。嘿嘿嘿！

拍过唯一的一张"全家福"。

一个秋日午后，我们关上门，换上自有或借的最漂亮的衣服，认真化好妆。又相互整理着衣角、裙边。那时在队里，关系好的女生互相借穿、换用衣服和护肤品，再正常不过。

一切收拾停当，我们不约而同有了小小的仪式感。

压抑着兴奋和激动，蹑手蹑脚地穿过静悄悄的走廊，来到门前那块操场。没过脚踝的草略泛微黄。风吹过旁边立着的那块大标语牌，上书"教育要面向现代化面向世界面向未来"。看的次数多了，张嘴就来。

牌子前面，我们按照大小顺序分成"八"字，摆出不同的pose（姿势）和表情。

我穿着一件无袖高领黑T袖和借来的白花长裙。头发刚剪过，有点愣。妆容粗糙，看着像换了一张脸，绽开的却是最真实的青春笑靥。

> 我听到传来的谁的声音，像那梦里呜咽中的小河……
> 不明白的是为何你情愿，让风尘刻画你的样子……
> 那悲歌总会在梦中惊醒，诉说一点哀伤过的往事……
> 不明白的是为何人世间，总不能溶解你的样子……

任风尘刻画，照片上"不变的你"仍"伫立在茫茫的尘世中"。

那是人世间不能溶解的你、你们的样子。

舞动的青春

有一段时期，学校很鼓励学跳交际舞，舞会风行一时。班、队、系、院，不时地会组织一场。有口口相传的，有正式贴告示通知的。地点嘛，小到本班教室，大到学校礼堂。不拘规模和形式，也不需要特别复杂的技巧。会点基础的三步、四步、水兵舞等简单动作，保证通行无阻。

女生是军校的稀缺资源。即使从来没经历过这种场合，也不用怕露怯。只要男方会带、会引领，注意跟上节奏，别踩脚就行了。

我们队也舞者如云。阿浩、杉子等四位男生表演的霹雳舞更是不同场合的经典保留节目。他们也教大家二十四步，引发了全队风行的热潮。还有几位深藏不露的高手，行事低调，并不登台亮相。偶尔随性起舞，尽展芳姿。

有次活动结束后，一位平时性格有点孤僻的四川女生在零伴奏的情况下，居然跳起了独舞。不大的教室，空无旁人。她的圆脸上表情虔诚，微闭着大大的黑眼睛。发丝轻甩，腰肢款摆，双臂慢摇。动作夸张却协调，完全沉浸在自己的冥想世界。周围的一切好像都被自动屏蔽掉。那时、那里，她是完全的主宰。

　　我收拾完东西，正准备离开。无意中瞥到，顿时被她的舞姿粘住了双腿。我站在门边静静地欣赏着。短短的几分钟，真的能读出她想表达的渴求。

　　舞者、观众，都是唯一的。这幕画面和她放假带回的家乡特产叶儿粑一起，被嗅觉、视觉酝酿成了陈年佳酿。

　　多年以后，我和转业后的单位同事公差之余，结伴去海螺沟玩，途经雅安。"雅安有三宝，雅雨、雅鱼和雅女"，导游介绍得口沫横飞，我却昏沉沉地陷入对一个人的回忆。

　　路过蒙顶山时，车窗外飘过绵绵雅雨。午餐桌上，品尝了美味的雅鱼。可是，雅女呢？我不知道她此刻在哪里，过得好不好？

　　前些年，机缘巧合。我和琥子、阿珉、三姐、七姐、高成等几个同学聚在一起，等待姗姗来迟的她。她瘦多了，端庄而矜持。"在教室里跳舞这事，你不说我都忘了呢！"是啊，旁观者永远比当事者更清醒。

　　过了几年，偶然得知她竟命运多舛。怅然、惋惜。

　　在另一个世界，她还会翩翩舞出心声吗？

　　细想想，我们当时之所以热衷舞会，和魅力展示、人际交往好像扯不上半毛钱关系。不外还是因为生活单调吧！

　　一个冬日夜晚，我们换好漂亮的便装，披上军大衣，兴奋地去参加其他系的舞会。

　　欲雪，吸入鼻腔的空气潮湿而沁凉。室内却温暖热闹。我发现有位陌生人坐在角落里。三十几岁，斯文白净，不太像二系那些研究生或教员。他可能察觉到我的目光，主动走过来，请我跳舞。

时间过得飞快，我们默契十足地成了每支舞曲的固定搭档。舞会结束后，离熄灯就寝还有一段时间，我们在校园里随意踱着步。

礼堂前的梧桐大道两旁，路灯燃起暖黄的光。不知何时下起了雪，点点晶莹从天簌簌而降。被风吹乱了，像找不着路的飞蛾左冲右撞、上旋下落。沙沙轻响衬托得四周更静，气氛变得浪漫且美好。

时间的嘀嗒声被我们踩在脚下。相谈甚欢，像早已熟悉的朋友。原来他家在山东成武，就职于正大集团的饲料公司。是三系一位教员的朋友，应邀来玩。成武？陌生的地名、第一个来自外面世界的陌生人伴着夜雪，一起融进我的记忆。

到头来，因联系不便，杳然势必成了永远。

如果此生还能再见，很想走到他面前，云淡风轻地笑着说："嗨，你好，故人！"

风花雪月的事

入学时，即使全队年纪最小的我也快十七岁了，更别说那些姐姐们，都正值妙龄芳华。她们早已褪去稚涩，像小白桦般亭亭玉立、青春可人。即使裹在一身制式军装里，也无法阻挡她们对美、对爱情的追求。

校规有三，禁烟、禁酒、禁恋爱。前两条，女生肯定不沾。最后这个，可是不分性别的雷区。

据说院里纠察队的战士会不辞辛苦地拿着超亮的大手电，专找图书馆旁边、后山、小树林这些僻静之地巡视，弄得风声鹤唳，气氛感十足。

多年后，我才知道原来那次大范围调班的最主要原因之一是想人为拆散几对苦命鸳鸯，同时将一些隐患苗头掐死在摇篮里。

听说比我们高一届的三队还有一个特殊群体，专门由爱和女孩搭讪的男生组成，人送外号"和尚班"。名字叫这个，也没阻止得了"大师们"的向往凡尘之心。不让在院里找，人家可以去外面谈对象啊！堵，只能更淤更猛。

毕业分配好像也故意让小情侣各自天涯，东指一个、西派一个，反正就不能在一起。搁在现在，两人同时分到边远部队，绝对是双向安心的好办法。可在 20 世纪末的军校，对恋爱的态度丝毫不亚于面对洪水猛兽。

前些年读过那本以南京某军校为背景的小说。作家文笔一般，却因题材新颖而红极一时。里面有些场景描写得很真实，让我辈感同身受。但对于一些夜不归宿甚至陶醉于卿卿我我却未受到外界足够压力的章节，却难以认同。

也许，那是别人的军校？

每天的相处相守催生出若干对胆大妄为、坠入爱河的小情侣。还有高中时在老家已确定关系、追爱而来的；跨系、跨队、跨军地的；两人的、三角的、四边的；明爱的、暗恋的；斯文的、动粗的……类型多样、情况复杂。队干部的心操得，那叫一个稀里哗啦！

"一进教室得赶紧扭脸。好几对！哈哈，恨不得坐腿上，亲密着呢！"东哥夸张地调侃道。

现在来看，无可非议。

一个个处于大好年华的男女有健康的七情六欲，谁也不是不食人间烟火或断想绝念的出家人。相互吸引、彼此爱慕，不正常吗？只是场所换作军校，就成了违纪之事。

苦口婆心、劝说教育、围追堵截、严打严管，收效甚微。简单粗暴的工作方法成了催化剂。青年人的逆反心理一发不可收。越管，越抱团，越难舍越分。

至于我嘛，自打上学就习惯了妹妹角色。一入中学，爸妈严厉管束禁止早恋，时时事事学习至上，没机会春心萌动。

上军校后，森严的校规比父母的管束更有效。特殊的童年经历让我极度缺乏安全感，男女感情这根神经很难发育健全。傻纯萌妹一枚，虽说被喜欢过、也喜欢过，伤过人、也被伤过，但好奇、无聊的成分居多，终究没有谈过一次天崩地裂、刻骨铭心的恋爱。刚想认真投入地体验一回，毕业时光也迫近尾声。各奔天涯，自然和缘分擦肩而过。

　　说到底，还是没有遇到彼此合适的人。或者说，那时的我，根本不懂爱情。

南山南

很喜欢一首民谣《南山南》。词不耐推敲，曲却足以让闻者伤心。内有一句："南山南，北秋悲，南山有谷堆。"

我们的南山没有谷堆，有的是供心灵行走的一方天地。

说是南山，不如说是小丘。它不高，顺着一条坑洼不平的土路就能缓步上去。

南山是军事地形学课最好的实践场所。拉练时，一双双解放鞋从这里踩过、跑过，也是最后 100 米急行军的冲刺地带。当班里组织远足或野炊时，这块远离市区、人迹罕至的南山无疑成为不二选择。

占据记忆最多的却是随处可见的一株细草、一朵野菊、一条小沟、一片流云、一阵晚风。它们见证了多少隐秘的心动。

只要一有机会，我们就会结伴从南门溜出去。男女都有，散步、聊天。间或采朵小雏菊、揪片草叶、捡根木棍、扔块小石头。行走在视野空旷的田间地头，心也变得无限大，连呼吸都顺畅了很多。

"什么都可以做，便觉是个自由的人。"是这样的。

大大小小的果园被长短不一的篱笆围着。苹果未熟，一个个青而圆，悠闲地摇摆在略带些凉意的晨光里。它们惬意地挂在枝头，一晃一晃的，招惹得军垮小哥姐走过路过，肯定不会错过。

左右打量一番，趁无人赶紧揪几个塞包里。酸涩发柴的果肉并不是让我们铤而走险的诱因。这种与不拿群众一针一线作风相悖的行为偶一为之，更像不懂事的孩童搞恶作剧，能让每天被规范得刻板发僵的心有几分钟的活泛。

谁的心里还不是个小淘气包了？

秋天，草枯水瘦。

一日下午，应五系师兄的邀约，前往南山上的涧河水库。一路上，紧张而甜蜜。脑子晕乎乎，脚下软绵绵。具体说了什么并不记得。

夕阳照在他的身上，更显得高大挺拔。他的五官文雅清秀，被柔和的光线勾勒出淡淡的金黄。

他说、我听，心里却是乱的。

面前遇到一条汩汩流淌的浅溪，水线不宽。边上两三个小洼里积着泥水。几株细草不知被何人踩踏进去，又顽强地将梢头挺起来。他轻盈地跳过去，然后很自然地转身伸出手。那双手，白皙修长。我的脸"唰"地被涂上了一层红晕，不敢抬头，眼睛紧盯着他脚上那双白边黑布鞋。

双手相触，似乎推开了少女羞涩的心扉。

语言实习归来的一把描金漆勺、回母校后的匆匆一晤……

不过这些。

时与空，到底拉开了彼此的距离。心湖上，涟漪渐止。

多年以后……

　　听一首禅乐《月满弦》："暮雨徘徊，谁梦中空折柴，只怕夜冷故人来……姑苏城外，谁镜中抚琴台，又怕弦惹指上埃。"妙曲雅词，和俳句"无人探春来，镜中梅自开"的意境难分高下。不提古琴大师的助力增色，不提歌者从知名幕后制作人到台前的转身，单为这几句空灵、意蕴悠远的词，不禁沉醉其中。

　　如果将"姑苏"换成"洛阳"，也许更暗合泛黄的心事吧？

　　几经周折，打听到师兄的电话。听筒那端，早为人夫、人父的他，声音仍旧熟悉亲切。"我记得，当初刚认识你们时……""那会儿你……"眼睛发酸发胀，泪水无声滑落。

　　原来，有些青春的过往并不只属于我一人。

　　原来，谁的心里，都有一座南山。

在这个角落

　　2016 年，琥子在电话里无意提到三哥。说他有天夜里失眠，在校园四处乱转。途经我们和二队共处的学员宿舍楼时，借着路灯的光亮，拍了张照片。

　　我走了心，找三哥要来一看。那一瞬间，莫名地眼睛酸涩，差点落泪。那座容纳了沉甸甸往事的灰色小楼静静伫立在黑暗中。"你来还是不来"，它都等在那里。

　　沧海桑田。有些东西真的只能停留在回忆中了。

　　除了宿舍，难忘的还有图书馆。不管何时何地，只要看到暗香浮动、吐蕊绽放的蜡梅，总会遥想母校的图书馆。

　　门前梅树三两株。横斜的枝丫、柔软的花瓣，兜起的也是点滴青春。

　　图书馆是汲取知识的一角净土。这点不分军校和地方大学。

　　对于我这种天生体育细胞不怎么发达的小书虫来说，晚饭后的自由时间很少用在人影跃动、挥汗如雨的操场上。除非看到有人围成圈垫球或拉起网打一场，我才有兴趣换上运动服，积极参与其中。其他时候，则早早候在图书馆门口，等着开门。

　　最吸引我的地方是一楼的现刊阅读室和二楼的过刊阅读室。开门后，先将图书证交给门口坐着的老师，换来一块标有号码的木板。出来时再换回就行。

感兴趣的杂志、报纸散发着淡淡的油墨香，静静地平躺在取阅架上。

需要眼亮手快，因为同时进来的竞争者不止一名。有时我会按照早已默念过很多次的目录，快速从书架或读报栏取到手，然后找到一处安静的把角处，坐下来慢慢阅读。

陆陆续续的，不断有人涌入，但丝毫不会妨碍我沉醉在自己的世界里。

至于许多经典名著，不管哪国的，包括一时受鼓动狂啃一通却味同嚼蜡的哲学书，通通借回来。在课间或熄灯后，将自己浸泡在字里行间。夜很静，军大衣将头和手电的光一同罩得严实。床铺上的肉胎仿佛不存在了，灵魂被神奇的文字带入主人公的喜怒哀乐、爱恨情仇，全然忘却呼吸的不畅。

时间嘀嗒而逝，小灯泡也从明到暗。津贴有限，日子过得精打细算。实在昏得照不到、暗得看不清，才舍得换上从服务社买的新电池。有阵子学校还实行过什么夏时制。好嘛，对于我这种从来不睡午觉的人来说，长长的三个多钟头让我变成了时间大富翁。借书周期缩短、次数猛增。

连城不止一次佩服我阅读的高速度，其实都是当时海量刷书和必须定期归还导致的结果。

图书馆也是演绎校园故事的重点舞台，这点也不分军校和地方大学。

某个冬日的晚上，照旧来到二楼阅览室。人不多，很安静。宽大的书桌对面坐着一位男生，有几分眼熟，好像是其他系的。

我到得晚。没看一会儿，惦记着该就寝了，赶紧收拾书本，准备离开。

"嗨"，一声轻唤让我抬起头。男生指了指自己的手腕，示意着问时间。我瞄了一眼淡紫色镀铜小表。书桌隔得太远，也怕影响埋头阅读的其他人，于是找出一条纸，写上现在是几点几分，从旁经过时递给他。

没想到几天之后，他竟然出现在教室门口。我很意外，也惊诧于他的神通广大。他却有一丝羞涩、一丝小得意。原来他来到我们队，看到走廊的墙壁上贴满了一篇篇学习心得。他根据字条上的笔迹，一一对照，得知了我的名字。

"你怎么知道我是几系几队的呢?"我捕捉到了一个可疑点。

他含笑不语，我也没兴趣再问。后来他红着脸、鼓起勇气表白，我回绝时，一样不愿多言。

不拖泥带水、不暧昧纠缠，是对青葱暗恋的最佳尊重方式。比不得单位那些以婚姻换前途的同事，也学不来某学妹的"绿茶"做派，像花蝴蝶一样周旋数人之中，零食礼物凡有必收，就是不轻易表态。

每个人都有自己的处事标准，无权鄙视和指摘。

很庆幸爸妈把我们教育得如此不"入流"。

自由

每个假期都让我难忘。

继新生军训之后，日常的在校生活有序拉开帷幕。我们先盼来1989年年初的寒假。

严格算起来，从九月开学，离开家并没有多久。但因为换了陌生而严格的环境，时间好像过得特别慢，必须数着熬日子。

寒假一般是三周左右。反正想在家过上团圆的正月十五，根本没戏。

各班教室面积相当，都不大。像我们班，二十一套桌椅和讲台、黑板占据了满当当的空间。旧课桌的盖子没几个平滑如镜，多多少少都有划痕或小坑洼，写字要垫上东西。合上盖可以挂锁。

翻开后，用挂钩撑住，下面方形木斗里能装书本、文具和书包。盖子背面贴着很大的一张学年日历。我会将考试的时间用黑笔打上叉，再偏心眼地给假期打上大红对勾。每天掐着指头盼望假期插上小翅膀，快点到来。有了期待，艰难的那几天考试也可以咬牙忍受。

第一年寒假回家，队里"团购"了压缩饼干和军用罐头，拿回家都是让家人开眼的稀罕物。巧克力色的压缩饼干略有些暗黑，口感没想象中的难以下咽。圆圆的罐头盒里装着青豆、胡萝卜和一些不明块状物。混沌、黏稠，品相不佳，餐桌上却赢得一致好评。后悔买少了。

后来队里还统计人数，集体购买过学校自产的皮箱。箱体褐红色，造型不时髦，方方正正的。上面烫有金色校徽和校名。它其实离"皮"甚远，纯属人造革。优点是内容量大、能装。缺点是太能装了，又没有轱辘。搬来搬去，很需要一把子力气。

后来它跟随我辗转各处：毕业后新单位，甚至万里之外的喀琅施塔得、圣彼得堡和莫斯科。至今仍搁在家属区的衣柜高处，静静地落满岁月的厚尘。

不离不弃，如沉默的好友。

离家不足半年，却有了真实的想念。

"还没正式放假呢，杜鹃就在屋里拖着箱子，走来走去的，嘴里哼着苏芮的《跟着感觉走》，丝毫也不掩饰要回家的那股子兴奋。"细心的三姐观察到了这有趣的一幕。

放假可以穿便服。但是为了让爸妈看到真人版军装秀，当然也带一些臭显成分，我还是不嫌费事地套上涤卡冬装，拖着报到时的那个米色马桶包，踏上了回家之路。

郑、洛两地的车程本就很短。再加上同学们热热闹闹地聊天，一路欢声笑语。感觉只是眨巴眼的工夫，我就要下车了。

出了车站，雪正紧。大大的雪片迅速扑打我的身体、脸，渐欲迷人眼，但心情分明欢欣、激动、笃定、踏实。如羁鸟归旧林、池鱼思故渊。

熟悉的马路、熟悉的梧桐树、熟悉的 14 号院、熟悉的五层楼。门开了，客厅摆着的黄金橘、牡丹等盆花，散发出清幽的香，被暖气熏得四下流动，让刚化去浑身寒气的我顿感昏然欲睡。

家里，一切摆设如旧。

我独享了通往阳台的南向大屋。房间里，两个相邻摆放的单人沙发椅上，铺着的"鹤鹿""松柏""红日"图案的毛巾被仍旧静静地等候着。不同的是旁边多了稀罕物：一部白色的按键电话，下面压着一本厚厚的号码黄页薄。封面照片是标志着20世纪80年代末郑州商业鼎盛的二七塔商圈。高高矗立的"OA"电脑字样不屑地俯视着脚下的芸芸众生。

黄页薄最后十几张都是按姓氏笔画排序的私人电话号码。如果换在注重保护个人隐私的当下，真是难以想象。当时电话远未普及，更别提传呼和手机了。能装座机的人家非富即贵。有机会将号码公之于众，该是多么荣耀的事情，哪里还担心泄露个人信息？

对于"小白"这个新家庭成员，我相当青睐。次日，我就穿好军装，坐在沙发上，假模假式地拿起话筒，让妈妈拍了一张"日理万机"照。

刚上军校没几个月，同学关系还不是很熟，和他们也无从联系，还真是委屈了能长途直拨的"小白"。高中同学家中能装电话的也不太多，只有零星三四个人。对于怀有虚荣小心思的我来说，打一通电话，炫耀比说事更重要。

放假是真正的身心放松。每天爸妈上班后留下的满室安静中，我通常要到九、十点钟才自然醒。伸个懒腰、望着房顶发呆。远处人民路的车水马龙声不时挤进耳朵。

饱足酣畅的睡眠化解了几个月积累的疲累。再也不用遭遇在校时的"悲惨"命运：甭管刮风下雪，催命的起床号音在六点钟准时响起。摆脱了条条框框的束缚和动不动拿来教育的纪律，想穿什么就穿、想干什么就干。看书、逛街、约同学，随心所欲，也不必事事报告和请销假。

我找回了久违的自由感，惬意、适意、安然、陶然。

同桌兼闺密左左家离得不远，上警校的她也正在假期。我们经常会互相串门。我妈规矩多、脸严肃，容易拘着外人，所以我一般都去找她。

出大院门，上了人民路。横跨过金水河，没一会儿就来到省博物馆。边仰视寒风中仍挥手致意的毛主席像，边斜穿过宽阔的广场，沿路前行几十米。拐进省军区对面一条僻静的小路，尽头右手边就是左左家所在的楼。

要想顺利敲响她家门可不容易。先要通过岗亭"门神"的查验。我随身带有学员证，有几次还穿着军装，甚至遇到的就是同一个小战士，即便如此，每次的严格验看、询问也无可避免。

"你干什么的啊？找谁？她家电话多少？家里有人没？先填张表吧！"

身为同龄人，我真判断不出他的"细心"究竟出于何种心态。工作态度认真，门岗职责所在，还是好不容易来个生人，必须盘查清楚？

小麻烦过后迎来了开心的相见时光。坐在左左的房间或在阳台外的小院里转转，话题无所不包：各自的学校、家人、趣事。之后再去街上瞎溜达。

一个有雪的下午，天色晦暗。待闷了，我们去逛花园路。密集的大雪粒敲在身上，丝毫没有减轻心头的快乐。我一身军装，她穿着警服。路人纷纷侧目。无疑一对可爱可笑的小傻瓜。但当时觉得这么穿，比任何的时尚华服都要漂亮、帅气、独特。

扎进人头攒动的集贸市场，走饿的我们随意蹚入一家小饭馆。桌、椅、菜单、地面都是油腻腻的。我们谈笑着，丝毫没影响食欲。四周流动着久违的人间烟火气，泼辣、生动。

看到一道菜，"耗油铜号"。我们蒙了，不知何物。试着猜，仍不确定。后来叫来服务员。她表情木然还有几分轻视，微动嘴唇，用方言说出"蚝油茼蒿"。潜台词：噫，你俩老闸皮（郑州话，土老帽），连这个都没吃过？敢情，四个字能错仨。我们笑着对视一眼。如果真是这些原料，看谁有勇气敢下嘴吃一口？

经典段子和热乎乎的炒菜同时新鲜出炉，身、心都得到了抚慰。

谁说日子平淡的？这不就来了点滋味吗？

凤还巢

1989 年的夏天，很热。

受到大环境影响，我们期盼中的第一个暑假如千呼万唤的娇羞女子。能远远地看到那道婀娜的身影，就是不肯走过来让你一亲芳泽。

起初那些天，位于中原地区的军校和往常一样平静。上课、下课、出操、点名、打扫卫生……但后来，无波的水面还是被窗外硬挤进来的微风荡起了几点涟漪。我们隐约嗅到、看到、听到了不太寻常的东西。

最直接的体现是，暑假延迟了。

队里反复强调纪律，明令禁止信谣传谣。教学楼后面那片小树林热了起来，不仅指气温。我们搬着板凳在那里分班进行理论学习。学社论、学军报，写感想和体会，开展大讨论。

林间种着一棵棵端直光滑的泡桐。坐得久了或想偷懒，就抬头看看一角、一块被稠密枝叶切割得极不规整的蓝天，还有旁边的景物。除了读报声，四周很安静，似乎能听到大树和脚下的土壤在窃窃低语。

气氛越发敏感和紧张起来。

有一次，队里还将全员集中起来。每人要在白纸上写指定的几个字。好像说宿舍楼前的马路上出现了内容比较激进的标语，需要逐个核对笔迹。也有传言，个别胆大之人还跑去北京"声援"，但无从考证。

　　当你离开生长的地方梦中回望/可曾梦见河边那棵亭亭的白杨/每一棵寸草都忘不了你日夜守望/思念你的何止是那亲爹亲娘/当你握别温暖的手泪落几行/可曾感到背影凝聚着滚烫的目光/每一颗赤诚的心灵都深深理解你/每一个热切的向往都充满你的力量……

　　伴着《热血颂》优美的旋律和质朴的歌词，播放出来的电视画面让年轻的我们眼含热泪，血脉偾张。身处板凳，心系远方。不用太多唇舌，顿时统一思想，坚定听从党的指挥。

　　长着娃娃脸、鼻孔略外翻的歌唱家相貌一般，声音却清亮优美，很有感染力。舞台上的她总是身穿笔挺的演出礼服，自然站成"丁"字步，胳膊半弯，手指翘成兰花状。表演时情深意切、温婉动人。

　　她的许多代表作红极一时，传唱度极高。这些耳熟能详的旋律飘荡在绿色校园里，陪伴了我们很长的青春岁月。在一股股正能量的熏陶和培养下，我们自觉自愿地以奉献为荣。

　　20世纪90年代，我们远离闹市的喧嚣和繁华，扎根在偏远山区。响应国家号召，为改革开放保驾护航，以确保"一部分人先富起来"。面对贫寒的生活、微薄的工资、闭塞的环境，没人抱怨和后悔。

一切顺理成章。

多年后才得知真相：曾让我们入耳入心的军旅歌曲居然出自什么人之口啊！同样穿着军装，我们吃苦受难；她呢，过着完全不同的另一种生活。

多么可笑的讽刺！

后来还有些事屡见不鲜。一些文体明星尽管文化底子浅薄，可架不住名气大。所以，想上重点大学就上；想参军就参，扛的军衔还不低。

匆匆十几年，最美的人生岁月一去不返。我们是谁？又为了谁？

不提也罢。

俗话说："好饭不怕晚。"随着局势渐缓，悠长的假期推迟了一周左右，仍是到来了。

好事多磨，无疑增加了我对这个暑假的期待。之前爸妈就同意我和哥哥一起回辽宁老家，我激动得晚上差点失眠。最让我兴奋的是能和同学们搭伴坐火车。对于我这种一直饱受严格家教的好孩子来说，不亚于一次短暂摆脱束缚的快乐旅行。

妈妈早就准备好给爷奶捎去的布料、用品和钱。临行前，我把东西全部装进米色马桶包。又找来一小块光滑的仿缎布，用很大的针脚，笨拙地将那卷钱缝在内裤里侧。

队里统一订票。晚间坐上从洛阳开往北京的火车。车上，河北、东北的同学很多。过保定时，大家闹闹哄哄地一起去中转签字。对于我来说，这都是没经历过的稀罕事。

走之前，学校再三叮嘱必须穿便装。除了主动帮列车员扫地倒水这点，我们和普通的大学生没有差别。没有卧铺，全是硬座。一路上十几个小时，聊聊天、玩玩牌、看看书就过去了。要不说年轻呢，精力充沛。第二天一早抵达北京站时，好多人根本连眼睛都没闭一下。

我们随着拥挤的人流出站。天色微曦，将伟大的首都笼罩在一派神圣和庄严之中。本来应该去南池子招待所这一指定中转休息点。不知谁提出，先到天安门广场一探究竟，反正大多数同学要坐的第二趟车都在下午四点以后，时间很宽裕。

天安门广场，前些时候我们在报纸、电视上经常看到。那里是祖国的心脏，也是常被提及的重要地点。

提议赢得了全体一致赞同。于是，我们结队拖着行李，从车站走到广场。兴奋中夹杂着紧张新奇，东张西望，丝毫不觉得困倦。

城市还没有完全从睡梦中醒来，路灯过了很久才熄灭。早起的环卫工人开始"唰唰"地清扫，零星的几辆大公共汽车和小汽车悄然驶过。广场空荡荡的，水泥地泛着清冷的光，好像一个沉默的巨人。全副武装、头戴钢盔的战士威严地站在警戒线旁。我们掏出学员证，抢着和他套近乎，想靠近一观。结果被很有原则的小伙子断然拒绝了。

我们只能遥望着只现出轮廓的天安门城楼，想象着以前书上、画上看过的它那幅肃穆壮观的样貌，之后遗憾地去南池子招待所休息。没几个人认真地上床睡觉，多半还是去逛街了。比起学校的闭塞和管束，京城的繁华热闹让我们新鲜好奇、大开眼界。

　　十多年之后的一个冬日，陪小倩逛王府井。阳光明烈无比，冷硬的寒风却似穿透厚厚的衣服。我们顶着风，坐在花坛前，看一群藏族小朋友在音乐的伴奏下跳着欢快的舞蹈。个子最矮、甩袖子却最卖力的黑肤小男孩引起我们的关注，并拿他善意打趣。

　　旁边，一句飘进耳朵里的训斥孩子声也让我们日后不时提起，并以此为模板，换以 N 种内容。"来北京是玩的，不是让你睡觉的！"瞧瞧，和我们初次来北京的感受颇有相通之处吧？

　　更可乐的是，四班的一位北京男生也跟着我们去天安门、南池子招待所和外文书店。还挤在男生们的床上睡到下午才不情不愿地回家。可见，比起家人，扎堆更有一种特殊的吸引力。

　　哥哥直接从郑州出发。按计划，我要和家同在本溪的阿霞一起坐下午四点多的车。

　　此时，发生了一件绝对给我留下心理阴影的事情。

钱和人都丢了

　　疯玩半天之后，我们才赶到喧嚣杂乱的北京火车站。无心欣赏主席的亲笔题字和典型的苏式建筑风格，急急挤过人群上了二楼。擦擦汗，喘匀气，准备候车。

　　隔着裙子，我下意识地摸着放钱的秘密小兜。咦？钱呢，怎么空空的？反复揪扯着那里，没有丝毫的硬物感。

　　真是晴空一霹雳，当头一闷棍。我被砸蒙了，大脑一片空白，呼吸急促，拼命回想着。

　　厕所，大街，招待所，书店，还是被小偷顺走了？关键是什么时候丢的，都不知道啊！哪儿找去？

　　懊恼、无助、后悔、沮丧、绝望如阵阵惊涛骇浪，将我劈头盖脸地卷入其中。在热死人的酷夏，我却脸惨白、心狂跳、眼冒金星、天旋地转、手脚冰凉、冷汗暴起。

　　长这么大，没独立应对过这种突发状况。

　　被吓傻的小马虎花容失色，越想越慌乱。爸妈信任我，让我带钱回家给长辈，结果被我搞砸了。万一两代人因此产生了矛盾、误解和嫌隙，那么事态绝不是我能一力承担的。

　　万般情绪袭来，我哪儿顾得上面子，站在人流熙来攘往的候车室外面大声号啕起来。同桌放哥和阿霞在一边好言安慰，也无济于事。此举成功地吸引了周围旅客好奇关注的目光。短短十几分钟，天塌地裂的感觉对我脆弱心灵造成的强烈冲击绝对毕生难忘。

放哥来自吉林双辽，个子中等，五官端正，性格朴实真诚。很巧合，我们的名字汉语拼音首位都相同，俄语名也只差一个字母，属于关系不错的异性。看我怎么劝也不听，只管哭得昏天暗地，他仗义地提出自己只留一点零钱，剩余的先让我救急。

我摇头不肯。自己把钱弄丢，拿人家的算怎么回事？但他的热心和仗义却让我倍觉安慰。从此我们的友情变得更加深厚。算是"失之东隅，收之桑榆"吧？

事已如此，多哭无益。想明白的我开始慢慢平复情绪，睁着一双红肿的泡泡眼，和阿霞上了车。

车上人很多，我们好歹还有个硬座，很幸运了。进山海关之后，天色渐黑。车窗外一掠而逝的景物变得模糊，昨晚都没休息好的我们聊累了。眼皮开始变得沉重，直犯困。没有小桌板趴，只能坐着，头一点一点地"啄米"。旁边是一位陌生小伙，他也睡得正香。不知谁靠了谁，清醒后一激灵，再歪回来。

车轨"哐当哐当"的单调声响好像成了没有休止符的催眠曲。中途停了一些站。有人窸窸窣窣地收拾行李下车，又有人咔嚓咔嚓地从身边走过。下意识地睁开眼缝，扫一眼头上行李架放的东西还完好，又沉沉睡去。

凌晨三四点钟，我彻底醒了。透过车窗，能看到模糊的远山和近处的农田。想起爸妈交代过的重要事项，我费力地拽下马桶包，从里面翻出短袖军装，到厕所换上。

　　阿霞醒了后也是如此操作。那时，我们陷入了无言的默契。都想在家人面前"惊艳"亮相吧？

　　火车到达本溪站时，天已大亮。分手作别后，我背着马桶包一路找到爷爷的新家。十几年没有回过故乡，真的是"少小离家老大回"的感慨。乡音未改，鬓毛也未衰，但爷爷家、姥爷家的长辈亲人们都变了模样，正如在他们眼里，我也不再是那个精灵可爱的聪明娃娃。

　　我和早先到达的哥哥会合后，一片久别重逢的激动中，我没忘记向爷奶承认丢钱的过错。奶奶当时已不太认人，爷爷没有流露出丝毫不快，张罗着给我做饭。我如释重负。后来，兄妹俩踩着泥泞到街上给爸妈发了一封平安电报。"双抵"，精练准确的措辞意外得到了妈妈的表扬。

　　爷爷家搬到了桥头，周围风景仍然很美。关键是在这块福地竟揭开了一个谜。次日用完老式旱厕后，我无意中低头一看：咦，一个有些眼熟的纸卷浮在最上面，对我挤眉弄眼的。难道是……我顾不得脏臭，急忙趴下身子，找棍子拨拉上来。果然是那卷钱。

　　兴奋、激动之情溢于言表，我赶紧洗净，拿去献宝。事后分析，问题应该出在缝兜的布料上。它太光滑了，随着身体的摩擦，钱被蹭得偏离了原位。当初在北京站我也没摸仔细。到了老家，它索性彻底钻出了稀疏的大针脚，以自由落体的姿势，义无反顾地掉入厕所。

　　和亲人团聚的时光过得很快，其间发生的另一件事也让我内疚、抱憾。

　　新家位于紧邻路边的一个大斜坡下，房前屋后黄色的金针菜开得正灿烂无比。至今我还保留了一张很珍爱的照片，那是我好说歹求之后，妈妈才从大影集里抽出来交给我的。那些记录我们点点滴滴童年生活的照片大多没有底片，可谓绝版珍藏品。

　　照片上的我，短发，身穿一件橙黑图案的短袖白色连衣裙。左手握着白搪瓷缸和几朵未开的黄花蕾，右手伸向正盛开的一大丛金针菜，笑得明媚无忧。映衬着微暗的薄暮背景，越发显出皮肤的嫩白和身姿的挺拔。妈妈看过后，大加赞赏，信手题上两句诗："花边人似月，皓腕凝霜雪。"

　　刚到家那天，我一进屋就看到多年未见的奶奶正盘腿坐在炕上。说实话，我的内心并没有久别重逢的欣喜和激动。很难把面前这位表情木然、病态毕现的老妇和十几年不断在脑海里勾勒、温习、描摹过的那个健壮利落、慈祥无比的奶奶重合在一起。

　　可我真真切切地看到了奶奶眼里的欣慰与兴奋。她拉着我的手，从嗓子里含混地吐出几个短短的音节，应该是在叫我的名字。

　　在家住了几天后，因病失语多年、已无法开口清晰说话的奶奶让我觉得陌生和发闷，我宁可找借口频繁出门，四处乱逛和探亲访友。

　　直到有一天，爷爷让正闲在家里、百无聊赖的我帮奶奶抓痒。她后背上长了硕大的红疥疮，肿得厉害，也奇痒无比。之前都是爷爷干这项活儿。也许他觉察了这么些天我的冷漠和疏忽，有意制造了一个机会。

　　我不太情愿地撩开奶奶身上的白色大汗衫，很敷衍地随便抓挠了几下。奶奶可能觉得没止痒，就反剪着手指指点点，口中"呜呜"的。我很不耐烦地随口说："怎么这么多事儿？"奶奶马上就不作声了，旁边的爷爷斥责我没良心。我赶快出去了，心里已经后悔和自责，但始终不愿承认。爷爷告诉我，很长时间以来像个植物人面无表情的奶奶居然流泪了。

　　事隔多年，时间的流逝并没有冲淡记忆。我终于有勇气面对曾经虚伪冷血的自己，并借此文对奶奶道歉。如果来生我还做她的孙女，我会好好地孝顺她……

　　上军校后的第一个暑假，辛酸多过欢喜。
　　那丛暮色四合里仍灿烂无比的金针菜仍然和往事一起，年年岁岁地摇曳在我的脑海里。

外面的世界

1990 年的暑假照旧不完整。准确地说，根本没有放假。因为学校安排了社会实践。

剑有双刃，事分两面。

暑假泡汤了，可是换来难得的机会，能走出闭塞的校园，接触到鲜活的社会，了解与军校完全不同的市井百态，还是相当有吸引力的。

歌里都唱了，外面的世界很精彩嘛！

连城说他们学校也有社会实践。"去竹林村参观。好像是 1989 年？就一天，早去晚回。"

莫非是军校的"规定动作"？

相比之下，我们的社会实践动静可够大的，从长度、深度、厚度上都远远超出。

内容涵盖工、农、兵。工是行业先进王封煤矿，农是小康生活代表的泗沟村，兵是野战部队，反正就在焦作地区转悠。

我们还趁机游览了云台山。

那时候的云台山，声名尚未远播。如同养在深闺的名门淑媛，秀丽、神秘、高贵、优雅。它安静地守着独属于自己的钟灵毓秀，并没有沾染过多的尘世污浊。云、山、水、石、树、花组成的大景小观，让我们目不暇接。

盛夏时分，碧潭里的水却澄净冰凉。有同学差点失足落水的小插曲扮亮了一路的好心情。爬坡、涉水、攀行、趟溪，欢声笑语惊飞了梢头啾鸣着梳理羽毛的小鸟。

有趣且艰苦的社会实践随着每天的日出日落，慢慢展现出它们的魅力。

第一次看到竹林掩映中街道整洁、房舍明亮的社会主义新农村；第一次明明胆怯却装作无所谓地钻进"铁笼"，哐当哐当地下到至少几十米深的矿坑；第一次身穿帆布工服和大胶鞋、头戴安全帽，像名英姿飒爽的女矿工；第一次弄得上下黑脏，只有眼珠和牙齿闪着异样的白；第一次发现炸得干焦的鲤鱼如此美味、如此昂贵；第一次住大通铺，彻夜听着运煤小车轰隆作响；第一次接触野战部队的每日生活；第一次见识谱很大的小排长心安理得地被战士伺候着；第一次强烈同情那位忙东忙西帮家属照顾孩子却总被当众训斥的勤务兵；第一次体会顺利翻越板墙却在跳入方坑后难以麻利撑起跃出的尴尬；第一次被训练场上虎虎生威、挥汗如雨的场面震撼……

还有、还有很多的第一次，都留在了那年夏天的记忆中。

外面的世界，确实精彩……也无奈。

血色黎明

只顾优哉游哉的我差点忘记了启程前遭遇的那个血色黎明。

学期结束后，可能是怕我们闲得无聊，一把子力气没处释放，所以队里统一要求去大田劳动，帮着收割。

一天早晨，天刚大亮，还没来得及蒸腾、烘烤的空气清新宜人。睡眼惺忪的我们带队走到田里，分组散开。我拿着一把略生锈的镰刀，不情不愿地埋头忙着。没几分钟，凉意全消，脸上开始渗出微汗。

抬头看看，我负责的这垄还不短呢！估计一时半会儿不太可能收工去食堂吃饭。再一想，每天盼星星盼月亮，好不容易熬来暑假，却不能回家，更是平添几分怨气。

至于割的什么作物，想不起来了。反正有几根特别粗的茎，空心的，又韧又硬。我用手搂着，挥动钝镰刀，一下、两下都没割断。嘻，你也和我作对？

心烦意乱中，下手自然失了准头。猛一用力，刀头正砍中左脚踝内侧。最初感觉麻木发钝，继而剧痛。有股温热的滑腻在蔓延，并濡湿了解放鞋。我试着动了动脚趾，还正常。

鼓起勇气，低头仔细看了看伤口。不长，比较深。鲜红的血混着几点脏污的泥粒，还有一小段线头状的白茬软软地耷拉着。

近旁的同学赶紧七手八脚地将我抬上队干部的自行车。车轮飞快蹬动，一路朝学校大门左侧的门诊部驶去。

说到门诊部，上学两年来身体结实得像小牛犊、也没学会泡病假的我跟它只打过一次交道。

那次不知怎么的，眼睛有点红，扎得慌，动不动就流眼泪。医生匆匆一看，说是倒睫，无大碍。没开药，只是揪掉几根惹祸的睫毛，顺便"稳准狠"地将我下眼睑处一个小脂肪粒挑了。那个类似眵目糊的东西总让别人误解我洗脸不够干净。

这回，医生来了大活儿。

心急火燎的我们来得太早了，诊室的窗帘还没拉开。医生不知从哪里被唤了过来。他低头将伤口用酒精清洗干净，检查了一下，说筋还是纤维断了，要缝针。但不能打麻药。

我坐在一张长条床上，侧脸望着外面灰灰的天。灵敏的耳朵能听到医生穿针引线、准备器械的叮当作响。缝线时的穿扎、拉扯本该极疼，却被伤口产生的放射性痛感掩盖，只觉丝丝的麻痒。

回到宿舍后那几日生活不便，安心享受着班里姐姐们的照顾。付出了意外流血的代价，换来了不用参加队里活动的暂时宽松。那是一种陌生体验，新鲜而宝贵。

我应该是身边第二个享此待遇的"幸运儿"。

当年同屋的姐姐打开水回来，暖瓶被操场上飞来的足球击中。滚烫的热水将碎玻璃碴儿同丝袜粘在一起，紧急送到门诊部医治，着实严重。涂了药膏的患处看着触目惊心。某位男生不避校规和人言，忙前忙后地细心照顾。我这个晚熟的小妹妹看得眼热心羡。患难见真情，大抵如此吧？

偶尔有同学善意调侃："哎，你不会是不想参加社会实践才来个苦肉计吧？"闻言心生嗔意。你才苦肉计呢！不过确实心存侥幸：伤情要没有好转，就能理所应当地回家混几天。你想啊，都缝针卧床了，还不严重？

没想到，本姑娘的体质实在是太好了，十几天之后便活动自如。唉，白搞出这么大的动静，没有效果啊！还不如有位悄咪咪地得了甲沟炎的女同学，好多天都没痊愈，自然不用参加社会实践了。没辙，全是命！

脚踝处从此留下了一块无法消除的硬疤，丑陋难看。

一个阴沉的下午，睡醒后，宿舍空荡荡的，外面走廊也静寂无人。拿出借来的席慕蓉诗选，再次重温早已耳熟能详的美文。

> 在年轻的时候，如果你爱上了一个人，
> 请你，请你一定要温柔地对待他。
> ……………
> 若不得不分离，
> 也要好好地说声再见，
> 也要在心里存着感谢，
> 感谢他给了你一份记忆。
> 长大了以后，你才会知道，
> 在蓦然回首的刹那，

　　没有怨恨的青春才会了无遗憾，

　　如山冈上那轮静静的满月。

　　一页页信手翻过，最后我的视线久久停留在："在幽深的林间，桐花一面盛开如锦，一面不停纷纷飘落……繁花落尽，我心中仍留有花落的声音，一朵、一朵，在无人的山间轻轻飘落。"瞬间陷入沉思：无忧无虑的童年，故乡的如画山水，五味杂陈的军校生活，独在异乡的悲凉，春季满树的泡桐花开，夕阳中秋草飘摇的涧河……

　　闭上眼睛。不知不觉，泪顺着脸颊滑落。从未有过的孤独感如同一张网，将我从头到脚兜得密密实实。窗外有不识愁滋味的几个天真孩童嬉闹着、笑唱着："一闪一闪亮晶晶，满天都是小星星……"

　　声音清脆悦耳。他们不会懂得十几步之隔的我的悲伤。

　　从此，不管别人如何评价，对于席慕蓉这位外形颇合内蒙古祖籍、文风却清丽婉约如江南女子的作家，我始终保持着好感与欣赏。

　　她的诗文精确描摹出隐秘的少年情怀和难舍的乡愁，曾陪伴、抚慰了我那么多年的青春。

　　当时我还心存疑惑。见过也吸过花蜜的泡桐花是淡紫色，怎么竟成了"怒放的白花"和"雪白的花荫"？莫非花也有橘枳之别？生于台湾则变白、长在中原则为紫？

　　2021年7月，坚持参加助盲公益读书活动的热情和窗外的温度一样高涨。选了一篇张晓风的《不知有花》。在她笔下，桐花也是白的。"极矜持，花心却又泄露些许微红……山路上落满白花，每一块石头都因花罩而极尽温柔……"

人过半百，剩余的时光含金量奇高，所以不舍得糊涂打发掉，更渴望探知真相。

一查，原来我记忆中飘动的淡紫云雾是泡桐，她们描绘的则是油桐。此桐非彼桐，完全是两种植物。

但一样美丽馨香，如同山冈上那轮静静的满月。

界江边城

我们洛外毕竟是一所为全军培养外语类技术人才的院校，所以军事训练内容浅尝辄止，主要时间还是放在专业学习上。

三年级时的语言实习就是实践出真知的重头戏。

路线有两条：北方的边境小城黑河和南方的江阴造船厂。消息一出，大家都很激动。学了这几年，大家跃跃欲试，真切地体验一回俄语的实操能力。平时，教员讲的、自己学的，确实能和俄罗斯人无障碍地沟通吗？会不会"鸡同鸭讲"？

学校负责全程组织和落实经费，自然名额有限，不可能雨露均沾。

队里要从四个俄语班里挑选40名专业、表现都要好的学生。其中北线25人、南线15人（只限男生）。竞争很是激烈。

一向性格好胜、事事不落后的我和其他同学实战练手的目的不尽相同。更多的是"中国这么大，我想去看看"的强烈愿望。还有骨子里从未淡化的浓重东北情结，让我极其渴望领略到相似的风土人情。

心里有目标、行动有方向。我开始努力积极表现。不仅学习认真再认真，还主动清扫教学楼女厕。原本嗤之以鼻的择菜也能从头坚持到底，不像以前一样完成自己那部分就决然离开。

等待的那些天，激动而忐忑。

天遂人愿，我终于成为北上队伍中的一员。

20世纪90年代初，黑河与一江之隔的对岸布拉戈维申斯克之间的"一日游"带火了边贸，但仍没改变它偏远闭塞、交通方便的不利局面。

我们一行人先坐火车到哈尔滨。低一届的二队一位学妹，好像姓林吧，她爸爸热心地替大家安排食宿和交通，还带着我们步行好远去参观较冷清的动物园。

之后，赶到鹤城齐齐哈尔。

"一直坐火车，硬座。男同学很好，自己站着，让我们女生躺长椅上睡。到齐齐哈尔住了一晚上，是一个地下防空洞改的宾馆。我穿一件淡黄色卫衣，天气有点凉还有个有趣的事。第一次北上到高纬度地区，我们在火车上睡得东倒西歪。估计就是齐齐哈尔那片。我醒来发现车外一条线，好像着了火一样，直觉是日出。看了表，才三点。不敢相信。但邻座一个东北小伙看我没见识的样子，说：'就是日出。'从齐齐哈尔到黑河是大巴。我晕车很厉害。一个东北老太太一路帮我掐虎口，说治晕车。"

我不像七姐能记得许多细节。可能累和兴奋让我这个小机灵鬼变迟钝了。

吃过简单的早饭，稍事休息后又坐上类似森林巴士的车，一路颠簸，穿行在兴安岭层峦叠嶂的绿色林海中。每个人都困乏得直打盹，完全没心情欣赏窗外美景。

到黑河后，七姐有了独一无二的幸运。

　　"我跟大家一起到的黑河，第二天组织口试。在一间屋子里大家围坐一起，记得是个老太太翻译。她用俄语问各种问题让大家回答。老太太还送了我一条玻璃丝的长筒袜。结束后，我被兵器工业集团选走当翻译。好像就选了我一个人，直接坐飞机去哈尔滨参加哈洽会。一直到结束才跟大家团聚。

　　"那是我平生第一次坐飞机，耳朵疼。俄方职位最高的是库尔斯克市的市长，我方记得有深圳的电子科技公司，当时死活要我毕业后去深圳。他们感激我，还送了一台照相机，我回院里就上交了。

　　"回黑河下飞机好像在机场遇到的小米。她过来跟我说话我什么也听不见，飞机噪声太厉害。当晚我们公司有晚宴，我还请她参加了。自己凭良心讲，那一个月是我口语的最高水平。"

　　嗯？什么口试，还有老太太，我怎么一点印象都没有啊？估计是黑河的美景带来的冲击太过劈头盖脸，我还蒙着，没醒过神呢！

　　但七姐有句话我很认同。语言实习"是难忘的回忆，得到了极大的锻炼"。

匆匆那年

学校提早联系好了当地一些单位。按照统一安排，我们中规中矩地开始了语言实习生活。

我和小勤等几名女生分到旅行社，各跟一辆旅游车，担任"一日游"的见习导游。

这是我人生的第一份工作。盖旅游局公章、贴照片的导游证至今仍珍藏在部队家属院的房间抽屉里。照片被时光浸染了微黄，纯真的笑容始终没变。

大巴上除了司机师傅，还配一名正式导游和当地公安局的警官。每天集合后，先去口岸接客人。然后游览公园、瞻仰纪念碑。午餐后逛大黑河岛和圈楼，下午送回口岸即可。

这些常规节目中，俄罗斯人最在意的是购物这项，其余都是陪衬。

第一天接团，我的心情无疑紧张万分。为了演练"台词"，头天晚上都没睡好觉。终于，闹闹哄哄中，所有客人坐定。我拿起话筒，开始介绍行程，自己都觉得声音有些颤抖。可惜啊，我尽职尽责地讲解时，那些大包小裹准备过境易货的俄罗斯人根本没几个认真听的。他们仍然大声谈笑、聊天。

不免失落、沮丧。

胖乎乎的圆脸赵师傅和导游姐姐劝我不必在意，人家就是冲着买东西来的，经常往返，早没什么新鲜感了。看来还是我这只职场菜鸟想多了。

后来，我也变得"聪明"，不再费心介绍。每次相中团里一两个面善的客人，单独陪同，口语自然而然就练会了。

娇小的导游姐姐外表不太像黑龙江姑娘那般高挑健壮，但热情真诚的性格绝对如假包换。她教会我一些必备单词，"皮夹克""录像机""旅游鞋""口红"之类的，说肯定用得上。有时腿脚累了，不想陪客人一起逛，我们几个就坐在车里聊天。

先后两位跟车的警官都很好，直率开朗，也懂得照顾人。回到洛阳后，我们一直保持着通信联系，成为不错的朋友。

这是我第一次接触俄罗斯人。具体讲，是远东地区的。他们和后来我见过的圣彼得堡人不太一样。少了几分斯文儒雅，多了几分粗犷不羁。当然当然，偶尔的无礼傲慢是共通的。

他们更像一群换上亚麻色头发和浅灰眼珠的东北人。大声谈笑、爱喝酒、不拘小节……

早些年新闻里总讲，个别奸商利用了俄罗斯人的憨厚善良，以次充好，以劣质羽绒服、工业酒精兑的白酒、纸板鞋严重败坏了中国人的形象和信誉。

亲身经历告诉我，"一边倒"的舆情绝对不可靠。

实习快结束之前，我受人之托代买一块手表。一位看似纯朴的俄罗斯老太太在车上热心向我推销，我傻乎乎地就痛快买下。结果没过几个钟头，表针就停了。轻轻一摇，乱晃荡。可见本身就是残次品。当时客人都已离境，我又气又急，像热锅上的蚂蚁。

幸亏同车的警官大哥陪我四处转悠，找到一家维修店修好。否则真不知回来后如何交差。损失了钱，事小；辜负了别人的信任，会有损人品。所以，不能一概而论，哪儿的人都分好坏。

除了人，黑河的美景也让我印象深刻。休息日，我和四班的小勤会换上漂亮的长裙，随意乱逛。

江边是我们最喜欢去的地方。无论红日初升还是夕阳西下，黑龙江总能展示出不同的面孔。对岸的电视塔、楼群、房舍近得好像触手可及。清澈的江水缓缓流淌着，淘尽许多往事。

那时的黑河，人少地小，却有着别处无可比拟的异域风情。天蓝得透明、云白得耀眼，阳光好像都带着一股能将人融化的魔力。

1991 年的夏天，让我难忘。

花一般娇嫩的年纪，花一般柔软的心，花一般纯洁的情感。

雨天的离别

2012 年夏，留校的同学们组织了毕业二十周年纪念活动。

暑期的校园空荡荡的，加上不时出现的新建筑、新布局，让我觉得很陌生。

近五分之三的同学抛开工作和家事，从天南地北赶到母校重聚。只为在一生中最丰盈的中年时光，来场激动人心的悲喜两日 party（聚会）。

我躲开了让帝都交通瘫痪的"7·21"暴雨，却深陷时间化妆师妙手打造的中年真人秀。来者七八十人。早想见的、无所谓的、悔不重逢的，都有。而那些没来的同学，可能余生也无缘相见。

寒暄、交谈、参观……熟的仍旧熟，好像昨天才分别；生的依然生，好像从未认识过。

琥子的正直和仗义让我有机会作为同学代表之一，站在讲台上当众发言。

午饭时某位女生酸溜溜的话语犹响在耳畔，看着台下被金黄暖光照耀着的面孔，我百感丛生。无论再驻颜有术、妆容得当，依稀也能看出岁月的留痕。

二十年的风雨，早已改变了太多。

能共同拥有的，就只有那一千多天的记忆吧？

相互打趣着、嬉闹着或争抢辨认大屏幕上曾经一张张青涩的面孔时，红着眼、流着泪的我们才找到了几分熟识的感觉。

两天时间虽短，内容却很丰富多样。无论是那晚伴着窗外狂吹大风的卡拉 OK 歌舞，还是师生重聚、把酒言欢，无不增添了怀旧色彩。

第二天上午组织参观校园，几乎一夜没怎么入睡的身体却毫无倦意。随着同学们走在路上，天气的燥热迅速将汗水从身上驱赶出来，并快速蒸发。

滚滚热浪和身体的汗湿是我所熟悉的。不熟悉的是曾经无数次留下脚印的地方，多年以后，早已改头换面。即使物还是，比如曾经的宿舍、教学楼，但门前冷落，处处尘埃。路，变窄了；楼，变旧了；屋顶，变低了；走廊，变暗了；台阶，变细了。

我们，变老了。

一行人闹着、笑着，找到各自的教室，纷纷合影留念。黑板上仍残留着不知何人留下的粉笔字。而我们的故事，早已被后来人覆盖了多少遍，恍若湮没在岁月的流沙中。

既然提到暑假，怎么能避开那个最后的夏日、那场应景的大雨呢？

1992 年毕业离校那天，暴雨滂沱如注，水流成河，好像天空被撕开了一条条难以补上的大裂口。

卡车一辆一辆地往返，连人带行李，从宿舍楼前开向送去各奔东西的火车站。天公不作美，逼得人的动作多了急迫感，没空慢吞吞地道别。随着时间推移，不歇气的雨下得更加起劲，渲染了离别的伤感与对未来的茫然。

四年的相守相伴让分离的一刻变得更难割舍。每个人都能真切地感受到，此间一别，不知何时能再见。也许只有极少数的聪明人，才会内心笃定、真正有数。

我约了几位同学来家里做客，再一起去北京各自单位报到。于是，责无旁贷地加入送行的队伍。

一辆车起动，带走一些同学，然后又是另一辆车。

终于，人去楼空。天色昏暗，雨帘如织。空气中残留着呛鼻的汽油味。原本喧嚣嘈杂的走廊变得空荡荡，没了穿梭的身影，没了欢快的谈笑声，安静得吓人。各宿舍房门大敞，杂物丢弃得到处都是：旧袜子、打包带、纸箱、书、牙缸、破毛巾……强忍着泪，身体僵直地回到我们房间，同样一地狼藉。斜对面的铺位上，一支被遗弃的"奇士美（kiss me）"口红再无机会涂抹爱美女主人的芳唇，孤零零、万分委屈地横躺在空床垫的角落处。任谁看到这些，只会想到"撤退""凄凉""无助"这些词。而它们，没有一丝一毫的温度。

眼泪"唰"地淌下来，如同窗外飘泼的雨……

辑四

美食篇

丰衣，不足食

先铺垫两段文字。也许，所有的年轻身体在求学期间都面临过不同程度的饥饿。而这点相似，则轻易跨越了时代的界限。

1960 年元旦。

正就读高中的我爸和同学们一起，装模作样地看一本要求背会的小册子《列宁主义万岁》。心里早像小猫爪子在挠，盼着下课铃响。因为学校通知中午要改善伙食！

终于等到了这一激动人心的时刻。

十人一桌，坐好。每桌都有一位轮流担任的桌长，平时负责发饭菜。那天主食和平时一样，是凝固的玉米面糊糊，装在木斗里。炊事员想出奇招，早早做好晾上。趁没结冰在斗里划上几块，美其名曰"发糕"。

伙食的改善体现在有一个肉菜。我爸从小吃素，猪肉进嘴就吐。但那天居然吃得香极了，从此不再拒绝猪肉。看来是困难生活改变了他的习性，宁肯呕吐也不能当饿死鬼。

2019 年，我因为监办留学项目，往返郑、汴两城之间。也就有了更多时间，陪日渐老迈的父母絮叨家常。

有天晚饭时分，和老爸闲聊。他说在老家本溪，万物皆可进酱缸腌渍。"红薯都腌得带金沙色了。"

　　三年困难时期，他们这些住校生自己动手、开拓思路。为解决吃饱饭问题，于夜半时分密谋偷白菜根。

　　"冬天，屋子挂着棉门帘，当中一个大火炉。有个老头负责每隔两小时换煤、照看炉火，防止有人煤气中毒。他最后一次巡视是12点。""那会儿就是作案的最佳时机呗！"我好奇极了。

　　"嗯，对。前几天我们就四处打探消息，然后开会汇总。"白菜根不是我想象中的大圆疙瘩。"比手指头粗点儿，这么长（老爸两根食指竖起，比画着十余厘米）。一个饭盒能放十几根。火冲，好熟。然后就吃，都不想饿死。当时从沈阳到安东国际联运线上，路基旁边那些树都是白的，被扒光了。"

　　我们生在新社会，长在红旗下。尤其进入20世纪80年代，虽离小康社会尚远，但基本生活还是稳定、有保障的。

　　军校实行国家供给制，每顿吃什么都是规定好的，不用操心。当然也没资格挑三拣四。不像工作后能在食堂选择自己喜欢的饭菜。

　　饭菜基本管饱。距离"吃好"还有一定差距。主食和清澈见底的汤桶放在一排洗碗水池的前面，随意取用。临到最后，大竹筐里只剩品相不好的馒头和皮馅分家的包子。

　　主要是菜比较少。像红烧肉、排骨这类硬菜，根本不能保证人均两块。

　　每桌八到十个都正长身体的男孩、女孩，四盘荤素各半的菜，无怪乎光盘速度真的赛过闪电。如果矜持点、端着架子或有事晚来了，那么极有可能只吃到一两筷头。

　　后来名为"桌长"的新职位应运而生。一桌之长，主要负责给大家分菜。听上去容易吧？若想实现相对公平，最起码表面不能被人抓住明显马脚，得动一番脑子。比如，碰到一整条鱼，头和尾怎么算？看似占便宜的大骨头给谁？自己想昧下实惠的小肉棒，会不会被群众雪亮的眼睛发现？

多年后，相熟的同学们聚在一起，偶尔还拿当时的不斯文相互打趣。比如，三班的高成。原本上学时圆脸胖乎乎的。每次排队进食堂后，他先冲到馒头筐那里。手握两根筷子，各叉四个馒头，之后再慢悠悠地盛粥舀汤。

"还得用点劲压，否则放不了四个。"在别人提及自己当年引人侧目的表现时，他笑得一派坦然。毕业后，高成成功甩掉母校赋予的四十多斤肉肉，有趣的记忆倒留下了。

仔细想来，有什么难为情的？

谁也没有资格指责大家不顾脸面，一味争抢。必须承认，果腹是具有压倒性优势的刚需。

十七八岁的身体正值发育期，还要担负繁重的学业和高频次的公差、劳动、锻炼。在当时事事、人人要求进步的情况下，肯定不能落队，需要大量食物摄入。而食堂供给的饭菜量少又没什么油水。所以，只能玩命地吃，尽量满足自己所需的体力。还要自己从少得可怜的津贴里省出几块钱，私下自我补给。比如，去服务社买鱼皮花生、火锅底料、方便面；或晚饭后在三道门那里的小店买点面包；要不就去朝鲜族家属的小推车上买点拌菜。

我曾买过一袋简易装"白象"方便面。素白的五六块面饼，没配调料包。缺少生活经验的我随手把它搁进储藏室的衣物箱内，被樟脑球的强烈气味迅速渗透。就这样我也不舍得丢掉。拿热水涮过好几次，再拌上香辣的火锅底料，滴点醋，也美美地吃了。

淑女和绅士的举止是在衣食无忧的情况下才能表现出来的。仓廪实，而后知礼节。国家对军校学员的伙食标准本就不高，再经过逐级"管理"，最终真正进到我们肚子里的，也近似清汤寡水了。

再说，"投喂"我们的食堂小战友又能有多高超的烹饪手艺？能把饭菜做熟就不易。十几个人要担负一个系几百人的一日三餐。从采购、卸菜、清洗、切配、炒制，盛好再用推车分配到几十张桌子，逐一装盘、摆正，工作量很重。

"炊事班小战士和咱们差不多年纪。每天看着我们进进出出。来了就吃、吃了就走。咱们坐在教室里上课，毕业是副连军官。他们是义务兵，到了年头退伍回家。心理会失衡吧？"星哥也属事后诸葛。

在部队这个大熔炉中，制式军装模糊了本来面目。

学员们被摆放在一张张课桌后。教员们端立在讲台。队干部呢，巡视在队列的前后左右。炊事员则在灶间忙碌。

各守其位，都是一段人生。

饭桌上的"梁山泊"

说起学员食堂的大锅饭，与打小吃惯的家常味确实不在一个层面。那真是色、香、味，丁点没有；意、形、养，一丝也无。

不过有例外。

寒冷的冬天，热量消耗大，特别容易饿。上了半天课，早饭早就克化得渣渣都不剩。在食堂门口排好队，先是每天必不可少的唱歌，然后按各班顺序进入。天冷，不能呵手跺脚。大家不约而同地加快了歌曲节奏。

"一个个着什么急？能让人听清吗？不行，重来！""啊？"一片唉声叹气。

终于，饥肠辘辘、衣着臃肿的一群年轻人裹挟着寒气，全部冲进食堂。很快响起了热闹的话语声、笑声，与饭菜的热气一起蒸腾在空中。

乱炖式的大烩菜属冬季特供。它最受大家青睐，基本成了每日的必备招牌。

一个中号铝盆占据着黑漆大圆桌的中心。里面满当当地盛着大丸子、白菜和粉条。汤汤水水，既热乎又好吃。

为什么我叫它"梁山泊"？一是形近。为推翻"饥饿"这个暴虐的朝廷，各路食材好汉不计出身来历，热热闹闹地聚集一处。炖到最后，原本的眉眼面目全都混合起来。软烂黏糊，正好应了不分彼此的江湖情谊。所谓"泊"，不就是一大摊汤水吗？

二则意似。系食堂是一个通透、高深的纵长条大厅。无从考证当时有没有暖气。即使有，那么空旷的屋子也显不出什么作用。面对四处游荡的凉气，别的菜品迅速放弃对热度的坚守，乖乖缴械，蜕变成微温的俘虏或干脆被策反，沦落成一盘表面凝结的叛徒。利用你的饥饿和无助，粗鲁地杀进肚皮，贪婪吸取着那份本就无几的热量。

而大烩菜则不然。虽说品相不怎么好，只是棱角分明的浅酱色一大摊，却软烂咸香、滋味十足。这个给力"团伙"带着一股子初生牛犊的生猛，忠实地卫护着主人，给你补充难得的热量。还互相扶持，共同制造出白白的热气，渐渐侵占、蚕食笼罩一大空屋的冷意，颇有点对抗的豪气。

后来手头宽裕，下饭馆的次数多起来。点过类似的"揽锅菜""农家一品锅""东北乱炖"之类，尝过第一口，便皱眉咧嘴，记忆中的味道尚远在千里之外。

成家后，饭菜自主能力明显提升。我在一旁指手画脚，尽力描摹原样，请家庭厨师连城牛刀小试。

就几样简单有数的食材，并不难准备。小锅自家做，选料不凑合。丸子，纯肉的，出自百年老店。粉条，袋装的，更筋道卫生。俗称"开锅烂"的白菜帮少叶多，脆嫩可口。用的配料也比当时炊事班的种类多、质量高。

满怀期待的心情在品尝第一口时就化为无形。不禁暗笑，又是一种朱元璋的珍珠翡翠白玉汤情结在作怪。

2021 年 3 月 9 日，晚餐桌上的一道菠菜肉末居然让我重拾了多年来遍寻不着的"育新幼儿园"味道。

看来，偶得幸事还是与心情有关。

往后余生，我能再遇到"梁山泊"吗？

也许。

帮厨

帮厨一般安排在周末傍晚。我们十几个人指望不上解决根本问题，只图稍微减轻战士们的负担罢了。抑或说，男女搭配，干活不累？

穿过就餐大厅就是主战场厨房，一样的高高大大，衬着窗外的暮色显得更加空旷。水泥地有点发黏，到处渍痕斑斑。炊具、灶台排列整齐。冬天时，在里面待不一会儿就觉得全身发冷。尤其帮着洗菜时，双手泡在水里，几遍下来又红又麻，这会相信你肯定能懂得什么叫"猫咬"。

女生干得最多的活计是包包子。你在家时会包吗？不会。没关系。那，擀皮会吗？不会，也没关系，有现场教学。如果短时间仍无法速成，那就去洗菜、打杂、帮着抬笼屉。反正谁也别闲着。最终，在大家的群策群力下，一层层细木条上摆满了外形或圆或扁、或大或小的面胚，被动地等待被"蒸"服的命运。

除了包包子之外，有时也安排削莴笋。对于莴笋这种四季常见蔬菜，我一直不怎么喜欢。一则口感寡淡，二则处理起来太麻烦。估计还是帮厨时削得太多了，后遗症。

上军校之前，要集中精力应对激烈的高考大战，爸妈很少让我做家务。尤其进入高三后，我更是家里当仁不让的重点保护对象。十指不沾阳春水不说，吃、用还享有优先权。

所以当炊事班战士递给我一把又沉又厚的钝刀时，我着实摸不着头脑。看着手里绿叶多楞、左右乱披的瘦长家伙，直发蒙。"你这都不会?"呃，被鄙视了。

术业有专攻啊，不服不行。在战士的教导下，我将叶子扯下后从大头削起。注意控制力度。劲太大，皮是下来了，顺便带着厚厚的一层绿肉；劲过小，粗硬的白筋还顽固地残留着，必须多补几下。尤其削到渐变渐窄，只余细细一管的尾梢处，难度更大。稍一用力，索性断作两截。削啊削啊，从黄昏到日暮。直到脚下地面上慢慢积攒起一小堆深浅不一的菜皮，才能收工。

我一直误以为莴笋叶不能吃，本该丢弃。毕业后在食堂经常吃到一道拌菜。墨绿色的一团，在酱油、醋、炸辣椒的综合加持下，变得咸鲜适口，酸辣十足，略带淡淡苦味。一问才知是焯过的莴笋叶。

后来在饭馆吃过一道"麻酱凤尾"。浅棕色的几道芝麻酱随意淋在切段整齐的绿叶上。妈呀，煮不死的莴笋叶又追来了?再品，口感细腻得多。噢，却是莜麦菜。相似的细长叶唬了我的眼。

除了帮厨，每班还要轮值在食堂干活儿。帮着抬饭、给各桌摆菜、饭后清理桌面等。

还有不得不提的一项重要活计：择菜。洗完碗，顺着食堂门口的一小段斜坡，来到前面平整的水泥地。等着我们的，经常是几大网兜的洋葱或豆角。

　　那里也是入党积极分子表现的小舞台。队干部一般吃饭都比较晚。你干完提前走了，他们看不到，等于白辛苦。必须拿捏好时间。慢慢吃、慢慢干。最好等到队干部压轴出场。看到零星几个身影或站或蹲，仍低头忙着。

　　嗯，爱劳动的好同志啊！

"飘"来的小根蒜

人这一生，总有一些难忘的片段，或是和某个特殊的人、某件特殊的事有关，或是因为一句话、一幅场景。而我每次将《飘》拿在手里，不管打不打开，脑子里总会浮现出一个细弱伶仃、叶绿体白的植物：小根蒜。老家叫大脑崩儿。

一个春日的午后，没有午休习惯的我睡不着。窗外暖洋洋的阳光似乎在无声地诱惑着我。于是轻轻起身，拿着小板凳和图书馆借的《飘》，穿过幽静的宿舍楼道，来到食堂旁边一座小山坡。

选一处向阳的地方，放稳小板凳，惬意地坐下。

细高的草与膝齐平。地面匍匐着深一块浅一块的绿，有些低洼处还开着小小的紫花。泥土被烘晒出淡淡的气息，身边错落着几棵正开花的果树，借助煦暖的风将缕缕幽香传递过来。

四下无人，偶尔能听到蜜蜂舞动的"嗡嗡"声，更加深了静谧。阳光柔柔的，并不强烈，拂在身上，让人不自觉地犯懒。正看到白瑞德和艾希礼装醉夜归那一段，难得的心灵放松时光让大脑变得昏昏然。

累了，眼光无意中扫到不远处的树下。

哎？一株短而挺的植物，几根纷披细长的叶子，在周围一堆伏地青草中显得很明显。挺眼熟，不会是小时候老家常吃的大脑崩儿吧？那可是一种好吃的美味呢！从田里、向阳山坡处挖来一棵棵被春风唤醒的苦菜、蒲公英、大脑崩儿。很快，清香爽人的气息就从柳筐的缝隙处逃逸出。先挑逗一下你的鼻尖、眼角、身体，然后飞到了空中。

野菜真多，十几分钟就能装满一筐。嫩绿、水灵。回家后用井水洗干净。搁在筐箩里端上桌，还带着水珠呢！直接蘸酱吃或炒鸡蛋、烧汤、做馅。怎么样都好吃，是春天特有的味道。

可是，这里远离故乡，很普通的一座小山坡，会有这种野菜吗？我激动地站起身，走过去。掐下一节叶子闻闻，嫩生生的辛辣气很熟悉。是它，没跑！

将几缕长叶合拢，揪着往上用力一扯。下面带出的小蒜头还裹着泥。四处找找，只有零星的一两棵。罢了，让它们好好生长吧！

估摸着快到起床时间了，如获至宝般捧回去。将它大力压扁后，夹在书里。次日随信寄回家。想让爸妈一起见识我的新发现。

妈回信里说，这东西比较好活，在北方应该都能看到。相比我的激动，她的语气很平淡。也许在妈妈困难的童年时光，小根蒜是春天每户人家桌上的熟面孔，已经见多不怪。

转业后因工作关系，偶尔要下郊县调研。每次看到被春风吹软后泛青的土地，总感觉脑海里，小根蒜的影子在"飘"来"飘"去。

原本毫无相干的两者能被我从一迅速联想到二，仿佛成了共生品。其实细琢磨，不过是共同撑起了那幅难忘的画面而已。而那幅画面，是青春的一小节。

有次去平谷，正赶上桃花节。热闹的主会场旁边路上，许多农妇趁此大好商机，兜售山野特产。在一处地摊上，我居然看到了小根蒜。一小把一小把的，扎得整齐。买了些，回家细看，叶子都干巴卷曲着，明显不再水灵鲜嫩。不知被强行挖走后，与生养的土壤分离了多久。洗净，蘸酱吃了一两口。辣得呛出眼泪，可惜清香全无。

看来有缘一亲芳泽的小根蒜，它们真的"飘"走了。

舌尖上的洛外

让我们按照由北向南的方位顺次，来绘制一下洛外版美食地图。

首先映入眼帘的，绝对是"大栅栏"地区：两座三道门往北、往南各二十米范围之内。

服务社是我们巴不得每天都要光顾的重要"景点"。它位于南三道门开水灶的旁边，比地平面略低些，需走下几级砖头台阶。里面商品从吃到用到穿，林林总总，摆满了货架和玻璃柜台。

服务社卖的花生有两种，一种是淡棕色鱼皮多味花生，装在标有"宋城"二字的封口软塑料袋里；还有一种是白色小疙瘩球的花生蘸。相比之下，前者更受女生们的青睐，所以宿舍里经常会听到如下经典对话："我去服务社了，带什么吗？""花生豆。"大家都心知肚明，就是一块钱一包的鱼皮花生。

如果说，以有限的物资服务无限人员的服务社属于南边的"一家独大"，北边则是各种零散小店铺的集中作战。那几家售卖不同美食的小摊小店，打出的组合拳绝对让人走不动道。

比如，印象中最深的是一位家属大姐。她每天傍晚推着小车，停在离北三道门不远的地方，卖各种口味的花生米。香草、巧克力、五香、麻辣，多种选择、同样味美。对于囊中大多羞涩的我们来说，价格很实惠又耐吃。几块钱就能买不同味道、或亲或疏的一大家子花生。

还有一位卖朝鲜小菜的大姐。瘦瘦的，一副精明样。她戴着白套袖，说话慢声细气，动作干净利落，黄昏时便推着透明的玻璃小车开始售卖。里面整齐地摆着拌海白菜、牛肉、桔梗，十好几种。其中我最爱吃的是酿青椒。外皮软软的，呈暗黄绿色，略微有些起皱。里面包着一团调好味的糯米，同样入口即化。

我有一个巴掌大的塑料扣盖水杯。杯身是很少女的粉红色，白盖上还开了几个小孔。估计给婴儿喝水用的。宿舍姐姐们总打趣说我越活越小了。什么啊？我是把它当成了两用杯，喝水兼储物。有时买的拌小菜、花生豆吃不完，就装在里面，往小柜里一放。

夏天一晚上就发馊变质了，只能遗憾扔掉。品尝过酸甜苦辣的小杯子不可避免地浸染上怪味。用开火烫过，仍然油油腻腻的。最终丢弃了事。

还有不得不提的面包房，离十几步远都能闻到烘焙的甜香。玻璃柜台里摆放着有限品种，长的、圆的、方的，足够挑花了眼。三姐说有时课间跑过来，买两个小圆面包。拎回"南半球"，找一处安静的草地，坐下就吃。我印象最深的是头回吃到朗姆面包。果然有浓浓的酒味，很独特。

晚上熄灯前的寝室，照旧是同班女生们或压腿或下腰或抻胳膊的一派忙碌景象。"盘腿坐在上铺，一手面包一手火腿肠，大快朵颐的同时，俯视着众生相，简直是物质、精神双享受。"这是三姐口中当年我的写真。哈哈哈，难怪小肥肉最钟情我呢，怎么甩也甩不掉。

最靠墙把角的那间小屋还卖冰砖。装在纸盒里，价格不贵，奶味很足。洗澡前后路过此处，一般都会来一块。

好，让我们将视线拉回到中轴线即中心马路上。

被南北三道门包夹的柏油马路笔直往西延伸过去。走不多远就是大片的菜地。我们几个女生傍晚时分，背上军挎，到这里买过现摘的黄瓜、西红柿。用不了几个钱，就能换回好几天的维生素。

我们一天的大多数时光都在南三道门以南度过。而这里也是我们重点开发的美食地带，边边角角不能错过。

经过偌大一片宿舍区，沿着教学楼旁边的小路径直朝南或从楼下穿过二系宿舍楼，也能来到直通南门的小路。路的左手边有一处无门的院落，曾经和同学探过险。除了几座大门紧闭的建筑物，只有零星的小菜地，很荒凉。

夏天的南门外，有卖江米粽子的。商贩早支好小矮桌，每次经过，都身不由己地被粘住腿。

当场坐定。女摊主剥下青叶，用小盘装好，再撒上白糖递过来。粽子个头匀称精巧，一毛钱一个。往往都得来几个才能停嘴。

右边干休所里有个招待餐厅。刚入校时五系师兄请客吃饭，好像就在这里。比起食堂大锅菜的乏味，饭馆小灶炒的"鱼香肉丝""麻婆豆腐"更让人至今垂涎。

前两年，从微信群里三姐和侯大师的一番对话就不难看出，在支配每月津贴方面，性别差异导致的有趣事实。

女：男生真腐败，还能吃到啤酒和罐头。

男：嘿嘿，都是自费的。

女：津贴月初就吃喝空了吧？女生月初发饷日子不跟你们抢出入证，即是此理！

男：我们不吃好东西，你们出去一次就是一大包。

女：男生有钱就败，女生是细水长流扛到月底。记得当时同乡老魏问我，你们津贴咋恁经花，居然到月底了还能有零食水果吃？因为俺们花小钱，你们花大钱。

此时，另一女同学佐证："咱们就买瓜子吃，便宜，可以吃好久呢！一斤瓜子1.5元吧。两斤可以嗑一下午，边吃边聊，轮流买。"

还真是的。

当时男生好像对花花绿绿的零食不怎么感兴趣。也许是天生的本能，女生更具备敏锐的洞察力和经济头脑。

不管怎样，舌尖上的记忆能回味至今，总是一件幸福的事。

坚挺的火腿肠

上学那时，正是 20 世纪 80 年代末、90 年代初。

洛阳肉联厂的春都牌号称全国第一根会"跳舞"的火腿肠，因为肠里精肉多、弹性足。它的品质与口感使其快速风靡全国，企业也扭亏为盈，甚至市里还有一条春都路呢！后来，郑州和漯河相继仿效生产的"郑荣"和"双汇"在带头大哥"春都"面前，只能叫小字辈。不过也挺走俏。

可以说，在全国火腿肠市场，河南的"一门三杰"占据了绝对优势，一时风光无比。

好花不常开，好肠不长在。由于公司管理层出了问题，春都成了昙花一现的倒霉蛋。现在超市的货架上，双汇、金锣等各种口味、造型、原料的火腿肠仍牢牢占据着有利位置，却再也看不到春都的身影。

命运的翻云覆雨不免让人感叹。春都，确实不做大哥已好多年。它，也再不可能做大哥了。

参加工作后，爸爸单位偶尔有车过来。捎的东西中肯定会有一纸箱火腿肠。搁在宿舍床下。不想吃饭或食堂剩菜不可口时，摸几根出来和室友分享。

某天正在值班，一位怀孕的姐姐坐在旁边座位上。进城班车一般下午六点左右才能回来。

她突然探头过来，神秘兮兮地贴近我耳边，笑着说，她居然从热烘烘的机器上闻出一股火腿肠的味道。"我让别人捎回来的火腿肠还没到呢！这会都有感觉了。"

不知是害口的正常反应，还是饿得太狠了。简直不可思议。

我也笑了。

在有关校园、有关初涉职场的回忆中，春都仍然固执地不肯退却。它悄无声息地躲在某个深处。当如游丝般的记忆无意中扫过它时，它一定会探出头，提醒你曾经的辉煌。

是啊，当时在学校，华丰三鲜伊面、辣椒酱或更高大上的火锅底料和春都火腿肠属于固定标配。让多少宿舍在晚十点熄灯后的暗夜中响起"吸溜吸溜"的声响，让多少远离故园的青春男女饱腹后随之排遣了浓浓的思乡情。

前些年追看生活气息浓重的韩剧。福实小姐和老三在楼上楼下一问一答。她扔下一根东西请老三吃。看字幕是"热狗"，画面却是熟悉的长圆棍状物。噢，原来是肉色发白的火腿肠。

难道这东西改了名字，已悄悄冲出了国门？

这里也有"上海"市场

　　在管束严格的围墙里，待的时间一长，自然心性难耐。总想多些机会去外面看看、转转。比不上男生们热衷的结伴翻墙，我们抓紧一切可以外出的合法机会。这时，我们就会很羡慕家在洛阳的同学。可他们本人倒很嫌弃这种便利。

　　想起 1989 年暑假在北京中转。那个家就住海淀的男生居然还和我们在南池子混了半天。或者二者心态都是相似的？

　　犹如这座军校。外人看来，庄严的大门、挺拔的哨兵将所有的神秘牢牢锁在里面，从而发散出无穷的吸引力；而我们，千方百计地想要那份短暂的自由。

　　围城效应。

　　过了学校大门口的马路，往北走不远就有一家百货商店。一溜深长的平房。当街摆着十几个蒙上塑料布的长条木斗，里面装有各种各样的点心。我最喜欢红褐润亮的"蜜三刀"。绵软可口、甜而不腻。不过不能久放，否则干硬后，咬一口会有牙痕的白印，也少了油乎乎的适口感。

　　差不多正对着商店对面，几趟公交车开往龙门、白马寺和关林。主干线的 101 路电车沿着最重要的中州路来回往返，不知多少趟把我们带到上海市场或广州市场。

那是我们的购物兼美食天堂。

离学校最近、逛得最多的是青岛路的上海市场。相比之下，太原路的广州市场不如前者摊位多、热闹，所以去得少。

前些年看到琥子发来的微信链接。作者是一位爱好撰文的前系领导，写过学院的牡丹园和洛阳一些风土故情。这次通过他的文章，我才知道上海市场、广州市场的得名竟都来自一段陈年往事。

"一五"期间，国家进行大规模经济建设之时，在全国的156个重点建设项目中，有7个安排在洛阳。多数选在了当时地广人稀的涧西区。于是，便有了来自全国各地的10余万建设大军满怀冲天的热情。当时的洛阳城市人口仅有6万，外来人口比本地人口还多。

单靠老城区根本无法保障他们的生活，为此洛阳市时任领导先后前往上海、广州等商贸业发达城市，动员国有商业企业和私营商户内迁洛阳。短短两三年便有超过17家工厂、88个商店、超过3500名职工陆续来洛。

噢，原来如此啊！活到老，学到老。

一进上海市场，两边都是搭着篷子的摊位。卖日用小百货、针织用品、衣物等。我前面说过，那里无处不寄托着统一军装下还想标榜些许个性的爱美心思。

车站旁边有一家卖体育服装的。热心的五系师兄陪着我，逛了几家店后，终于在这里买到一身心仪的运动服：梅花牌，深蓝和浅灰搭配。市场入口不远处好像还有一家国营理发店，确切地说，应该叫美发店。我还在里面斥巨资烫过一个时兴的外翻大刘海。后来哥哥来学校看我时照相，我就头顶这个发式。一双黑白错色的手套购自上海市场，轻轻地搭放在并拢的双腿上。

三姐现在还会提起一家烧卖店，说里面的烧卖特别好吃，馅鲜肉足。她们这般小胃口女生很难吃下一整笼，像爱吃肉的我能轻松地悉数拿下。事隔多年，难为她还能记得如此清楚！我自己都记忆模糊了。好像除了下面泛黑的草编垫和烧卖的饱满汁多之外，没有别的。

每班分到的出入证有限。家非本地的学员无特殊情况，只有半日自由。聊胜于无，已经很满足啦！出门前瘪瘪的军挎回来时一定塞得鼓鼓的，搭扣勉强系得上。里面除了自己要的吃食和小饰物，还得给无法外出的同宿舍姐妹带回东西：一份凉皮或半斤点心。这些是服务社无法提供的稀罕食品。别人把机会让给你，效举手之劳也应该嘛！

"真等到实现凉皮自由时，却再也吃不出读军校时的勾人滋味。那会儿，即使捞不着外出证也得央求捎带两份解馋。莫非真像齐队长说的'调料里有大烟壳，让你们这些馋丫头越吃越上瘾'？"

"到哪儿也没有当年的味道好吃。因为那会有稀罕的成分，味蕾还处在吃嘛嘛香的青春期。"

在三姐和琥子的脑海里，长长的凉皮竟绵延了三十多个春秋。

　　多年后故地重游，明显觉得上海市场里的摊位变少了。冷冷清清的，再没了当时人头攒动、喧嚣鼎沸的盛景。就连印象中繁华宽敞的中州大道也缩水得厉害，细窄且拥堵。

　　两旁高大的法国梧桐佝偻着腰，叶片卷曲而稀疏，似乎苍翠的青春已然消逝。

　　和我们一样。

应酬食儿

上军校后，我爸还专门委托了洛阳市工商局的叔叔，说有什么急事，可以找他们帮忙。

有次外出，办完事后，时间还很宽裕，突然想去认认门。

那家单位位于闹市区的一隅偏僻之地。如果不是有熟悉的工商红盾标志，真不好找。门脸简朴局促，没我想象中办公大楼的气派。那位叔叔听我自报家门后，极其热情地请我吃饭。

由于生疏和拘谨，我整个过程里食不知味，越发后悔自己的唐突。匆匆作别后，自然没留下什么特殊印象。

后来家人来看我，一起在中州东路那家"真不同"饭店，尝了大名鼎鼎、鼎鼎大名的洛阳水席。相传水席具有鲜明的当地饮食特点，已有一千多年的历史，被称为"洛阳三绝"之一。

老店里，人声嘈杂。推杯换盏、吆五喝六的声响到处游移，窜来窜去，填满了每丝空隙。一盆盆、一碗碗、一盘盘……盛器不同；牡丹燕菜、洛阳酥肉、焦炸丸子……名称不同；黏糊糊、清爽爽、脆生生……品相不同；酸溜溜、辣呵呵、咸滋滋、甜丝丝……口感不同。一律汤汤水水，感觉不能真正饱腹。这也是水席名称中"水"的特点所在。

但妹妹对水席却极为喜爱，推崇备至。每次去洛阳必吃，之后大赞其味。也许是夫君算半个土著的缘故？

各花入各眼、各食入各口、各人有各因而已。

离开洛阳后才知道，地方特色不仅有水席，还有牛肉汤、驴肉汤、浆面条、连汤肉片等。

后悔没有逐一尝过。

不过，余生还长。

如果有时间，我一定要沉下性子，朝着城区的每条深街窄巷，寻味而去。也许在一盏熏黑的灯下，坐在泛着乌油油光亮的长条板凳上，我能真实触摸到这座城市的心跳。

曾经，它也是属于我的。

辑五

人物篇

台上烛

在校期间，我们每天接触最多的，除了听从指挥一致行动、形影不离的同学们，就是队干部和教员。这两类人当中，队干部的存在感和脸熟程度更甚，尤其作为主官的队长和教导员。

如果非要钻牛角尖，让两人决一高下，肯定是队长无疑。不分大事小情、日常节假，从早晨起床号响到晚上熄灯，如无特殊情况，队长总要坐镇一方，维护着每天的正常秩序。

四年下来，换了好几任队干部。受到一致公认并赢得绝大多数同学好感的好像只有吕队长、杨教导员等几位。剩余的，评价褒贬不一。每人心里一本账，都是客观存在。

对于血气方刚的年轻人来说，害怕、畏惧、服从与尊重之间画不上等号。甭管有心还是无意，刻板、训斥、嘲笑和漠视造成的伤害绝对影响一生。

陪伴我们时间最长的是齐队长。他做事认真负责，具备山东人吃苦耐劳的典型特点。只是性格不擅表达，偏于严厉，我对他一向敬而远之。

"队长是体院毕业的。不像外院出来的自己人，比如那些区队长、队长和教导员，能对学员们多些体谅，讲究工作方法。"聚会时，同学们还会提起他，只是多了几分成年人的理解。

还有一位长相实难属浓眉大眼的队干部，不知打哪儿来的自信，总是居高临下地对我们百般挑剔。平日里对几个漂亮女生倒极为热情，关照有加。有次集体外出，他负责带队。每天开会时，他都要板着脸，三令五申禁止我们下江戏水、游泳。结果呢，自己的脚被水里的异物扎伤了。背地里大家都要拿这事戏谑一二。

"当时，责任和所处位置要求他们必须那么做，可能有点不合适、不近人情，太严苛了。这么多年过去，想必有些队干部也会后悔自己的某些做法。实际上，他们和咱们是一起在成长。这样一想，就不必耿耿于怀、平添烦恼，只需用宽容和理解的眼光看待就行了。"

时过境迁，曾经的当局者放哥成了客观冷静的旁观者。言之在理。

前面说过，母校的性质决定了我们每天必须以课业为主。

说到学习，与之关联度最高的一定是教员们。教员是对军校老师的特殊称谓，没有职级之分。

他们一般都只出现在课堂上。不过，私交甚好的师生也有机会课外见面。在我们的成长过程中，教员们扮演着不亚于队干部的重要角色。

几十年来，我对他们的崇敬与谢意分毫不减。不管教哪科、多长时间，性格严厉还是慈蔼，无一不体现着为师之责、之情、之爱。传道授业解惑的辛勤付出，如涓涓细流，汇聚成河，冲刷过我的记忆。

在没有PPT、激光笔、网络、笔记本电脑的年代，这些只凭教材和粉笔板书传授知识的台上红烛照亮了我们的青春天空。优先描述他们曾经的模样，是我感谢师恩的最佳表达方式。

和视听说、泛读、时文之类公共课程不同，每班都有相对固定的精读教员。这种"亲"教员陪着一起升年级，如父如兄，彼此知根知底，通常和学生关系都非常好。比如我们的刘教员、二班的傅教员、三班的乔教员等。

精读课的最初阶段是语音学习。那时教我们班的是宋教员和另外一位王教员。她们都刚刚毕业留校，同时还兼任军训期间的女生区队长。年纪只比我们大四五岁。也许学校有意如此安排，是希望师生有个先期接触，这样自然过渡到专业学习，不会太生硬。

两位"军中花"穿着一样的土黄色短袖军装，性格却恰好相反，一刚一柔。

小圆脸的宋教员皮肤细润，身材清瘦。可能因为那副眼镜，要不就是她为显稳重而不苟言笑的面孔，我总觉得她严厉有余、温柔不足，让人不敢亲近。相比之下，文静腼腆、细声细语、一说话就脸红的呆萌王教员更像邻家大姐姐。

宋教员延续了军训时的严格。大合唱的指挥摇身一变，成了三尺讲台上的知识领路人。

时间拉近了曾经的距离。

多年之后再聚会时，师生感渐淡，我们更像年纪相仿的姐妹。谈家常、聊近况，无拘无束地笑闹着。

"婚礼肯定盛况空前，在电教演播大厅举行。胡副院长是证婚人，还赠送我们珍贵的贺礼。训练部韩部长主婚。卞院长当天在京，不日返洛后还亲自光临寒舍相贺呢！有幸在领导、同事、同学和爱徒的见证下喜结连理，幸哉福哉乐哉！"兴之所至，宋教员在群里发了一段婚礼视频。一对才子佳人的浪漫牵手引发了热烈的集体颂扬。

"当年大家盛情相送了一套特别漂亮的荷叶边玻璃花盘。"那是全班同学凑份子、放哥受托前去购买的礼物。

"那时花开月正圆，你们妥妥的都是花儿与少年。"宋教员仍念念不忘。想偷偷告诉她，其实她这朵花也开在了我们心里。

李教员长得很帅。高个儿宽肩，五官俊朗标致。他下得一手妙棋，微信名也嵌入自己的喜好。老俞曾被邀请到李教员家，与之手谈过几次。这种淡化师生关系、因棋缘而大方出入其家的经历着实让人眼热。毕竟我们对于教员们，总是敬畏在先的。

"我88年从北外研究生毕业后，回来教了你们一班精读课一年。然后系里让我开时文课，我又去编教材。精读课是基础。所以精读课教员就像班主任一样，学生记得住老师，老师也能记住学生。你们只记得我教你们一年级精读，忘了我教过你们四年级四个班的时文。我也是。一班的人都记得，其他班只记得几个人。88级以后再没教过精读课，每届学生记住的很少。一般是班长、学习最好的和最差的，还有就是指导毕业论文和读研的。"

李教员对我们的爱重，在字里行间无声流动着。

感谢一年级的精读时光，让我们彼此记忆深刻。

可惜好景不长。

升入二年级，不知怎么，我们班走马灯似的换了好几任精读教员。一群挺招人喜欢的小可爱秒变小可怜。别班的教员谁有空，就根据系里安排暂时过来代一段课。焦教员、傅教员、王教员、在"西部·联合-2021"演习中大放光彩的张教员，当年都曾站过那块讲台。

常常是这位才熟悉还没热络呢，随着铃声走进教室的，又是一个新面孔。

真是铁打的学生流水的先生啊！

直到刘教员的出现。

桃李不言

我对刘教员的回忆仍盘旋在课间那股淡淡的烟气中。若隐若现，丝丝缕缕，袅袅四散。顺着教室门口吹进的微风，钻进坐在前排的我们的鼻腔。不呛人，甜滋滋的，很好闻，如同染上了一股花香。

"它是什么烟啊？"十几岁的我们在如父亲一般慈祥的他面前，大胆发问。

他笑了，用手扶了扶茶色眼镜，从讲台上将烟盒推得近些：浅黄色的包装纸上有只展翅高飞的棕色凤凰。"喏，上海出的凤凰牌。很便宜的！"

和蔼、儒雅、有耐心的刘教员在教学方面很有办法，带着我们一步步走进奇妙神秘的语言世界。

前些年想撰写《俄语百人》一书，冒昧打扰了正忙于照顾孙儿的刘教员。共同回忆往事时，我能听出他对讲台的眷恋。"是啊，教你们班时，师生配合很默契。对于我这个刚调来的新人来说，无疑是一种莫大的安慰和鼓励。人生在世，工作总要对得起自己的心。"

他将干巴巴的教学状态变成湿乎乎的（引自《办公室的故事》里的精彩妙词）。也就是说，不再照搬以往刻板无趣的"穿鞋戴帽"教学法，而是努力根据我们的求知特点，结合人性、文学性，赋予语言以生动的感染力。"给学员尽量多一些时间，或进行问题讨论，或进行人物分析，想方设法让学员多开口。我只是因势利导、画龙点睛。"

收效很好。

每次当他端坐在讲台上准备开课时，教室的气氛早就提前调整到了活跃模式。

课上，是良师；课下，是益友。

周末夜晚的活动室，录音机准时响起悠扬的旋律。《红莓花儿开》《喀秋莎》《莫斯科郊外的晚上》《小路》《山楂树》《灯光》……一首首优美动听的俄语歌曲在室内回荡。

这时，教员会详细讲解每首歌的创作背景、歌词大意，然后配合节奏，耐心地教大家跳舞。从最简单的辨音，再到三步、四步以及复杂一点的探戈。在他的亲自辅导下，我和放哥搭档的六人探戈《灯光》多次亮相各种场合，颇受欢迎。

这种寓教于乐、别开生面的课外教学方式不仅帮助我们增长知识，也让一颗颗作别父母家乡的心远离了孤单。

正因如此，帮他搬家时，一群馋猫共同享用的那道美味烧小黄鱼的热气混合着教员指间的淡淡烟味，与暖暖的阳光一同在春日里氤氲、升腾。

可惜后来不知什么缘故，队里大动干戈，要重新分班。我们的师生缘分被迫中断。只有一次合并上课时，我才有机会重返熟悉的教室，再次聆听教员的授课。

时间过得很快。搬凳子离开之前，和教员礼貌道别，突然有点心酸。

毕业之后，各奔东西。再见时，无情的时光将我粗暴地推向了中年妇女之列。而教员也变得须眉低垂，古稀老矣。

他老人家热衷养花、公益，安享儿孙绕膝的天伦之乐。

2021年，建党百年前夕，刘教员发来一张照片：身着洁净的白短袖，脖子上挂着红绶带。一枚金灿灿的光荣在党五十年纪念章坠在胸前。腰杆笔直，精神矍铄。纪念章映照出他脸上的安详与慈蔼，一如从前。

2022年5月9日，刘教员作为第二个回应我请求留言的人，发来一首短诗。同时，我的一句疑问得到了详尽全面的回复。几行明晰的文字浓缩了他的多半生。

"我想放在正文里。"

"没必要。"

"好，听您的。"

那一瞬间，三十年前那个淘气天真的小学员好像又在心里复活了。

我们也有孙吴

春秋孙武、战国吴起，古代史上著名兵家。

我们这所军校好歹与"兵"沾点边，当然也有自己的孙吴。

与面容温良的刘教员形成鲜明对比的，是不苟言笑、爆炭脾气的孙教员。很巧合，同样深受我们爱戴的他们居然还是好朋友。

"他爱养仙人球，特别是彩球，我也是。两人一拍即合，很容易就走在了一起。我三天两头去他家串门，交流嫁接彩色仙人球的经验。另外还有养鱼。我在他的鼓动鼓励下，也定制了一个大鱼缸。先是买了几条以狮子头为代表的金鱼。每天下班回来，第一件事就是看看我的宝贝金鱼。眼瞅着这些雍容华贵、婀娜多姿的小精灵，心里的任何不快全都烟消云散。但好景不长，由于我是个外行，对鱼关爱过度，以为吃饱喝足才会茁壮成长。结果喂食太勤太多，金鱼'全军覆没'，孙教员养的也是这种结果。于是，我们就改成热带鱼。过滤器、温度表、一应俱全。我主要养燕鱼。孙教员比我花样多，除了燕鱼，还有清道夫、泰国斗鱼等。1993年9月我调北京时，将全套养鱼设备都赠送给他了。"

至今，这些亲密交往的细节仍牢牢占据着刘教员的暮年记忆。

　　孙教员主要教泛读。他也和女神教员一样，教过视听说，甭管哪门课，样样精通。

　　在我们看来，小小的眼睛、深锁的眉头和略显着急的长相让孙教员的表情总被锁定在严肃模式。如果有幸看到他流露出一丝笑容，绝对比中彩票还难，值得夸口半天。

　　系里教员很多，涵盖老、中、青三代。那些德高望重的老教授可能无法媲美，但在中青年这个群体，我个人觉得孙教员是教学综合能力最强的。他自己恐怕也知道这点，所以身上总笼罩着超强气场。

　　我们这帮菜鸟在课堂上始终保持战战兢兢、如临深渊、如履薄冰的态度，丝毫不敢开小差。饶是如此，如果反应慢了、回答错了，一句"чепуха"（"废话、胡说"之意）劈头盖脸而至。训斥面前，男女平等。这也是我们印象最深刻的不二单词。

　　后来偶尔从俄罗斯人嘴里再次听到，我大脑中都会迅速浮起孙教员的严厉面孔。可见，当年对我幼小的心灵冲击有多强烈。

　　奇怪的是，虽说他对我们凶巴巴的，但他教过的学员没有不喜欢他的。也许一颗颗稚嫩的心早已折服于他的高水平，由此激发了无穷崇拜之情，远远超过挨训的尴尬与羞愧。

　　"严师出高徒。""爱之切，言之也苛。"毕业后参加工作，我相信同学们多多少少都能通过实践领悟到这些话的正确性。

　　涉世未深的我们当时并不知道，板着脸的孙教员其实心里很苦。他一直背负着命运的不公，却没有推卸和逃避责任，而是独自扛下所有的痛。

我们去过孙教员家，一处陈设简单的教工宿舍。

窗明几净，阳光洒在摆放着的一盆盆仙人球上，折射出炫目的晕泽。这都是他亲手嫁接的，红、黄、粉；多色的、单色的；开花的、含苞的…平淡的日子不再惨白，而是被点缀得无比绚烂。多么坚强的内心，才不会被生活打败！

毕业二十周年聚会时，隔着人群，我看到了明显变老的孙教员。仍是小平头，苍苍白发衬得脸色越发黝黑。额头、唇角被无情地刻上了深纹。

再见到我们，他没有吝惜笑容。

那笑，居然是宽容的、亲近的、欣慰的，还略带一丝难以言说的羞涩。

时间是最残酷的化妆师，它改变了我们。在这种前行的不可抗力面前，曾经的回忆因为无法复制而变得弥足珍贵。

前面我说过，当年开设的语言国情课在业界尚属"一招鲜"。所以，教材的主要编纂者兼授课的吴教员对我们很专一。一门课下来，从始到终都是他。

吴教员比我们大不了几岁。戴一副眼镜，胖乎乎的。面孔白净斯文，典型的南方人相貌。

他讲课时，态度和气又耐心，用词深入浅出，生动有趣。正是基于在教学方面的突出成就，年轻的教员后来顺理成章地走上领导岗位，一路高升。

2015 年，为纪念中国人民抗日战争暨世界反法西斯战争胜利 70 周年，在天安门广场组织了一场盛大的阅兵。有同学在微信里发了现场照。

已成为中将的吴教员站在指挥车上，举手敬礼接受检阅。他一身戎装、雄姿勃发。仍旧戴着眼镜，只是少了记忆中的文秀。

激动之余，不胜感慨。

老师也好、学生也罢，早已走上了不同的人生之路。唯有当年那段短暂的教与学时光给彼此系了小小的结。

"十分感念和感谢我的青春年华里有你们的身影和笑声，相伴成长，情谊久长！"2021年教师节，三班乔教员发来感言。

这也是我们想说的话。

女神

必须专门辟出一篇，写写真正的女神教员。

在当下阿猫阿狗都敢称豪门、被网红经济驱动的浮躁社会，便利的美容手段让锥子脸、大欧双堆砌出的美女遍地横流。"女神""贵族"这类词也随处滥用，被恶搞得早已失去最初的膜拜与向往之意，甚至在某种方面还成了反讽。

三十多年前，没有整容一说，谁都是顶着爸妈给的原生态模样打天下。美丑来自遗传，怪不得别人，后天也无法修正。

张教员的美貌浑然天成，让人惊艳。一颦一笑，娇而不妖，皆带有让人无法言说的风韵。她活泼不失温婉，身材窈窕有致。这样皮色、骨相皆美的女子宛若坠入凡间的精灵，是几届男生们的梦中情人，女生们崇拜的偶像，绝对当得上"神"。

视听说本是最让我们心里打鼓的一门课。但因为是拥有全方位无死角美貌的女神教员来上，一切拦路虎都能忽略不计。根本不存在啊！

"教室是淡绿色的墙面。张教员只教了我们一年。

"视听说课之前是语音语调，学的调型 1 到 7，之后最早的一系列电视教学篇，比如《让我们认识一下吧》。就是张教员给我们上的，在电教语音室。一学期。"

东哥和琥子都记忆犹新。

"嗯，张教员教的有一年。具体时间记不清了，男生应该比俺们记得清楚。"三姐最后那个嬉笑的表情让我乐出了声。

2021年5月20日，不知在何处、正做什么的张教员是否感应到，她的名字反复出现在曾教过的学生对话里。

看来，视听说的受欢迎程度早已走出一班，面向全队了。别班同学的态度我无法证实，但身边这些男生的兴奋与期待没能逃过我的近视大眼。

瞧吧，只要一坐进教室，甭管平日里鲁莽、活跃，还是内向、羞涩的小哥哥们全换了我不熟悉的样子。他们兴奋活跃，积极表现，抢着回答问题，无非想留下不一样的印象。

2021年9月初，东哥发来几张母校初秋艳阳天的照片。

"你回去了？"我很激动地问。

"梦里回去的。"

我仔细地翻看着或熟悉或陌生的每处场景，有了新发现：原来，礼堂门前那条笔直的柏油马路叫抗大路。可我还是习惯称它梧桐大道。它将校园一分为二，也在傻小子们青春萌动的心里印刻了足以回味一生的画面。

据说他们趴土台上练射击时，正巧张教员经过。纤细柔弱的她穿着运动服，扛着一柄标枪，微笑着和他们打招呼。之后，从那帮愣乎乎的小伙子面前轻盈地飘过。

几年后女神嫁人。她的惊鸿一现也成为日后男生们争相炫耀、反复描摹细节的一幅画面。

那种对美的崇拜与欣赏单纯而热烈，不会随着红颜已逝而衰减半分。至今，女神教员也是我们聚会时的热门人物。

没看到美人迟暮，我脑海中只留存她年轻时的风韵。

真乃幸事。

提到视听说，与之相关的糗事也不能回避啊！真的勇士，敢于直面自己的不堪。从这点看，我足够勇。

说来没人信，像我这么一个家教良好、礼貌开朗的乖孩子，居然在这门课上栽了小跟头。

有次上课前临时通知，美女教员有事，由另一位年长些的任教员代课。同学们闹哄哄地挤在小隔间里换鞋。不知谁问了句："教员呢？"一向反应过分灵敏、口齿过分伶俐的我随口答道："老大爷还没来呢！"

悲催的事发生了。

万万没想到啊，"老大爷"就跟在后面。只是隔间黢黑，大家光顾着脚下，谁也没留意。要说任教员的听力真不错。一片笑闹声里，能准确地捕捉和分辨出大不敬之语。他很生气地掉头而去，估计找队干部告状了。

我自知捅了大娄子，脑子一片空白。如同待宰的小猪，忐忑不安，心跳加速，手足无措。勉强冷静几分钟后，开始激发无穷想象："会不会通知家长？要怎么处理我？做检查行吗？会不会退学？"

是祸躲不过。我被叫去，一通挨批、赔礼道歉必不可少。直到我红着脸抹着泪，才算完事。在东北老家，称呼五六十岁的长者为老大爷，很正常啊！只怪我年少轻狂，嘴上没把门的。

从此，我的军校生活谱上难得溅了"污点"。

至今班里再聚会时，关系好的几个同学还时不时以此开逗。

唉，晒不干的陈年霉梗。

队里队外

　　我们队的 140 多人分成七个班，六大一小。六大指四个俄语班、两个科技俄语班。每班人数相差无几，都保持在 20 人左右。男女比例约 2∶1。

　　物以稀为贵。名字听起来就很稀奇的"一小"是土耳其语班。他们只有 7 人，来自京津和安徽，真的又少又贵重。土班同学比我们晚一年毕业，因为要先学英语。据说都是特定培养的人才，毕业分配也相当不错。不像我们这些人，绝大多数注定在艰苦偏远之地工作。

　　若说起俄语和科俄的区别，可能是文理之分吧！除了一些公共课，两者在专业课程设置、侧重点、教学目标等方面都不太一样，差别比较明显。

　　凭我个人感觉，包括后来分配到同单位的几位同学一比，不难看出，如果只论听、说、读、写、译的专业水平，前四个班整体确实略胜一筹。请原谅我在这方面就不低调了，嘻嘻！

　　当然，人家高等数学之类的艰深课程，我们听着真像天书。"学得四不像。高数比不了地方大学，俄语专业和你们也比不了。"我倒不认同这位科俄班仁兄的观点。毕竟所学知识的综合性更强、门类更多呢！

平时我们一到四班接触得最为频繁。除了精读、视听说这类课各上各的,其他时间基本在一起。

队里绝大多数人同时入学入伍,也有个别插班生、已工作的进修生和高年级留下来再读的学长。其间还有四个来自黑龙江的地方女生。她们属于委培对象,不穿军装,也不必参加公差和出操。只是和我们在一起上课,成了一大簇绿叶中醒目的红花。好友托我给侄女介绍对象,姑娘的芳名正和当年那位家在同江的女生一样。

队里还有两名姓名完全一样的同学,又都在科俄班。只是性别有差。为示区别,分别被冠以"男某""女某"。

只有参加一些集体活动时,全队能聚齐了见面。说起来,我们和科技俄语两班的日常接触并不多。

女生们不存在班际差别,集中住在那么几间寝室,串来串去的,几次就混得脸熟。但要碰到本就寡言木讷的某些理工男,四年下来,真没说过几句话。除非有一些因缘际会,否则很难留下什么印象。

什么叫因缘际会呢?

比如五班有一位河北男生,热心憨实、身体健壮,是竞技场上的运动健将。队里搞军体达标时,我其余各项均可,除了死活跑不及格的3000米。简直了,一提腿肚子就转筋。

为针对性解决个人问题,确保集体达标率,队干部想出"一帮一对红"的高招。于是郭同学顺理成章成为我的私教。

每天晚自习结束到就寝之前这段时间,我都要按照教练的要求,在黑乎乎的跑道上练习。

喘着大粗气，脚步沉重，疲惫得像一条夏日里被晒昏头的小狗。一圈、两圈、三圈……起初步伐轻盈，还有体力和劲头注意形象兼自我陶醉呢！渐渐地，七八百米之后，开始呼吸困难。肺都快从嗓子眼憋出来了。每跑一步，双腿都好像坠了大铁砣。

教练作为院运动会常年参赛的选手，确实有独到的技巧。经他几次指点之后，我很快学会了吐纳用气的节奏和全身动作协调，再练习越发轻松自如。最后补考时顺利通过。真要感谢他呢！

前面说过，我们88级共有三个学员队。除了我们一系四队，还有欧洲语的三系四队和东南亚语的四系三队。

从军训开始，不管是参加院里活动，还是日常教学训练，同级们都会有意无意地展开竞争。我们和四系三队都位于操场的"东半球"，彼此接壤。再加上他们中的韩、朝语学员大多来自东北，彼此能容易地找到许多老乡，自然关系就更亲近些。三系那边南方人较多，比起我们的直爽粗放，他们显得文静而秀气。不过，人家在诗文歌舞方面确实才气外漏。

入学那年，学院拍摄过一部外宣性质的纪录片，叫《青春的航行》。大意讲几个地方女孩如何入校生活学习的故事，还佐以优美的校园风景和话外音介绍。

其中千挑万选的女一号就来自三系四队，姓汪。片子播出后，队里热议纷纷。有些同学挑剔主角长得也不怎么样嘛，从身材、妆容再到青涩的演技，还不如咱们的谁谁谁呢！并非心存偏私，而是我们那位亲同学确实眉眼精致，气质上佳，关键是清冷的感觉很贴近我们对女主人设的构想。

赵老六还得意扬扬地提起当年的勇敢行为：为了近距离一观别系美人，他和几个男生居然潜伏在路上，准备搞出恶作剧。看到那个苗条的身影一出现，他们猛地蹦将出来，吓得对方花容失色。

2022 年 5 月，为留言板一事与小勤闲聊。"《红十字方队》里面的英语课老师，就是我们这届英语专业的大美女！"

是吗？好奇地上网查询演员表，没找到她的芳名。可能参演人员太多，只列出了主要几位。但有了意外收获：摄像孔笙。

啊，现今大名鼎鼎、鼎鼎大名的大神级金牌导演哎！看来，"不想当导演的摄像不是好摄像"这话一点没错。《风车》《北平无战事》《父母爱情》《琅琊榜》《欢乐颂》等一大批优质作品出自他手，而这些剧目我全追了一个遍。

当年同级的三系学员队还有一位知名男生。他自身拥有特别出色的文艺天分，经常登台亮相。他的名气更在于明星妹妹——梅婷。她主演的《父母爱情》作为孔导演的力作之一，在我们家与《亮剑》享有难以动摇的同等地位。逢重播必追看，深受父母大人、我与连城两代人的喜爱。

或许，我这也算曲里拐弯蹭上点光吧？

人以群分

据宋教员多次披露的内幕消息称：军训时，几位区队长可能、好像、似乎、也许有权力有条件优先挑选学员，以组成化身精读教员后所带的嫡系力量。

这么想来，"物以类聚、人以群分"应该有点道理。教员的喜好决定了各班人员性格大差不差。爱吃萝卜的就挑一堆白萝卜、胡萝卜、黄萝卜、绿萝卜、红萝卜之类；爱吃叶菜的，自然手下油菜、菠菜、空心菜、茼蒿扎堆儿。

两个科俄班不怎么了解。单讲我们一到四班，真的各有鲜明特点。

在全队人的印象当中，我们一班普遍活跃、聪明。否则也不会被"慧眼识珠"，成为大四那年的重点拆分对象。用某教员的话讲："一进他们班，感觉教室里的空气都明显不一样。眼睛里流露出求知欲，让人很有授课热情。"

二班呢，政治氛围浓厚，表现积极者众多。队里的学雷锋标兵、提前入党的积极分子、优秀学员代表、满口理论的早熟小官员，基本会聚于此。

三班整体偏内向、木讷，怪才云集。擅长篆刻的、绘得一手好丹青的、一年难开一次金口的、离群索居遗世独立的、喜好思索人生的，还有全队英语最好、毕业后竟然用非专业语种应试研究生的"怪咖"高成。

目前我仍珍藏着一块"宝琴立雪"的石头画和一方名章，都出自三班同学之手。但内向不等于没思想，沉默不等于没头脑。背地里，给同学们起个恰当的绰号、评价评价张三李四，一样也没少干。

尤其擅长篆刻书法却不擅言辞的侯大师。乍看上去貌不惊人，是埋没于军装群里再普通不过的一个。但每每沉醉于艺术世界中，无论是一脸的络腮胡还是神色的专注与热情，都很符合一名"大师"的形象设定。

他内心的叛逆和细腻，与外表严重不匹配。据他本人爆料，教学楼楼顶是当年他和老密、高成、大王、小明等几人的专属自留地。那里，他们就着半斤花生米和两三个罐头，席地而坐，边喝边聊。天南海北，古今中外，有时会唱上几首走调的歌曲，发一通愤世嫉俗的牢骚。

要不就是约场牌局，大战十几回合。即使天黑透，拿支蜡烛也要挑灯夜战，不惜付出烧焦几撮头发的代价。

四班女生普遍爱美、娇嗲、甜柔，比不显山不露水的男生知名度高，有些阴盛。"可不，我们几个人比较整齐，没太高太低、没太胖太瘦的，遇事也抱团。"小苑没有"当局者迷"，评价很到位。

有一年，不知哪位队干部心血来潮，要求各班统一拟定两个字的励志语，并张贴在门口的小玻璃窗上。别班具体写的什么，我不太记得了。反正我给本班提议的是"执着"，后被采纳。现在想想，当初那些应景口号和各自特点根本风马牛不相及。

不过，除了教员说的人为选择，我倒更多相信天天在一起，相处久了，气场融合，性格肯定互相传染。或者说，叫适应环境。比如，我和八哥原本外向开朗。自打被分到三班后，确实被沉默的大多数影响得活力渐消。

作为外来户，我们每天谨小慎微，就怕不合时宜的高声、多言打破人家固有的寂静氛围。离开了原本熟悉的小圈子，独木难支，我们之间也多了矜持和客气。

那份憋屈！

一日家人

2016 年，酷暑的夏日黄昏。骤雨初歇，更添闷湿。

为欢迎傅教员来京，琥子组织了一场小型聚会。我还兴奋地在路上滑了一跤，幸亏背的红酒没有四分五裂。

气氛正酣时，傅教员嫡亲的学生阿珉感慨地说："你们一班就是一班啊！从队列、学习到生活，都挺带头的。"

"嗨，打住。谁说的？咱二班也不差。"傅教员笑着反驳。

好吧好吧，公道自在人心。

说起我同班的这些哥哥姐姐，在校时各有特点、互有所长。毕业后，无论从事什么职业，都开创了一番自己的天地。

岁月是一位威严无比却变脸无常的审判员。沧桑与潦倒，只在于它的随意起性。它仿佛格外优待和我一起长大的同窗。我们很幸运地展现了中年的沧桑之美，而不约而同地逃过了另一面的打压。瘦嫩的一堆小鲜肉早被腌渍成了老腊肉，但浸润的油脂和扑鼻的烟火气息足以让他们百搭出魅力无限的美味。女生们则褪去了青涩和稚气，迎来了人生的丰盈华章。

2021 年 7 月，郑州遭受千年一遇的特大暴雨，成为全国人民揪心和牵挂的焦点。连续 150 个西湖的水量瞬间注入，给城市带来了巨大冲击。停水、停电、停气，一切陷入瘫痪。在天灾面前，不分贫富，任何一个家庭都没有获得赦免的特权。

京东、顺丰全部无法派送，几位高中同学也自顾不暇。远水解不了近渴，千里之外的我除了担忧、祈盼，别无他法。没几天，刘教员在同窗群里，专门@了我、七姐、八哥还有留校任教的三哥，询问各家是否安好，因为涝情也蔓延到了洛阳。我挺感动的，没想到他老人家还如此劳神费心。

"生活不怕平淡，开心就是灿烂。友情不在聚散，联络就是温暖。"刘教员言行一致。

我们队里只有三个郑州考生，我、七姐和八哥。巧了，都属"金猪"，同在一班。

2021年7月21日，七姐也发来微信："忘记问了，你家里人都好吧？多保重、多提醒，共渡难关！"

年岁渐长，心也越发柔软，兜不住太多的感动。此前七姐馈赠的荆芥籽早已在盆里生得尺高。低头细闻那柔软的枝条和嫩叶，一股独特的香气差点逼出眼泪。

长这么大，我只碰到两个和我同日出生的人，男女各一名。男的是我转业后因机缘巧合认识的朋友。相熟后，无意中才知，只是时辰略有早晚。女方姓董，正是我同班同宿舍的"二哥"。

如同其他同学一样，她的俄语名我也记得很牢：туся，杜霞。那种温柔娴雅，很贴近呢！

二哥来自锦州。容长脸、细弯眉，瘦溜溜的高挑个头。她比我年长两岁，性格文静多了。总是抿着嘴，笑眉笑眼，说话不紧不慢。"虾油小菜""沟帮子烧鸡""大凌河"……日常聊天中，她充当了推介家乡的全权代表。

　　1989 年 12 月 24 日那天，不知为何，不算特别亲近的我们好像被一种说不清道不明的东西牵引着，约好一起去南门转悠。

　　话题东拉西扯，和晦暗的天色一样平淡无奇。"18""20"，用手默契地在雪地上写下这两个数字。直起身后，我们相视着会心一笑，里面盛满了最真挚的祝福。

　　在这个属于我俩的共同生日，没有蛋糕、没有蜡烛、没有聚会、没有朋友。

　　我们，是彼此唯一的家人。

不一"班"的兄长们

若细论上军校时关系不错的同学，我小有惭愧。在这方面，我的异性缘要比同性的好太多。也许一直以来的小骄傲让我择友时变得有点挑剔。普通女生很难入眼。要足够优秀，最好带点文艺范。再加上我自身的小个性，所以一来二去的，可选余地极小。倒是外表上的大咧咧和局气促成我和老俞、放哥、八哥处得还不错。

刚入校不久，老俞和八哥就考入学院的军乐队。每次看到他们戴上白手套，衣着笔挺，捧着锃亮洋气的乐器站在舞台上演出，着实让人羡慕。人家身上的艺术细胞与生俱来，我可模仿不了。放哥呢，虽说在音乐上没有闪闪发光，但能作诗、会踢球，也是颇具人缘的小文青一枚。

他们三个人情商都高，性格上也有相似之处。比如诙谐幽默，为人敞亮，做事大气，讨厌弯弯绕兜圈子。又恰巧同班同寝，整天形影不离，自然成了好友。

而我就是绑在这个群体上的小尾巴，全队独一份哟！

我和老俞演过小品，和八哥来过男女声合唱，和放哥跳过探戈并一同混入院里的诗社。沾他们的光，也有机会在文艺圈里露过几次银盆大脸。

渔夫的故事

四人当中，最年长的老俞也不过比我们三只小猪大一岁。他是安徽巢湖人。我曾一度把这里和出产傻子瓜子的芜湖搞混了。他父亲在福利院工作，姐姐叫小红。不知为何，这些细节我到现在仍记得。

老俞个头不高，身材敦实，圆脸上一个大鼻子勾勒出无法隐藏的机灵。他说话很逗趣。引用宋教员的评价之语："就觉得他整天眼睛叽里咕噜的，到处乱转，不知在想什么。"

毕业时，队里有五人分到同一家单位。二男三女，只有我俩同班。被闭塞的环境、苦闷的情绪催化，关系自然更为亲近。

幼儿园门前阴凉的石台上，我们几人顶着头上的树荫，坐着闲聊。他弹起吉他。在优美的旋律伴奏下，我轻轻用俄语哼唱起了《莫斯科郊外的晚上》。正巧被路过的连城看在眼里，始终念念不忘。我们结婚多年后，他还会提起当初的场景。自然，老俞就成了被时时惦记的关联符号。

说到一起排演小品《渔夫和金鱼》，还有一段趣事呢！

我被选中扮演渔婆，三姐是小金鱼。老俞真的不负其名，担纲了渔夫角色。小品根据脍炙人口的普希金诗歌改编。剧情简单，但对话、表情必须到位，还得学会因陋就简、就地取材。毕竟代表队里参加全院演出，对于当时视集体荣誉高于一切的我们来说，需要花不少心思来琢磨造型。

我演渔婆时，说话要刻意撮尖嗓门，显示蛮横无理。步态压着点、缓慢点，还要略佝偻腰，一副老态龙钟样。与之相配的妆容也必不可少。脸上用暗色眼影画几条皱纹，再来条肥大难看的黑裙子"增色"。

还缺一个假发髻。我们课后去学院的道具间翻了半天，才在一堆红灯笼、旧演出服、布景板、大辫子中找到。满是灰尘，又脏又诡异，残留着明显的年代特征。我怀疑是演样板戏《红灯记》中李奶奶用过的。

头套正面是鬃毛窝成的小鬏，反面是带突起小颗粒的深肉色胶皮，估计起固定作用。相对于我戴二号军帽的大脑袋来说，它实在太紧了，勒得胀疼，只能弃用。而老俞扮演的"渔夫"，需要用蓬松的棉花粘出一脸大胡子。松垮着腰身，微腆肚腩，造型很贴切。

我们认真地利用课后时间加紧排练。在探讨艺术细节问题时各抒己见、互不相让，争吵几句也很正常。

终于等到正式演出。

大幕拉开前，我俩因为一点小事又争吵上了，结果老俞气得忘记摘掉眼镜，直接就登台亮相。演出顺利结束后，系里一位观剧的老教授乐不可支地说："看过那么多次《渔夫和金鱼》，第一次碰到戴眼镜的渔夫！"这效果，啧啧……

毕业二十周年是难得的相聚时分。

在一众精心打扮过的男女中，圆脸黑红的老俞赤脚趿拉着一双凉鞋，不修边幅的样子很醒目，神情倒洒脱自如。插科打诨中，隐约能窥到几分出尘的气息。

"老俞多聪明啊，那大脑袋！"比起对放哥若有似无的小醋意，20 世纪 80 年代末就立志投身股票市场的老俞让连城由衷叹服。

照顾孩子、做私募、坐飞机来场商务活动，老俞的生活如浸沐着海水，无比滋润。

同桌的你

放哥曾是我的同桌。我们无话不谈，在当时许可的异性关系范围内属于顶顶要好的那类。蓝颜？有点俗。知己？不全面。

上学时，两家的父母都很中意对方，但当事人却只能停留在密友阶段。他有自己的感情归属，我也处于心思无处安放的迷茫状态。

一位因业务关系新结识的姐姐受人之托，请我帮忙打听俄罗斯二手农用直升机一事。突然想起放哥应该有这方面的关系，推荐给她。

"这位是?""我同桌的他。""哇，关系很近啊。那……""没有!"我听懂了她的潜台词，果然打断。"为什么啊？你当时心有所属?""不是，太熟了。""不明白。""每天同吃、同住、同学习、同劳动，像兄弟姐妹。尤其一个班的，不夸张地说，除了拉和睡，朝夕相处的时间比夫妻还多。"

真是应了那句话："太熟悉了，不好意思下手。"

说到底，爱情这东西需要一定的神秘性，才能产生吸引力。否则透明得毫无美感，也就缺少了相互探索的动机。

毕业后去单位报到。洛阳、郑州、北京城区、远郊县城、部队农场再到最后的正确所在地，半梦半醒中，一路的颠簸与寻找，也是他陪着我。

这之后，我们的生活基本没什么交叉点。不常见面，但总牵挂着，如同家人。

相见少，更难忘。

那次，我和四班那个长相颇似歌手周蕙的女生小苑约好一起休班。处里的志愿兵同事哈欠连天地骑车将我们送到县城，坐上脏污狭窄的公交车。下车后又转乘，再搭上一辆人挤人的旧班车，最终来到近郊。

当时放哥所在的单位同样地处偏僻，触目可见石头砬子的荒凉与冷硬。挤坐在乱哄哄的食堂里，四周空气浊沉。因为没有提前多订，我们只能分食两人份的饭菜。肚子空落落的，和心一样。面对无法掌控的未来，同病相怜的我们都是一片茫然。

那次，我和连城换了几趟公交车，拿着一束鲜花去大红门附近看他。当时，他的处境已大有改善。再也不用憋在村子里，枯燥而苦恼地打发时间。

房间狭长通透，光照不错。看到他埋头苦读的书桌，我有短暂的时空错乱。这个不知何时戴上眼镜的男生好像离我脑海中的形象越来越远，身上那种淡淡的陌生和疏离让人无法看透。

那次，等待转业的那年。七八个月的时间，除了每天接送幼儿园的少年郎，无所事事。偶然和放哥通电话，得知他小恙在身，我立刻坐车去探望。在医院空旷的大厅里，我们简单聊了几句，就转去一家他熟悉的馆子吃饭。"你现在过得挺好的，要珍惜幸福，不能再像小女孩一样任性了。"言辞恳切，如同兄长。

再后来，工作缘故，他经常往返北京与莫斯科之间。我有任何需求都会不客气地请他帮忙，包括他带回的那册"梦想"童话。一看到封面油画般的用色、熟悉的文字，还有主人公胖鼓鼓的脸蛋、小精灵的眉间坏笑，立刻被深深吸引。那里面好像喻示了我的另一种人生。和当年千辛万苦寻找报到单位一样，仍有他的影子。

伏特加、红酒、肉肠、面包，我被动接受着他的馈赠，有小小的难为情。

但是……

自认"来而不往非礼也"的我冒失地托他的司机捎去新买的购物卡，只想表达谢意，为此还特意选了他家附近的商场。没想到，回家路上就接到他的电话。

劈头盖脸的斥责让我已摆出的由衷笑意瞬间凝固。"我给你捎东西是咱兄妹之间的关心。不值什么钱，喜欢就好。你弄个购物卡让关系都变质了！"众目睽睽之下，我只能为自己乱度君子腹的小人之心连声道歉，哪里还顾得上所谓处级领导干部的面子？

那回，是他唯一的一次对我发脾气。

放哥中年喜得麟儿，他珍爱地给小家伙起名"米沙"，正是俄罗斯文化情结的典型体现。

我和连城前去探望。洁净的大床上，那个偎着妈妈的娇嫩小肉团正在酣睡。被放哥疼惜地托在怀里时，他乖乖的，不哭不闹，闭着眼，不时露出可爱的笑。看在眼里的我，心都要化了。我们已领略的世界于他却是崭新的，等待着他长大后去了解、认知、感受！生命传承的意义，不过如此吧?!

他和老俞更是延续近三十年友情的好友。在使馆工作时，同间办公室、面对面；逛街时，共同实施爱国行为。"余华不是写过一本小说，叫《兄弟》吗？我讲给一位俄罗斯同事听，他吧啦吧啦地也讲起了自己的故事。我告诉他，比起我和фоня，都不算什么了。"老俞笑得很畅快。

时光让莫逆的友情之酒越酿越浓。

生日过了好几天。

"我一直都记得的。结果后来事太多，忘给你发祝福了。看你朋友圈后，我也想和同学们一样，又怕你觉得被提醒了才发的。你相信吧？我真的记得。"

我相信，一直都信。

2022年7月初，逞威的高温照旧笼罩着京城。

"那个年代毕业时流行纪念册。因为通信不发达，很可能分手后山高水长，几十年见不到了，留下照片和只言片语可以看一辈子。照片在我这儿，三十年、八千里、国内国外，保存得很好。始终认为，我们可以向生活妥协，但不能忘记生命中的美好。记忆中的洛阳，夏天曝热如火，冬天阴冷如冰。正如你的性格：对待好友如春天般温暖，对待渣人如严刀利刃，毫不留情！不知道是洛阳影响了你，还是你借了洛阳的势。当然，这些年我感受到的都是春天般的温暖。"

哈，在重感情的放哥眼里，我是这个样子的。

我和他，其实一直都没有改变。

八哥，向前冲

八哥上学那会儿，瘦高个，清秀帅气，模样酷酷的。他弹得一手好吉他，能唱能跳能演，队内外有名，这也是最能吸引女生关注的有效手段。三人组当中，他的异性缘看似最广。

连我这个简谱都不怎么识得的菜鸟也对八哥崇拜有加，并深受他的满身艺术细胞感染。一时心血来潮，借来他的宝贵吉他拿回宿舍，想无师自通地学会最简单的旋律。没想到几个音都记不住，弹不出完整的一节，只能放弃。

术业有专攻啊，古人诚不欺我。

八哥会很多支曲目，曾录在一盘磁带上，作为礼物送给我。什么《水边的阿狄丽娜》《彝族舞曲》之类的，特别流畅好听。我还凑了几首自制的配乐诗朗诵。课间、休息、就寝前，用哥哥淘汰给我的浅金色砖头录音机，百听不厌。

有一天八哥突然找到我，面带难色、吞吞吐吐地想要回磁带。淑女，当成人之美嘛！再不舍得也别引起不必要的误解。

不过，这点小事很快就被年轻时的健忘甩到身后。八哥和女友曾一起到我家做客。郎才女貌，委实养眼。妈妈热情地端茶拿水果，真心为这对情侣感到高兴。难得的一次，他们闹了小误会。我这个没眼力见儿的傻妹妹还不自量力，冒冒失失地要当调停的"和事佬"。

后来重新分班时，只有八哥和我被剥离出来，到了新班级。他变得不再活跃。快毕业前的那个春天，我们几人约着去古墓博物馆玩。听起来吓人的博物馆并没有阴森可怖的感觉。我们开心得就像搞了一场春游。

在共同生肖猪的刻柱旁，我穿着白底淡绿横纹马海毛背心和蓝牛仔长裙，和八哥左右分立，是难得的一次合影。

十几年后，一次外出调研时路经上海。我无意中向接待方提及有同学在此。"他叫什么？我可以帮你打听。"对方极为热情。话一出口，我都有些笑自己。多少年了，怎么还停留在刚毕业的那点旧信息呢？估计为人处世十分机灵的他早就有了更好的去处。

转业后，他因为家事来过一次北京。不巧，当天约了几个当事人作笔录，实在抽不开身。我们只能在单位门口匆匆吃顿便饭，我也没能陪他逛首博。当出租车载着他远去时，心间分明泛起一丝伤感。

回郑时，我受邀去过他家。他的妻子还是那么端雅美丽，宝贝女儿聪明可爱。我们两家的孩子是同年出生，所以我对这个娃娃多了几分疼惜和关注。

八哥咽下了太多的时光，他明显发福了。聚会时他胳膊受伤，绑着系带，早已找不到肩扛吉他、单腿支地的翩翩少年模样。近些年，但凡有同学去郑州，八哥一定是当仁不让的接待人选。他骨子里的热情并没有被时光淡化。

前几年专业荒疏多年的八哥竟然有勇气携妻带女远赴万里之外，来了一趟俄罗斯自助行。我多少有些敬服。

返程时，得知航班延误。为减少他们的奔波之苦，我自告奋勇让连城跑一趟机场，再送他们乘坐返郑高铁。

"怎么样？接到人了吗？"我焦急地问。早已暗中调整情绪，以为那边的八哥能马上接过电话。

"呃，我一直停车等着。结果人家电话打来，车子不知怎么搞的，发动不起来了。"连城吞吞吐吐的，很难为情。

"这事闹的，关键时候掉链子。那他们怎么走的？"

"打车。"

一件八哥没放在心上、我却时时内疚的窘事。

可爱的安德烈

2020 年的"双十一"没剁手，倒收获了来自远方的礼物。

精心包装的一大箱，沉沉的。打开后，肉、果的干香隐约袭来，立刻将我的记忆拉回到十几天前。

从可可托海出来，特意绕到石河子。是的，我来到了琥子的旧居。

琥子的大哥吃了晕车药，坚持一路陪同。寡言的他，笑得和善而真诚。和侄女夫妇一见如故，没有拘谨客套。

大片大片农田在视线里延伸开来，广袤、平坦。芦花寂寥、人烟稀少。

团场生活，是这样子的啊！

"我们这里叫桃花镇。

"小时候都在这个沙包上玩儿。挺快乐的，没觉得苦。

"我叔叔可能把我们姐妹几个的灵气都吸收了，特别聪明。"

桂桂是个称职的小主人，热心、耐心。

穿过一片断壁残垣，跳下坍塌的矮墙。枯草杂木吞噬着道路，厚厚的尘土很快脏了鞋面、裤管。终于寻得早已易主的一座破败房舍。

自家盖的四间房，收纳了他多少童年回忆和少年时光。

这应该是他数公里骑行过的求学路吧？然后，从这里，到洛阳、北京，和光阴一样，渐行渐远。

沙枣树上随手扯一把。甜、干，淡淡的涩味如往事。

石河子，一座被称为"戈壁明珠"的新兴城市。南来北往的人口结构让它的饮食缺少特点，但红色印迹处处完好鲜明。

隔离墩上，军垦娃娃"艾兵""艾团"活泼地笑。整个生产建设兵团史在被晨曦、日光、夕阳、晚霞抚摸过的遗迹上载浮载沉。

一班这么多的同学当中，他是我唯一深入"老巢"的。

我始终觉得宋教员对琥子和七姐是偏爱有加的，否则不会背离自己的起名原则，把"安德烈""娜塔莎"这两个最具代表性、最好听的男女俄语名分别给了他们。明显和姓、名都不谐音嘛？不过，人家确实学习好、表现优。这点，得服！

琥子是我们的第二任班长。和人高马大的前任赵老六不同，他身量瘦削，文静内向。因为一次转车，他成为早先去我家吃过饭的幸运男生之一，那份寡言与害羞给我父母留下了很好的印象。

毕业后很多年，中央电视台播放中国国际电视总公司出品的电视剧《这里的黎明静悄悄》。我竟然在后面演职人员表里看到了他的大名，深以为荣。后来陆续听一些同学评价道，教书的他和山沟里奉献的我，都属"进步较快"的，但私下没有联系。

直到 2012 年 7 月，我们才通了几个电话。他力邀我前往参加毕业二十周年聚会，这让我对本已渐忘的那段日子再次产生回忆的执念。短短一天多的时间，我最大的触动来源于他的爱女。

那是一个聪明漂亮的小姑娘。很巧，居然和我家少年郎同名，更让我平添了疼爱之心。当她穿着雪白的公主裙，软软地、乖巧地依偎在我怀里时，我不禁为她和她的父母安身于这样一座古城而不值。

外面的世界很大呢！

于是，返京后，我主动打电话，力陈利害，半鼓励半强迫他为了孩子而求新求变。我深知他这种性格的知识分子肯抛下自尊找人说好话多么不易。那些不分时候和场合的热线电话，萧瑟寒冷的深秋雨夜在西餐馆的小聚，他嘴上鼓起的大泡，数次京、洛两地的往返折腾……

好事多磨，终偿心愿。

他调入北京后，成为著名"小庙"里响当当的大和尚，满腹才学很快有了用武之地。授课、访学、讲座、参会、写书、翻译、接受专访……忙得不亦乐乎，找到了全新生活中充实快乐的自己。

我们各忙各的。同城，见面却不易。直到我想写 100 名俄语人的故事时，他，无疑成了我的首选对象。说实话，对于我这样初试文学创作的新人来说，想不掺杂任何感情因素，客观地描摹出现在的他，着实有些困难。

虽说相识于少年，一起在那所绿色校园共同度过四年寒暑，却流于表面的肤浅。

真正能以一名成年人的眼光打量对方，我才恍觉面对的是一名在中国俄语教学及文化研究领域颇具名气的中年学者。这种近距离的光环晃得我些许无措。

那年初秋，有机会一起外出公干。身处异国，我们或行走在莫斯科初秋黎明的微曦中，或陶醉于苏兹达里美如仙境的自然风光，或欣赏弗拉基米尔颇有韵致的街头景物，我才依稀找到熟悉的影子。他，仍然是同班那个长得略微"非我族类"的安德烈：五官端正，瞳孔略带些淡褐色。羞涩的外表下却有一颗律动的心，幽默健谈。

然而……

讨论乘坐何种交通工具返回莫斯科时，我们发生了激烈争执。在候车大厅像两只斗鸡，气哼哼地互不理睬。片刻之后，又冷静下来，和好如初。后来琥子戏称为"弗拉基米尔事件"。

还有在书展现场，他不会因为知名作家和咄咄逼人的经纪人在场催促，而忽略被他们冷落在旁的一位普通姑娘。那是当年参与拍摄《这里的黎明静悄悄》时合作过的俄罗斯小伙伴。他主动给我们介绍，与之交谈，来缓解姑娘的难堪和拘谨。

这都是他难以示人的另一面真实。

我惊诧也欣喜地观察着，找到了突破口。

而当我站在他曾经走过的土地上，感觉我们的距离从来没有如此接近。

　　小时候生活条件并不是很好，吃了不少苦。但幸运的是学习机会还是有保证的。在那些日子里，学习真是最有意思的事情。要去放羊，我就会带上一本书，一边照看着羊群，一边看书。农场里的人来自天南地北，我还学会了好几个省的方言。

　　我大哥叫海，本来家里给我起的名是湖。但我爸有次跟我说，其实"琥"字更好，于是我就自作主张地在作业本上写下了新名字。时间长了，自然而然大家就接受了。那时候改名字没那么严格，不像现在这样换一大堆证件那么麻烦。看来，我打小应该挺有主意的。

　　我们那里比较偏僻闭塞，所以孩子们都希望借助高考能走出去。那年解放军外国语学院来招生，只有俄语才招理科生，没得选。有幸来到外院，我更加珍惜学习的机会。我没什么丰富的课余生活，一门心思就是要学好俄语。

　　学习就要耐得住寂寞，把冷板凳坐热。俄语是一门很有意思的语言，在学习的过程中我慢慢地爱上了它。记得三年级的时候我们举办了一次演讲会，我的题目就叫作русский язык— моя девушка（我的女友）。本硕七年，这种热爱一如既往。告诉你，我小时候就喜欢将类似反省、忏悔一样的心情写到日记里，而且坚持了很多年。不管是学校发生的事，还是生活里对某些事情的看法，总要进行自我道德方面的审视。哈哈，有点像托尔斯泰吧？他的童年也是这样，聪颖、敏感、热烈、爱做自我分析。

1999 年，他人生中第一次遭遇滑铁卢。

　　我从小学、初中、高中，学习成绩一直数一数二。没想到居然没考上社科院的博士生。本来还想双喜临门，和婚礼一起庆祝的。关键是周围的同事朋友都不相信我没考上。

　　2000—2004 年在北外读博士。非典那年，在海关关闭前两天幸运地去了莫斯科国立语言大学，但只待了两个多月就回来了，因签证问题。不过这期间我还是完成了拜访知名专家学者、搜集博士论文资料的任务，回国后立即投入论文写作，拿出了一篇全国优秀博士论文。

从来，都没有无缘无故的成功。

　　他斐然的专业成就和教学成果都来自敬业、钻研和执着。几十年来，从来如此。而他转变人生道路后，重新赢得事业上的辉煌与快乐。他从来不主动讲给我听，我几乎都是从别人嘴里得知的，但始终无损于他骄傲的诚心。

　　一起长大的我们彼此成就了对方，最终愉悦的还是自己。那种时时如沐春风般的欣慰与满足，无以言说。

　　2021 年的一天，我在认真拜读琥子的译作《当代英雄》。连城无意瞥了一眼。"哟，琥子？厉害啊！""你知道这书？"我不禁质疑某位数字通信专业工科生的俄苏文学功底。"不就毕巧林嘛？多余人！你看完给我。"嗨，刮目相看。

等再见时，我将此事告知琥子，由衷夸赞道："你用的词和表达方式都特别通畅，适合咱们中国人的阅读习惯。""那是！"他专注地低头吃菜，态度一点也不谦虚。

前几年，琥子在群里提出为小合唱提供伴奏，并放话称"弹两个小时不带重样的"。印象中八哥一手精妙的吉他弹奏珠玉在前，我不禁打趣他"拉出来遛遛"。毕竟我从没见过他"猪八戒掀门帘"，露过一小手。很快，他发来一段两分多钟的弹唱来佐证。

吉他声悠扬流畅、嗓音清澈纯净。黑暗中闭目倾听，有一种穿透心灵的力量。

哈哈，认真得可爱的王教授，请问往后余生，你还有多少惊喜等着我们呢？

三哥的校园

按说陶三哥是男生的排行叫法，可我真的把他当成了最合格的哥哥。他为人热情真诚，每每让我感觉温暖亲切。每次叫他，都是发自内心的。

说起来，四年同窗中我们并没有太多的接触。印象里，他少语羞涩，中规中矩，学习认真刻苦，不会做什么出格的淘气事。和女生近距离说话，好像还会脸红。

私心觉得，不敢说全队范围，单讲在我们一班，若论长相、身高，五官端正、仪表堂堂的三哥应该最符合传统意义的"英俊"二字。

　　三哥老家在菏泽。同洛阳一样，那里也以牡丹闻名于世。也许对他来说，这是一种冥冥中牵引命运的花。毕业后我每次回母校，只要三哥在，就觉得心里踏实无比。车，行走在高速上，分明带着渴盼的轻快。

　　三哥不会矫情地假装自己很忙，或找些可有可无的借口搪塞。哪怕时间再短，也能让人感受到竭尽地主之谊的真切。他专门从远离学校的城市那端赶过来，带我溜进以前的宿舍、教学楼、仓库、图书馆，努力帮我找到与记忆吻合的地点。甚至当我想看看晾衣房时，他从旁边找了一把摇摇晃晃的旧椅子，让我踩在上面瞭望。

　　正是凭着三哥在此多年教书育人的"薄面"，我们一路畅通。放寒假的校园，有雪堆积在路旁，天阴阴的，更显冷清。前面引路的背影变得更加厚实，我却没有半点生疏。

　　他，仍是我认识的，瘦高山东小伙。

　　毕业二十周年聚会后不久，收到一本厚厚的纪念册。看得出负责设计制作的同学颇下了功夫。起初没顾上细瞧。真正关心、记挂的，早就面对面地近观过、交谈过。

　　有天午间无聊，顺手找出，漫不轻心地翻着。正好看到三哥的全家福：大小美女笑得如花般灿烂。顿觉欣慰。天道酬善，三哥就应该是被幸福包拥着的男人。

　　合上纪念册，又想起那个黄昏。

　　我终于等到了他散会。他带我来到离学校不远、和同事们经常光顾的一处据点。

　　"这是全洛阳最好吃的烧烤。原来咱们在时，卖面条的。这么多年居然没倒闭，挺不容易的。关键是味道不错。"三哥笑得惬意，还带些痞痞的坏。"下午开会时，我和同事说有同学来了，他说来这儿吃吧。我'嫌弃'档次太低，得找地方吃大餐。"可终究这个"档次太低"的地方还是以美味留住了我们的脚步。

不到下午六点，已有几位客人。一部分桌子露天摆放，没什么精致的陈设。找最里面的一处坐下，背靠整箱堆成的啤酒"山"。一抬头，遮住多半张墙面的淡蓝底色喷绘菜单上，有菜名有价格，只是无图。"梅花筋""梅肉筋"，我们对这个稀罕物的名字来了兴趣，翻来覆去争论着，嬉笑不停。

中午大盆装的"小份"浆面条和红薯面、涮牛肚、蒸菜叶尚积在胃里，这时比吃更重要的是聊天。

三哥推荐一种当地产的洛阳宫啤酒。他要开车，我只能独酌浅尝。他突然站起来去找没有统一着装、如邻居大姐般普通的服务员说了句什么。

过了一会儿，中午在糊涂面旗舰店，我无意称赞过的饮料被送上桌。和北冰洋很像的玻璃瓶身上印着白色"海碧"二字，很吻合我此时此刻的 Happy（开心）心情。

三哥介绍说，这是本地具有几十年历史的老品牌法国香槟，早年间特流行。没想到，三哥这个上大学才第二次坐火车的农家小伙能如此细心。

完了，接下来只要我提到什么，三哥就点。没一会儿面前就摆着高高低低三四个瓶子。

四下一顾，要不说是老字号名店呢！还没多长时间，周围多数桌子都坐满了客人。三哥聊开心了，将右腿抬高抵着桌边，哪儿有一点为人师表的教授模样？留意到我的目光，他说："一会吃高兴了，腿抬得还高呢！"他笑得很开心。

拿着仅一页过塑菜谱的服务员过来瞄了好几次，我们假装看不懂她眼里的催促。

"要不咱们除了这盘花生毛豆，什么都不点，坐到十点钟。估计人家都得说好话，不收钱求咱们走，因为要空出这桌招待别的客人。"我们商量着馊点子，继续谈天说地。其间还巧遇了他当面鄙视此地"档次太低"的同事。

桌上，两个相加快 100 岁的中年男女为五个上错的烤鸡胗坏笑半天，像瞒着家长密谋干坏事的小屁孩。

四周缭绕着生动的人间烟火，时间无声飞逝。我们还免费观看了一场撸袖子、摔酒瓶的"真人秀"。

这里，很适合怀旧。

隋唐遗址植物园，人车密集。远远地，有警察在维持秩序。三哥熟门熟路地领我来到他命名的副园，果然人少清静。之后，又费时寻找隐在城中村的蔡店卤肉。"来了，就要找到。"

距离开车已不足两小时。

"必须吃点饭，要不车上会饿。"面对三哥的执拗，我只能顺从，尽管一直担心会误了车。他匆匆坐下，低头没吃几口，又站起来排队。正纳闷呢，他拎着一袋散发着热气的烧饼，我才想起自己曾说过，河南面粉不白，但做出来的东西特别香。毕竟是小麦主产区嘛！

"你别急着把口系上。有热气，饼皮就不脆了。"咦？我以前没发现他这么絮叨啊！

有惊无险地赶到车站。"我不能送你进去了。花会期间，管得严。"

"没关系。反正一个背包，很轻的。"

"我先不走，在外面等着。万一你取票有什么问题，或者昨天订票时名字不对，你出来还能找到我。你根本不用担心取票。如果鼓捣半天没弄好，后面的人就帮你了。"昨天他还打趣我笨得玩不转高科技。

三哥的嘴可能开过光。

正强作镇定、假装思考身份证搁哪面扫码时，旁边斜伸一只粗壮的胳膊帮我摆正。抬头，一个穿着白短袖的陌生高个男孩已"不屑"地抛给我径自离去的背影。

风刮得更猛，头发乱了。售票门口的马路上，他那辆车还停在原处。

我挥挥手。转身时，心里有点酸。

眼前似乎蒙上了两小块虚虚的黑影，可阳光分明很好啊……

其实你很温柔

继那次楼下匆匆一别，差不多十年之后，我才再次见到赵老六。

他对附近的熟悉程度丝毫不亚于我："为了孩子上学，在这片住了很长时间。"

"你告诉店里帮我留个车位啊，拿个隔离桩搁着。"他发号施令。

"老大，不好意思。人家没法留。要不我在外面戳着，给你占地？"晚餐高峰时期，窗外仅有的几个车位很抢手。

"那算了！太冷，你别出来，再冻着。"他立马改了主意。没想到，人高马大的老爷们还挺怜香惜玉。

落座后，借着吸顶灯柔和的光晕，我打量着对面的他：体态匀称，丝毫看不出人到中年的啤酒肚。一头自来卷纹丝不乱，金边眼镜后面透着笑意。嗯，没变。

点餐时。"好喝不？我也尝尝。"他恶作剧般非要来一杯我手里的热巧克力。谁说大块头里不可能包裹着孩子气？

赵老六是一位最典型不过的东北男孩。身高马大、豪爽仗义。作为我们四队首任一班长，他无疑是引人瞩目的。队列站排头，阅兵是标杆。各方面都能起到带头作用，好的、不好的。

"队干部居然当我妈的面，说我带头谈恋爱。我都奇怪，怎么带头了？就为这事还没入上党。"事隔多年，谈笑间他仍没忘了这事。

严格论起来，他真的不算故意捣乱的坏分子。只是一切都摆在明面，不懂得遮掩。如同晴雯那般，平白背了勾引宝二爷的"黑锅"。

刚工作那年，他从长春到我们单位休过几天假。我们很熟稔地谈到一些学校里的陈年往事、故人。聊到当时的在校生活，他直接得让我暗叹，犀利得让我语塞。

人生跌宕起伏。

他和我们的同学、北京姑娘森森成了家。婚姻生活多年，儿子也如他一般高大。曾"花名"远播的大男孩居然是为数不多的同学夫妻之一，多少让人意外。

但我深知，在这个没什么太大变化的中年男人内心深处，有着与生俱来的热诚，对家人、对朋友、对所有他认为值得的人。

"一班就是一班啊"，不知怎么想起阿珉那句话。借用一下："一班长就是一班长啊！"

他们

撒佳，男生中的老七。

一个神气无比的好名字，彼得大帝同款，петя（别佳）。怎么就撒上了？

他早已不再是当年一起散步的那个石家庄男孩。腼腆、内向、清瘦，不知何时已隐遁不见。多年前，一句："你是要问转业的事吗？"让我原本只想叙旧、热腾腾的心立马被冻结。随着相见次数渐多，当我们习惯地打趣他"撒佳"时，他脸上的笑意表明一切如旧。

与岁月一起增长的，除了改天换地的发福，还有他心态的成熟和沉稳。他和杜鹃两家的女儿前后脚上了同一所名校，或许冥冥中，父母辈的同窗缘分早被一双无形的手暗中助推着延续下去。

当我为出书一事捉襟见肘时，很意外，平时极少联系的撒佳解了燃眉之急，我不禁感念至今。

这事让我有了深切的领悟。多年来掌控他大脑的，或许早已换作从商者的冷静与权衡。但内心深处仍有被包藏的情感，如同冰层下未凝固的河水。待春风来袭，便结束冬眠，汩汩流淌着。

对他来说，那段岁月也是难忘的吧？

2021 年年初我和琥子登门探望时，柜子里珍藏的准考证可以证实这一点。单薄的卡纸已有折痕。上面那位清瘦少年一脸严肃，难掩稚气。

现今，娇妻爱女在侧、家庭事业双美满的祝老七居然能抽出空来，成为我们名不见经传的小公众号的铁粉。他不仅认真阅读每篇文章，还选优推荐在自己的朋友圈。"一起长大的情谊嘛！"

老熊更瘦了。可能由于职业的特殊性，他不再像上学时那么活跃。曾淘气大笑着跌卧于牡丹花丛中的大男孩被定格在照片上。不经意间，他总会沉默、皱眉，少了健谈。

还有聚会时偶有见面却交谈甚少的老汤、去哈尔滨时那个雨天重逢的安东、远在乌鲁木齐工作却积极参与群聊的舒里克……

我知道他们都有自己的故事。只是不宣之于口，我无从得知。甚至个别同学言辞激烈地提出抗议。我虽不明就里，仍删除了与他有关、本就寥寥的十余字。尊重对方的意见，不代表就抹杀了那段同窗时光。

用自己的眼睛和心，陪他们静静地守着所有的过往。

这样，挺好。

那些花儿

　　一个人的记忆总是有限。好在，有三姐。她热心而认真地帮我填补了许多空白，让一切再度栩栩如生。

　　"记得吧？咱上大一时，院里没有铺装暖气，只能靠炉子取暖。有琥子发的照片为证，那上面还能看到二寝同学将洗好的袜子绑在烟囱壁上烘干呢！我是东北人，所以全票当选为炉长。炉长、桌长、室长，这些非官方头衔还真需要负责起作用。可是，天地良心啊，北方一般有暖气，不生炉子好不好？弄得我每天这负担重的，净想生火的事了。

　　"虽说麻烦，但炉子的好处实在太多了：食堂打的饭，可以先保温，还能烤馒头。吉林同学假期从家背回东北大米，趁就寝洗漱时间熬粥，引得齐队长闻着味儿摸到宿舍，把快熬好的粥端走了。那叫一个悲催，当事者还不敢要回来。用现在流行的网络语来说：'求他的心理阴影面积。'

　　"大四那会儿吧，男生有夜间校内巡逻执勤的任务。轮到我们班，我就央求男生带着一起。有一天雪花飘飘的夜晚，终于耐不住饥肠辘辘，仗着巡逻特权溜出校门五十米，在一个露天摊位吃了碗拉面，打着饱嗝回去睡觉。那叫一个美！"

　　鼻尖高翘、玲珑纤秀的三姐是我们的女生班长。单从外表看，很难想象出她竟是一位沈阳姑娘。后来才知道她的父亲是一名来自四川的军人，难怪！到现在，她依旧是性格开朗、快人快语的精豆性格。每每聚会时不时发出的清脆笑声和时时处处的乐天随和，让我 N+1 次相信她身上与生俱来的地域特征。

三姐比我退休略晚，现在也在安享充实的家常生活：莳花、看书、锻炼、制作 vlog（视频网络日志）。她 20 世纪 90 年代末就转业了，工作于一家全国城管行业的样板先进单位。这份特殊职业经常成为大家善意调侃的对象。不过，任别人怎么逗，她也不气恼，四处张罗，将聚会的节奏掌控自如。

然而……

手指轻抚柔美溢香的小小桂花，恍惚又看到多年前满树桂花的校园，还有那个被阵阵甜香熏得晕乎乎的军校生。每次都不由自主多走一段路，只为站在高大的树下，沐浴着桂花雨，或喜或忧，都说与它听。军校好多往事已然模糊，唯有与桂花树的约会清晰如昨……

被雨水打弯腰的玫瑰，索性剪掉做切花，搭配美女樱和天竺葵，放在小角落茶香配花香，也一样美美的！只是不想浪费辛苦开放的花朵。

这些细腻敏感的文字从三姐手下流出，和她发的照片一样，让人颇觉意外。一颗如此热爱生活并潜心经营的精致女人心，恰恰是那四年我没有看到的另一面。

当五姐甩动一头长发、穿着得体的套装和中跟皮鞋，抱着文件包，俨然一位职场达人，"噔噔噔"从月坛公园那条马路的对面向我跑来时，我确实很难将她与那位学习刻苦、会唱黄梅戏的安徽姑娘联系起来。

我们曾是睡上下铺的姐妹。

五姐早已成为一名优秀的证券界精英，就连我家的第一只基金，都由她帮忙推荐。

匆匆一面之后的各种场合，五姐好像消失在了茫茫人海。每次基金变动时，我和连城还念叨她几句。直到前几年，她才让所有人颇觉意外地现身一次班级聚会。外表优雅精致，衣着时尚干练。只是相比于大家的热络，她有些淡然，似乎游离在另一个我们不知晓的世界中。

"离开组织太久了，好像才重新找回来。"她浅笑着。聚会结束时，作别声一片嘈杂。我竖起仍保持良好性能的"海军第一耳"，清晰捕捉到她主动帮七姐叫滴滴打车的声音。

她离我不足半米，身材苗条高挑，举止大方得体，一幅"白骨精"的标准模板。透过表象，我依稀分辨出里面仍潜藏的那位可爱女生：热情开朗，光洁的脸上总是挂着盈盈笑意。

后来，她离开北京南下发展时，还将许多本子和笔寄给我曾支教过的元阳多依树小学。

五姐，你在他乡还好吗？

按照奇数为姐、偶数为哥的宿舍排序，接下来该是七姐，我无法绕开的话题。

曾经有不短的一段时间，我和七姐关系很亲密。我们床铺相邻。有点好吃的零嘴，比如学院门口买的"蜜三刀"，不分彼此地拿来就吃。

队里三十几位女生如同芬芳的各色花朵，性格、形态各异。我和七姐年纪相仿，同样聪明而骄傲。只是一个外向热烈如初绽蔷薇，一个沉静文秀如幽谷百合。

七姐是队里出名的学霸，也是尽职尽责的通信员。学过七年美术的她在队里征集徽章时还一展高超技艺。

我俩的父亲供职于不同的省直部门，互相知晓，脸不生。只是平时工作性质不同，成长经历也大相径庭。一个曾当过兵，一个多年教书育人。

毕业后多年，两家妈妈倒互不知情地一起参加过老干部活动。妈妈说马阿姨来单位时，她早已调离省计委，所以早先并不认识。阿姨个头不高。遇到熟识的人，才比较爱说话。用阿姨自己的话来讲，这点和她妞儿的性格完全不同。阿姨经常会主动讲起一些生活趣事，还热心地要送我妈一顶毛线帽。

后来一次偶然机会，阿姨试探着打听我的名字，感叹原来两家孩子还有这种缘分。

世界真的如此之小。

在校最后两年，一次漫不经心的纠葛导致了我脆弱的少女玻璃心受挫。负气情绪作祟，让我和七姐变得疏远直到最终破裂。

二十多年来，我们从未见面。我抗拒着接受所有关于她近况的消息，却不曾真正忘记。后来，无意中从同学处得知，她已是一位知名的战略与国际问题专家，高层倚重的"智囊"。名字屡见于中国广播网、《南方周末》、人民网等媒体，在教学领域也硕果颇丰；她刚调到任教的学院时，居然一开始教的是英语课。

点点信息如风过耳，但留了心。

终于按捺不住好奇，上网搜索到她那张身着戎装、不苟言笑的证件照。七姐抿着嘴，表情端正，威武秀美。

直到那次聚会。

在琥子的言语激将下，我鼓足勇气，辗转前往。夜色中，期待重逢的心是忐忑的。推门而入时引起的哄闹中，她仍是静静坐着的那一个。

合影时，我们恰巧坐在了一处。

"你一点儿没变。"

"你也是。"

咔嚓细响，二十多年的冰幕被简单的寒暄击碎了。

相谈甚欢，不再有误解和冷漠。分食蛋糕时，她主动帮着拿盘递叉，像姐姐。

"一直是从一个校园到另一个校园，经历十分简单。"谦虚低调的寥寥几字掩却了所有的辉煌。

"我这会儿正站在路灯底下等车，迫不及待地看你写的军校往事。"她依旧保留着那份纯真。爱阅读、爱美食，慧心巧手、博学睿智。时光这把杀猪刀好像对七姐格外优渥，只是轻微蹭过。

我们性格不同，审美却一样。河北、黑龙江相隔千里，出现在两个手机镜头里的，居然是同样的风铃草、七彩风车和静谧的树林。

偶一乍现的巧合给平淡生活添了小作料。

六哥在商海游弋多年。一头长长的秀发配上金丝边眼镜，显得很是沉稳洒脱。从上学时的团支部书记到现在的公司高管，她在两种角色之间转换自如。每次，听到她亲切地叫我"菲菲"时，我都能快速回归到当年那个任性、不懂事的妹妹角色，全然忘却自己早已是为人妻、为人母的中年妇女。只是随着她将事业转移到佛山，这种机会越来越难得了。

二哥杜鹃脸上的笑容和当年一样沉静。她添了豪爽的好酒量，怡然自得地享受着生活的赐予。

毕业二十周年聚会时，丽莎带着高大帅气的儿子从济南赶来。她笑得平和安详，无疑是一位幸福妈妈。还有弹奏一曲《光阴的故事》引发全宿舍合唱却如人间蒸发的大姐……

那些散落在天涯的花儿，好在曾经拥有她们的春秋和冬夏……

所以，从来不需要想起，永远也不会忘记。

冰心在壶

短暂相守时，我没能走近你。

分隔多年后，我们的人生之路没有交集。

却因为一两件事的机缘巧合，

变得越发亲近和熟悉。

当风中仍能传来你们的消息，

若隐若现的几个字让我踏实无比。

洛阳亲友如相问，

冰心在壶未远离。

你们，也在我的心里。

三缕"霞"光

2017年年初，帝都的蓝天还没机会尽情展示姿容，就再度被席卷而至的阴霾驱赶干净。

在连城挥舞铁铲、娴熟敲击炒锅的脆响里，鼻端飘过煸肉块的香气，伊戈尔《悲伤的天使》反复萦绕于斗室。此情此景，觉得写她，适得其时。

1995年秋，土包子首次出国培训带来的兴奋还没有消退，我和玛莎作为临时借调人员，没歇气地来到上海工作。

我俩不同班。正如前面提过的，俄语和科俄确实接触不多。只是组织集体活动时，才能挨头打脸地碰到。

她是安徽霍邱人。个头矮小，相貌普通。脸上一副平淡无奇的眼镜，将深隐的锐气和不认输的倔强掩在后面。

我第一次听到六安茶也是因为她。每次重温最喜欢的小说《红楼梦》时，一看到贾母说"我不喝六安茶"，就立马有了联想。

上学时，她最好的朋友是同班兰州女生。两人一高一低，形影不离，形成鲜明反差。表演节目时，也是按高低声部配合默契。她很尽责，甘于一遍遍单调重复唱和声。一首《星星索》悠长绕梁、清丽悠扬。

我们年龄相差无几。毕业后站在同一个起点，都没背景没关系。在工作间、宿舍经常见到，也是排球场上并肩作战的队友，关系始终不温不火。

记得刚去处里报到时，领导拿着名单，很随意地扫了一下，连看都懒得看我们，脱口而出："名字在前面的两个去一室，其他的去三室。"好嘛，我们的命就此被"草菅"。玛莎幸运地分到好部门。不用一线倒班，没有太多的工作压力，相对轻松。

塞翁失马，焉知非福？我倒是应该感谢处领导的"乱点鸳鸯谱"。否则几年后的专业大比武时，哪儿来一身搏杀制胜的好本领？

其实，在出国前的偶然场合，我们也遇到过一位故人。作为根正苗红的翻译骨干，军三代的她已然活跃于高层和谈判桌之间，过着完全不一样的生活。再见时，她神色如常。相较之下，我们流露出的激动似乎有点可笑。她的脚步轻快、骄傲，如同踩中我敏感的心。

命决定的运，再次露出了嘲笑的脸。

我们终究背向而行，渐行渐远。

"没什么可抱怨的。你要是考工商系统的学校，哪怕只是专科，毕业后依靠家里的关系，一样找到好工作。都是近水楼台的道理！"放哥一语中的。

比不得天之骄女，另一位平民家庭同学的奋斗史让我自愧不如：建霞，重新分班后同屋的洛阳女生。

她学习刻苦，做事认真。是家里最小的女儿，倍受娇宠。

而我也是打小被一众亲人捧在手里呵护的宝贝，于是针尖对上了麦芒。我们因一些小矛盾当众发生过争吵。只是如夏日暴雨，转瞬就忘。

偶尔从其他同学处得知她遇到"伯乐"——一位家世不俗的高级工程师，早已离开了最初的分配单位。

我们几个在上海一起翻译技术资料。真正朝夕相处后，我发现传言不虚。那位严厉的高工让我敬而远之，但她对建霞确实如女如友如徒，特别关照。

敏感拘谨、有点小性的建霞好像消逝不见了。她待人接物落落大方，自信开朗。她的专业水平明显高出一大截。我们遇到一些拿不准的技术名词时，常常向她请教。

工作之余，她以地主自居，对我们处处流露出热情与真诚。

"我们是一个队的同学。"她自豪地在任何场合介绍。

我们一起游逛于上海的街巷，与屡见不鲜的睡衣女人擦肩而过；一起挤过喧嚣混乱的菜市场；一起听她最喜欢的陈明的歌。那位长相平平却嗓音独特的歌手，不仅是洛阳同乡，也带给她在异乡拼搏的感同身受。

之后，隔了多年。

机构调整后，我和同事去福建出差调研。再次经过上海。晚上，她专程骑车跑到我们的住地，送来一盒还冒着热气的比萨，让我们在车上充饥。

之后，又隔了多年。

同学们之间互通信息时，只要一提上海，我就要打听她的近况。她的信息越来越少，如同渐行渐远的风筝，离开了大家目力所及的范围，在遥远的天边若隐若现。

"你知道，建霞现在怎么样了？"

"不清楚，好像很少和人联系。"

听说她因为什么事情，一度沮丧受挫。

听说她出没于京、沪、洛三地，无规律可循。

听说她来过北京工作，但没怎么联系同学们。

听说她自主择业后，生活得自由自在。偶尔视兴趣接一些翻译的活计。

听说她离群索居，完全断了与熟人的往来。

听说……

只是听说而已，神龙不见首尾。

之后，又又隔了多年。

因为一套倾注大量希望与热情的版权书，我再次辗转联系上她，明显发觉她又恢复了曾经的敏感。不，是更明显了。

那通电话很长。手机面板灼烫着我的耳朵。心，陷入对她的同情与怜惜，也如油煎般烫得发焦。

"我觉得你们现在都特别出色，不像我，要什么没什么，就不愿耽误你们的时间。"我知道，尽管她将自己封闭起来，拒绝一切的邀约和往来。但内心里，她渴求友情、渴求温暖。

将一个人拉出泥潭，很难。但希望如星星野花，开遍了心野。

她高水平地完成了自己负责的工作；

她没有拒绝加入我们的小群；

她也会为我的某些文字点赞评价；

她偶尔打个电话，比如离开北京之前。我颇觉意外的同时，小心翼翼地选择措辞，唯恐伤害到她。

但是，当我和朋友驱车回母校，提出想去探视正在娘家的她时，惨遭拒绝。原来，她还是固执地不想蹚入现实世界。

心里不怒不恼，越发多了理解。

"我的老同学兼老室友，不好意思，答应买的那套书拖了这么久。我来外甥女家了，一会儿上网来办。"

陌生号码发来一条突如其来、没头没脑的短信。我有点犯蒙。再一想，是她。

从放哥带回那册样书开始，好事多磨，每一步都浸透着我的心血。

终于，事成。

　　一位几乎从未联系过的同学大咧咧地开口相求送一套，寄给她的朋友。嗨，地主家也没有余粮啊！译者一样得买。无语的我，假装忘却。

　　"我真的觉得有你这样的同学，特别骄傲，才想在朋友面前显摆一下。只是当时考虑不周，让你误解了。咱们那四年一起长大，没什么不能说的，要不我心里一直憋着也难受。"迟来的解释化解了两年多的尴尬。我相信她的真诚。因为，她是我的同学。

　　同样一件事，相比之下，建霞的执着和单纯让我心里感动。

　　"我也觉得应该走出来，准备请二班的谁谁来家里做客了。"

　　"你能开始新的生活，真好。"我热情鼓励道。

　　"上次你来洛阳那事……我特别不好意思。"我能想象出电话那边窘迫脸红的样子。

　　"嗐，没什么。"我对着空气摆了摆手，好像她就在面前。

　　相知一场，她的快乐最重要。

　　还有一位好像逆生长的高个子姐，无疑是另一道漂亮的红霞。上学时，她在我们隔壁的科俄五班。平时也没过多往来。她性格内向文静。总是略佝腰驼背，坐在窄小的课桌后面。在或灵秀或机敏或俏皮或聪慧的女生群中，她貌似不显山不露水，只是在运动场上才偶现英姿。

　　我两次眼部手术住院倒成了推进彼此关系的契机。

　　在随便找个借口都能"见不易"的京城，原本我以为的客套寒暄居然被她化作酷热暑天拿着水果鲜花亲临病房探视的实际举动。

我意识到可能要重新认识这位同学了。

努力睁大眼，尚未完全恢复的模糊视力还是有了新发现：她头发留长了。体态没了上学时的窝巴，变得匀称高挺。说话慢条斯理、细声细气。过去的军校生活、现在的家庭、孩子……娓娓道来，透着一股子沉静和温柔。

她清晰记得当年我被她老公兼同学训斥得委屈流泪的场景。大咧咧的我早忘记了，只顾跟着她陷入褪色的记忆。

"我本来就不是什么有追求的人。"自嘲般的淡然中，我隐约读出一个女人的小幸福。

还有算是我正宗同乡的阿霞。

她作为很早入党的四班女生班长，组织能力极强。上学时在各种场合都能看到她的身影，风头很盛。前些年她和三姐两家的孩子同时金榜题名，考入上海的两所重点高校。所以有次我班聚会时，她也应邀而来。

阿霞和三姐相邻而坐。比起后者没怎么改变的外貌，对面的我惊讶地发现，不知何时，阿霞的眼角被岁月的风霜之笔重重地扫了几下。光阴对任何人都是公正的，我想那仅指流逝的速度和不可逆性吧？细微处，它终究还是打造出了肉眼可识的差别。

她们低着头，亲密地耳语、交谈。

两颗为子计深远的慈母心思，此时并没有差别。

小小的感动。

身边有"洋妞"

无意中翻阅一本《咬文嚼字》，看到几个易被读错的姓氏，其中有华（huà）。噢，原来那些年，我们一直"老华（huá）老华"地叫着，都错了呢！

我快不迭地告诉连城。"咱们小时候，广播里总听到粉碎'四人帮'的华国锋华主席，不就是第四声吗？你还能念错？"他调侃道。

还真是。搁领导人身上，肯定标准读音。要是换作我们这等普通百姓，只能随大流了。幸好同学中没有姓费、龚、宁的，否则全是白字！

小喇叭广播里，耳熟能详的张天翼爷爷能写出《大林和小林》《宝葫芦的秘密》这些陪伴几代人成长的经典童话，也能塑造生动形象的讽刺小说人物。比如，他笔下的华先生就是一个虚张声势、刚愎自用的抗战"积极"分子。

毕业后，每次读到此文，总会快速联想到同名同姓的那位河南女生。

分到同一寝室后，我们才变得相熟些。

她长着大骨架，深目宽额方脸。五官轮廓清晰，搭配起来特别洋气。

我总怀疑她应该有少数民族或异域血统。"有次参加活动，还有人把我这个翻译当成外宾了。不过，我确实是标准的汉族。"

老华和我同岁，月份稍长。老，打哪儿来的？

"也许我显得比较成熟吧？"她的个人定位让我觉得好笑。

怎么会？

老华性格很好。宿舍里的乐天派，对人大方热情。一起去黑河语言实习时，我刚流露出来对她一枚发卡的好奇，她就爽快地送了我。发卡通体镀得金灿灿，还有嘀里当啷的挂坠，并不是我喜欢的调调，我却一直珍藏。

她送的草绿色圆领 T 恤让我由衷中意。前胸处用棕色线条勾勒出两三个卷发女郎的婀娜身姿，色彩明亮，很衬我的白皙。后来我一直带着来到新单位，不舍得丢掉。

当我热切地说出上述片段时，"是吗？我不记得了。"她淡淡地笑着。

她不记得的不止这些。

多年过去，话题缓缓展开，我开始明白并叹服于她的成熟。

"表面上看，我和谁都处得特别好，够开朗够活泼。但心里一直没有真正快乐过。觉得自己都快分裂了，一方面不想过这样的日子，另一方面还是听从家长的意见，忍耐下去。第一年，我和家里闹得挺厉害的，一门心思想退学。但架不住爸妈坚决反对。当时年纪也小，内心不够强大，就顺从了，但心情确实憋屈得很。"她娓娓道来、开诚布公。

哇，背后竟然是这般真相。

"咱们学校总能给你留下什么吧？"我不甘心地问。

"如果非说有，也就是几个能谈得来的同学。真正毕业到了单位，我觉得才是正常人生的开始。可能这就是我和绝大多数同学的区别，你们离开校门，面对的是艰苦和闭塞。我则幸运地工作在大城市的中心，频繁外出、谈判。辛苦，心里却很舒畅，那才是我想要的生活。所以，相比之下，大学那四年……"她咯咯笑了，不再说下去。

"我早就知道毕业后面临的结局，打一入学，方方面面得来的信息都让我越来越灰心。拼死拼活考了高分，想当翻译、想当记者，不是为了每天这么过。我不像你们，要么有敏锐的洞察力，善于发现细微的感动和亮色；要么很快适应了，如鱼得水。我不行，就那么默默地忍着。"

在我懵懂地学着习惯陌生的军校生活时，她早已冷静地置身一旁，思索今后的人生。

原来那四年，完全是一种自我保护般的选择性失忆。

提起若干同学，她知晓的内情远远比我要多。"实际上根本不是的……""她当时……"

"哎，你当年不是想报考北京对外经贸吗？我也是。和你关系不错的那俩同学，我也走得挺近的。咱们算有缘吧？"

笑谈往事时，于我，她真的是"熟悉"的陌生人。

一切过去，云淡风轻。

忘却，是她的自由；记住，也是我的权利。

都是一个人的事。

我命由我不由天

"我又补充了一块有关高成的内容。"我无意中和连城提及。

"他去西藏那件事?"

"呀?我恰恰忘写这个了!"是啊,前一年应驻藏好友相邀,本来和高成约定坐飞机同行。没想到他急吼吼地和媳妇开着自家车,先行出发了,因为"坐飞机太没意思"。

十余天,一路阅尽西部美景,也经历了路面结冰、车况不适等意外带来的险情。"这次旅程太惊险了,等有空讲给你听。"略显疲惫的声音里满是掩饰不住的兴奋和满足。

之所以忘记大写特写他们夫妻的自驾游,还是自身没有参与的缘故。和高成短暂共处过几次,倒印象颇深。

到地方工作几年后,按规定我终于能够办理护照了。多年前公派在圣彼得堡和喀琅施塔得待了不短时间。每天置身并陶醉于异国情调的美景与生活。不仅提升了语言水平,也让曾经学过的知识有了验证机会。食髓知味,让我对外面精彩世界的探索一发不可收。

举家澳洲行,来次牛刀小试。我们在积累了经验和更多的好奇心之后,将眼光望得更远。不巧连城参加全国记者资格考试的时间一直未定,最终只能母子俩勇闯塞舌尔。

那是 2015 年春节前。

比起"Chinese everywhere"(到处都是中国人)的"马代"和"毛求"(连城发明的缩略语),大西洋剩余的那一颗美丽明珠塞舌尔如同深闺女子,还没有被更多的国人知晓。就连自诩知识面颇广的我也是"听说过没见过",更无从知道它详细的一切。只知道它位于东非,路途遥远,要在阿布扎比或埃塞俄比亚转机。至于具体方位、国情、文化等知识,一无所知。

短短数天，我们醉心于恍若人间仙境的蓝天白云、碧海椰林的美景中。这个据称是"伊甸园"雏形的岛国，无处不风景、无处不花树，让我们全然忘却京城的寒冷萧瑟。

仅隔了两个多月，受一位从事旅游业务的朋友之托，我再次故地重游。

只是这次，身边多了一个任我绞尽脑汁也绝对想不到的伙伴：高成。我们自打毕业后就没见过，没想到共事于万里之遥的美丽海岛。

事情是这样的。

出发前一周，为了寻找合适的英语或法语翻译，我急得上蹿下跳。我的半吊子水平也就应付个日常，怎么能进行商务谈判？

和琥子说起此事，他推荐了高成，说他早已转业到某部委。对啊，三班英语超级好的那个"怪咖"。不过，同班时我们几乎没说过话。现在贸然相邀，还要很短的时间内回复，人家能答应吗？

我的忐忑心情只维持了几分钟，他便痛快应允。"我正好要休假，都能安排好。没问题！"

约在一家餐厅见面。他瘦削的面孔和身材与上学时判若两人。外形上的改变和他绝少吃饭馆食物的嗜好，让我很难对应当初一双筷子插八个馒头的画面。

漫长的云中穿行、返程候机，无聊和空虚被我们填注了往事，变得妙趣横生、不再难熬。我们无话不谈，从毕业后他和其余同学的经历、各自生活，到一枚由衷热爱军队事业的良币被三个劣币合谋驱逐的不幸经历。

他的行李箱里装着各种美味烘焙点心，来自巧手的妻子。即使过几天有些变硬发干，他一样珍惜地吃净，连碎渣都不会丢弃。

会谈时，他的英文娴熟自如、流畅地道。我只有在一旁倾听的份儿，羡慕不已。

瘦下来的这位老同学精力倒鼓胀胀的。他很少待在房间，而是四处乱转，将美丽如画的风景用随时不离身的广角相机收录下来。哪怕胳膊被晒伤脱皮也游兴不减。

为了等待海上落日瞬间的辉煌和精彩，他连丰盛的晚餐都放弃了，匆匆吞点东西就去了海边，到天黑时才回来。房门外高喊一句，报个平安。

"哒哒"声渐远，我知道他又收获了美好的一天。

出发前和快结束时，我和他商量报酬一事。

"嘻，不用不用。我这一辈子，最喜欢三件事：旅游、开车和摄影。你这次帮我办到了其中两件，就当劳务吧！"再到后来，拜托他编译材料。他仍然尽心尽力。"我有兴趣做这些，就不觉得累。"

其认真负责的态度，让我觉得上学时曾求证男女津贴五毛钱差异的某位"憨憨"再出江湖。

2022年5月，深知他恃才傲物个性的我试探着给遥远的曼彻斯特发去一条消息："虽然你不屑看任何人写的东西，但还是希望你过过眼。"

"老同学早上好！一大早看到你的微信，兴奋得睡不着了。

很荣幸能进你的书，虽然没进过你的梦。我对别人怎样写我都没意见，真实的就是生活，失真了就是艺术。能被人记起，这本身就说明我还不完全是 a name written on water（产生短暂影响的人）。我对自身形象的认知总是散见于别人的描述中，褒贬我都喜欢，因为最可悲的莫过于无人提及。"他很快回复了长长的这段话，每个字都与我的写作意图无比契合。

我很庆幸。毕业多年后终于了解到真正的他。

他的微信头像没变，还是那年同行塞舌尔时他拍的拉迪格岛美景。"哗哗哗"，海浪轻涌，炽热的阳光将一望无际的蔚蓝照得波光粼粼。

那时，他卷着裤腿，开心如少年……

曾相遇

去沈阳时，见过老密两次。一众喧闹的中年酒桌旁，他安静地坐着。憨厚朴实的脸上带着笑，是我早就熟悉的表情。

没想到侯大师笔下的他竟然是另外一个人：顽皮、率真、有个性。

只要我提议溜出学院去玩，老密总是一脸义不容辞的表情。上刀山下火海，也要一块儿去。

有一天中午，我们决定翻墙出去逛广州市场。翻墙的理想之地是四系教学楼东边，教学楼和院墙之间有一片槐树林。树不密，足够做掩护；靠近墙根儿有一棵胳膊粗细的槐树，长得有些斜，正好做支撑；墙上隔二三十厘米就被抽掉块儿砖，可以放脚；墙头的铁丝网被破坏了，又少了几层砖，因此从那里翻墙可以说不费吹灰之力。

到了墙根儿，我先来。用手在树上一撑，脚在墙上点了两点，就到了墙头，未做丝毫停留就纵身跃下，两脚钉在地上纹丝不动。不过我还没来得及给自己叫好，就发现了一个很严肃的问题：路的两侧每隔两米就站着一个荷枪实弹的战士，往路的两头看都是如此，我当时非常紧张，猜他们是来抓我的。又一想，抓我也用不着来这么多人吧？

后来看他们对我的出现视若无物，仍然站着一动不动，于是放下心来。但我又实在不好意思在众目睽睽下再翻回去，只好在墙下等着。这时老密正在墙头上观望，见我示意他往下跳，犹豫了一会儿，最终还是毅然跳了下来。我们就在上百个战士的注视下，走到路的西头，然后向南拐上一条小路，经过一片菜地，呼吸着农家肥芳香的味道，到了谷水街，上了电车。

晚上回来，我们才知道，原来当天是某上将驻足外院。

老密话不多，感情却非常细腻，爱读文学作品，还写得一手娟秀的钢笔字。一天晚自习，教室里鸦雀无声，老密戴着耳机，双目微闭，似乎已经入定，我猜他可能是在听俄语电影。忽然，他号啕大哭，泪流满面，把我们吓了一跳，赶紧过去围着他发问。

一开始他怎么也不说，后来见大家着急，才抽泣着说："三毛死了！"我们都如释重负，觉得他未免小题大做，其实这正是老密重情的表现。

落在别人的眼里，原来我们都有不同的模样。

没被遗忘，总是好事。

一个周末的上午，雪后初晴。暖暖的阳光钻过玻璃窗，静悄悄地洒落在客厅的沙发上。一阵急促的电话铃声将我唤醒。迷迷糊糊中，很难猜到对方的名字。

"我是凯哥。你还记得我吧？"我快速在脑海中检索着。嗯，当然记得。四班的。个头中等偏瘦，戴一副眼镜，不怎么爱说话，毕业时分到西北了。他说这次进京读研，想约几个同学小聚。可惜大雪阻止了我的出行。

十几年之后，我抱着自认为绝对夺人眼球、绝对辉煌的简历，混入一大群同样焦灼的难兄难弟中找工作。处处碰壁让我看清了现实。曾经的一切真的都是过往，没人在意、没人喝彩。军装脱掉了，那些荣誉也随之化为无形。

京城之春来得晚，刮起的大风扬起漫天细沙。与小苑通电话。她话语中流露出在地方生活的安适与惬意，这对前路未卜的我来说，陌生也新奇。

无意闲聊中，我却有意捕捉到凯哥已转业到某单位的消息。要来号码后，我忐忑不安地联系上他。没想到，他痛快地答应帮忙。"简历很重要。一页就够，尽量压缩，你写那么多没人看。"他的犀利也来得痛快。

有次聚会，别人无意中提到他是蒙古族。而我自诩和他共事多年，却一无所知。在他文质彬彬的外表下，终究还是潜在的豪爽义气让他成为我命运转折的神助。

琥子曾在班级群里发来几张旧照片，顿时引发了一片感慨与唏嘘。我惊讶地发现，黑河实习期间，一干人等拍集体照，蹲在我旁边那个瘦弱的男生居然就是他。

一种怎样的缘分？

大巴穿过故乡本溪的重重青山翠岭，很快到达位于中朝边境的历史名城——丹东。刚一下车，在学校时基本没说过话的秋子和他美丽贤惠的妻子小红已等在车门前。

几天来，他们忙前忙后、悉心周到，让我再次懂得了"同学"二字中隐含的无价情谊。看过他们儿子的照片，俊朗帅气，在飞镖竞技方面有着特殊天分。每次他参加国内外比赛并赢得优异成绩时，倍感骄傲的还有千里之外的叔叔阿姨们。

鸭绿江畔，对青春的共同缅怀让我们越过二十多年的时空阻隔，仿佛一起回到绿色校园。那些名字、那些往事，借着这次难得的机会，从心底小心翼翼而无比虔诚地崛起。揭去伤疤后，坦然地晾晒在蓝天和阳光下，之后再封存原处。

一切，又回复中年生活的正轨。

原来，不敢触碰的、不愿提及的，却从来不曾忘却。

还有六班的阿保。

除了每年运动会上如流星般大放瞬间的异彩之外，多数时候，他是不起眼的一分子。性格天生内向和拘谨的他，在军校这种封闭的小圈子里，比起活跃、能言、擅长表现的男生，不占丝毫优势。

他是能给队里妥妥拿分的大户。每趟送稿往返途中，我都能远远望到跑道上那个默默坚持的瘦弱身影。五公里、十公里，对我这个跑 3000 米都恨不得吐血的人来说，念一念，牙根发紧；想一想，心里发颤；跑一跑，满身疲软。可是阿保，这个普通的河南小伙，貌不惊人、个头不高、身板不壮，却屡屡摘金夺银，为队里争得不少荣誉。真不知道，他超常的耐力和意志力是如何累积并爆发出来的。

毕业二十周年聚会后的几通电话让我们变得熟悉。而我一位好友与女儿前去游玩时，他热情体贴的接待更让我遥感到满满诚意。

那年途经沈阳，顺便与几位同学一聚。

清晨，院子里空寂无人。小路旁的山丘上，早春的花儿还没睡醒。不知名的鸟在草丛间欢快跳跃、啁啾鸣叫，而后被我们的脚步声惊动，"扑棱棱"振翅升到空中。

中年人之间的谈话，无所不包，人生、工作、家庭、未来……此时此刻、此情此景，时间的画面一帧帧快进得那么自然，如同昨天才分开。

微信中，不时看到他发来的照片：一朵花、一只雀、一座山、一处景，还有伉俪携手同游各地、爱子学业有成的幸福定格。我知道，他找到了可终老的那座城、可白首的那个人。

好人，好梦。

还有上学时总和我开玩笑的大姚，怎能不提？

如果队里有足够多的人，那么 14175 这个号码当之无愧地应该属于他。庆武，可不就是 75 吗？平日里，关系好的同学们会如此编排他名字的谐音。

命运真的有一双翻云覆雨手。

一个安徽人被无情地甩到人地两生的东北，无亲无故、无依无傍，他只能顽强地在那里扎根、繁衍。印象中，那个眼镜男孩总是挂着憨笑、粗声大嗓、风趣热心，拥有让许多女生妒忌的粉白皮肤，现在居然成了一名为百姓断案、杂事缠身的"青天"法官。

难得一次的叙旧电话里，生活赋予的百般滋味没有成为交谈重点。他的笑声仍旧豪爽，打趣起我这个妹妹时仍然毒舌。毋庸置疑，共同的回忆中，快乐才是主角。

家族回忆录成书后，为了满足妈妈的心愿，我专程跑到辽阳，给一位爸妈年少结识的好友叔叔送去。

在那座小城再次看到大姚。他瘦多了，精神倒不错。一双运动鞋，斜背小包，颇有几分"出走半生，归来仍是少年"的味道。

这些年经受的辛酸辛苦辛劳，他不说，我不问。

他不说，我也知道，它们的存在。

还有第一次回母校时，为了招待我匆忙从城里返回、连家具都顾不得买的霍小雷，真心和天气一样让我难忘。2020 年疫情刚消，他来京出差。我和琥子调侃他的大舌音都还给了教员。

但说起《Белая береза》（《白桦》）时，早已远离俄语多年的他马上流利地接道："Под моим окном（在我的窗前）。"童子功啊！

他神秘地笑着说："刚才你们背对着窗户没发现天色。暗了，下起阵雨，现在又晴了。"

我们边吃边谈两个多小时，意犹未尽。

那天，有了风雨有了晴。

余生，也无风雨也无晴。

还有每次到沈阳都竭诚相邀的法官老魏。孝子贤夫好爹，身兼数职，哪个角色都绝对合格。喝酒痛快、聊天畅快。头发渐少，但情谊更多。

还有去莫斯科时，诸事缠身仍费心替我们安排车辆、照看行李的新疆男生树军。比起现在蜚声画坛的刘家"老树"，他也是我们当初在异国他乡值得依赖的一棵树。

还有武能奔跑、文能授课的川妹子小勤，依旧白净雅静。在两个留校同学有事不能前来时，她却安静地出现在我眼前。子夜街头，微醺的我们挽臂同行到学校大门处，如同留住了曾经的美好时光。

做助盲公益朗读活动时，琥子带的博士生小新推荐了《猎人笔记》。看到"奥廖尔省"，猛地想起好像谁的微信地址正是这个。一查，小勤。立马抄起手机。

"对，我去过奥廖尔，很喜欢。"

"咱俩语言实习时，经常去江边散步呢！"

"是呀，印象深刻。"

"不常联系，不代表忘却。希望我的小姐姐一切顺利安好！"

"此亦我心。"

一朵玫瑰图标似乎透着淡淡馨香。

还有那年夏天，和赵老六几人一同吃饭时，碰巧遇到老毛。他头发掉得厉害。那口略拉些长音的川普还是又快又辣，让人插不进话。几年后，和一位国企大哥谈事，才发现我们认识的毛总是同一人。看来人际关系真是有不超出六人的巧合性呢！

还有那位不改仗义本色的同学。我们毕业后从未联系过，更别说见面。但当我遇到难事，鼓起很大勇气，赧然请他帮忙时，他很尽力。

还有九哥。在我苦于陷入拓展业务范围的瓶颈期时，他力所能及地出谋划策。

当然，还有某位着实让我无语的仁兄。他转业后所在的城市打算引进卡玛斯生产线，我又帮着做方案又请人查内部资料，不外念在同学一场，想助他成事。而后来他直接将"度娘"内容大块复制的俄译汉神操作，差点将我置于难堪之地。

还有，还有……

这是他们的偶然一面，当事者浑然不知。我看在眼里，心中品读出被时光晕染的点滴。

匆匆一遇的好年华里，我们不过是彼此的过客。

你变了没有

1992 年那个夏日，我从一个昔日帝都来到另一个帝都。不，准确地说，应该是离心脏部位最远的神经末梢节那里。在距离县城尚有七八公里的村子里，默默收获事业的辉煌和生活的不顺，度过了人生最宝贵的十几年时光。

除了两次出国培训和偶尔公派外，其余时间我都待在那个门前洒落牛粪、被庄稼地包围的营院，和株株农作物一起，经历年年不变的寒来暑往，春种、夏长、秋收、冬藏，好像得失、恩怨、是非、悲喜统统被塞外严冬一起冻结在心底。

"周围几十公里的范围都看不到别的人。那种荒凉和寂寞，想想都无法忍受，更别说待几年、十几年了。"老华提到两位同学当年的处境。闻听此言，我感同身受。

想起连城总挂在嘴边的一句话："从村里爬出来，处处都是天堂。"同年被分到那里的我们绝对有资格这么说。远离父母家人、无所依傍的我根本扛不过命数，但要强上进的性格决定了我不能、不甘、不愿虚度光阴，否则人生最美的这段岁月简直成了笑谈。那么，就努力地在废墟上开出青春之花吧！

回头再看，苦难也是另一种形式的馈赠。

早先没有高速公路时，每周一次的班车要走国道。一路盘山过岭，穿林绕村。中间小停十几分钟，大家下车去古桥边小饭馆吃肉饼早餐。等晃进城区，单程怎么也得三四个钟头。尤其是冬天，用披星戴月来形容进城的艰辛，一点儿也不为过。迷迷糊糊、昏然欲睡地上车，返回时天黑得早，奔忙一天的人们又被晃得迷迷糊糊、昏然欲睡。

后来高速公路修建时，班车从山脚下的村子里穿过。亲眼看到那些青砖石块、彩绘图案、巍峨门楼、雕梁画栋是如何从边抽烟边闲聊边干活儿的民工手里诞生的，所以再看到墙头高悬的雄关匾额以及不明真相而奋力攀爬的游客身影，我总会哑然失笑。

怀少年郎那年，公路还没完工。每次进城孕检，回来时必定经过一个叫什么"坨"的地方。班车在坑洼不平、暴土扬尘的搓板路上颠簸着、跳跃着，像踩了电门。我坐在硌屁股的窄小座位上，用力抱紧皮球般的肚皮，尽量减少对宝宝的影响。一身疲惫地回到四号楼的陋室，立刻躲进厕所里冲凉，洗去沿途的灰尘。一想公路修好后，能实现车程缩短近半的高速度，也就满怀希望地忍受下来了。

闭塞的环境使进城一趟变得极其不易，更别说参加什么同学聚会了。从早晨六点到下午四点，多半天的时间，办办事、逛逛街、买买东西，过得很快。如果遇到冬天接连下几场大雪，封山不可避免。除非十万火急，必须坐那种安全性差又趁机涨价的小黄车，否则与城区完全隔绝。

恨身无双翼，能翻越层峦叠嶂的山岭。其实说到底，这些只是借口，打心眼里并不想和同学们见面。

工作出色、荣誉项项、每步晋职晋衔的无缝对接、27 岁正营、首届海军专业比武第一名……这些远远填补不了我内心的空洞。总觉得和同学们存在着难以言说的城乡差距。

自尊，也是自卑。

转业后到了新单位，生活重心的转移让我有了融入圈子的兴趣和迫切感。

在意外和明天不知道哪个先来的当下，每次见面都意义非凡。

所以，想做就做吧！

一个人的心灵之旅

　　我将在深秋的黎明出发/伴着铁皮车厢的摇晃/伴着野
菊花开的芬芳/在梦碎的黎明出发……

　　那年十一长假后的次日，也是一个深秋的黎明。只是没有
铁皮车厢的摇晃和野菊花的芬芳。汪峰沙哑的嗓音敦促我避开
密集出行的游客，坐上全中国最美的高铁，一路向北。

　　再见青春的我独自去寻找和他们共有的青春记忆。

　　连城总打趣我，一到东北，凭着同学关系就能混得处处迎
来送往、热情招待，呃，还都是男生。可不，学俄语的，大多
数分配的地方非东即西，没跑！想当年，除了西北边陲，光是
散落在山顶上、沟坎里、草原深处，忍受身心双重痛苦、前赴
后继奉献青春的年轻人就足足有一大拨呢！

　　早在 2004 年大范围调整时，为排遣前路茫茫的苦闷彷徨，
我曾利用几天假期，辗转各地。

　　毕业后，这是第一次重聚。

　　在本该同学最多的哈尔滨，只见到外形酷肖的大小版许安
东父子。夏季的暴雨保留了一贯的瓢泼气势，同时还预支了秋
雨的缠绵，将城市笼罩在一片晦暗中。我们的心情越发湿漉漉

的。美味的小烧烤都被冲刷得寡淡无比，在唇齿间反复咀嚼却难以下咽。

后来依次和浩子、小杉见面。陌生的城市里，我们一起陷入久别重逢的激动和对前路不顺的共鸣。如果不是几个同学在，那座以日军侵华要塞闻名的县城，我可能今生都不会光顾。在这里，我更加体会到了似曾相识的艰苦与寂寞。

十多年过后的第二次，依旧形单影只、路途偏远。

今非昔比，心情、处境都变得异常轻松。

出发前已和在珲春成家立业的"大侠"商妥具体安排，所以没有完全置身陌地的担忧与恐慌，内心笃定、踏实。他节后暂时未归，长白山这一截需要我自己游玩。

但又怎样？网上订好酒店、报团，事先与接待方联系妥当。快到目的地时，唐山上车的邻座才抛开矜持，主动搭话。我们聊了一会儿。噢，都是战友，只是地方大学入伍和军校的区别。他牢骚满腹地抱怨着仍服役的部队，而我早将那段塞外岁月封存入记忆。

在安图这个清冷的小站下了车，一切都如设想的那样顺利。次日，瑟缩在晚秋的寒意中，俯瞰着天池的一汪碧水，不知怎么，我心里涌动的却是那些吉林同学的名字，一个接一个，鲜活无比：双辽的放哥、通化的六哥、德惠的杉子、长春的南南和小华……

新开通的高铁让吉林东部几个小城之间的距离变得很近很近，都是一两个小时的车程。

过延吉后，列车开始穿行在五彩斑斓的山丘间，一处处美景让我恨不得多长两双眼睛。刚想抓起手机拍照，红、黄、棕、绿……满山流动的彩色一晃而逝。嗟叹、懊恼时，又一大拨如画美景在小雨和丽日的交替笼罩下，争着抢着来挑逗你的兴趣。

随着水田越来越多，珲春，这座风景优美、具有异国情调的边境小城静静地呈现在眼前。它地处中、朝、俄三国交界，空气清新，阳光绚烂，人烟稀少。

我和三位同学在此相聚。若论起来，都有渊源。

上学时，"大侠"和我并不算熟。他是大咧咧的愣小子、武林高手。而我呢，一介酸文假醋的女文青。即使后来有幸同班，也罕有接触。我们倒在彼此的毕业册上互相留言，赠送了照片。相纸上，他手执一柄红绸大刀，单腿独立，周身全是练家子的威风凛凛，与浓眉小眼形成了有趣对比。

十余年后，我们所在的两家单位阴差阳错地合并一处，成就了我们同"母"却分处异地的同事缘分。转业之前，在那个松柏掩映下的朝南房间，电话拉近了相隔几千里的距离。我们随意聊着，感觉比在校时亲近、熟络多了。

毕业后，伊万因苦干奉献的不俗政绩在仕途上进步很快，被同学们屡屡传为佳话。我们却一直没有见面，直到2014年春天的沈阳之行。曾经的憨厚小伙已步入中年，有了皱纹白发。而我也没能躲开时间这把杀猪刀。

幸好情意仍旧暖暖的，没有降温。

三人当中，斌哥应该和我见面最多，第三次了。我们同为新三班的一员，他陪我参观过要塞，在交流中心旁边的湖边散过步，加上这次防川古城的游玩。真正的老相识。

吃烤串、喝酒、游览、唱歌，不觉日色沉落。

寂静无人的山路蜿蜒盘旋。车轮"沙沙"作响，轻轻碾过前尘往事。一路欢笑、一路感慨。那些曾经，从心底、大脑里被祭出，反复辨认，再三回味。

片片或黄或红或棕的树叶被秋风吹起，如顽皮的孩子般粘在车窗，要不就是轻拍着我们的身体。

轻盈灵动，却浓缩着厚重的秋天之美。

如同友情。

夜宴

2017年7月中旬，京城进入闷热的"桑拿"天模式。

按照轮值顺序，老俞负责召集班里同学来场小聚。天气让头脑晕沉沉的。路上，心里紧着纳闷。哎，我一向不太热衷同学聚会，这次怎会答应得这么痛快？仿佛被无形的力量引导着。

可能还是因为男生老十 шурик（舒里克）。他来北京出差了。毕业后，这是我俩初次重逢。

站在地铁口，一下午处于空调呵护的身体被瞬间高温蒸烤了十几分钟。汗，无孔不出。看到赵老六气宇轩昂地拎着小包远远走过来，想必刚才电话里"才点上"的那根烟抽爽了。

搭上老六的车，开始闲聊。周四的路况倒比想象中好得多。他告诉我，他的一位正值盛年的中学同学在ICU（重症监护室）里，等待生命的最后时光。"上次他来北京送孩子上大学时，还好好的呢！"老六很惋惜地说。我似乎猛地明白，为什么这次可以抛开琐事，不在意天气，也没找不咸不淡借口的原因。来，便是了。

"同学见面的机会，只会越来越少了。"老六的一丝喟叹如一支锐利的箭镞，冷冷地击透我的心。

三姐每次都会穿过城区，从东杀到西，因为大多数同学还是以西部、北部的为主。但她没有怨言，总是提早来，绝不会迟到。

"来得早的都是离得远的，迟到的都是近的。"她微笑着总结规律。和每次一样，细心的她备好干白干红。再泡上一壶雪菊。热情好客、面面俱全，如同女主人。

刘教员戴着凉帽、斜背着小包，腰板笔挺地走进门。仍是精神矍铄的清瘦老者。刘教员安享着静谧的晚年时光，真心希望那些曾经的师生情谊能成为他老来慰怀的温暖陪伴。

很意外，五姐居然会来。她是教员们当年眼中的好学生，多年不见，他们聊得起劲。终于，等到她坐在一边，给手机充电，才轮到我上前。

"你能来，我真高兴。""以后我会经常参加的。说到底，咱们上学那几年，都是真情实感。工作后的交往，就不会那么纯粹了。"她的话让我心里一软，瞬间觉得和这位金融白领的陌生消散于无形。她和父母同住，"每天回来得再晚，也知道有一盏灯在等着我。"她的笑，幸福而欣慰。

寒暄后，佐酒的仍是绕不开的古都旧事。

新增爆料一大堆。原来，老俞还是宋教员在上面讲课、底下用竖着的大书挡上偷偷写日记的文学小青年。

"你不好好听课，干吗呢？"面对义正词严的女教员，他却丝毫没有做错事的慌乱："你不能看我的日记，那是违法的。"

"我把他日记本收了，下课后准备拿回办公室。他和赵老六一直跟在后面，也不说别的，翻来覆去地念叨，'看别人的日记违法'。还有赵老六，上课伸着大长腿，没个坐相！我批评他时，他还'怎的'顶嘴。"宋教员假装嗔怪地讲起往事，眉眼生动，像拿一群不懂事的弟妹们无可奈何的长姐。

一场小测试随即插入。宋教员轻松应对，她逐一叫起我们的俄文名。这首先引发了老俞、放哥对于难听名字所带来的人生阴影的抱怨，接下来满堂哄笑。

"知道吗？老俞后来给自己改了一个名字，叫弗拉基米尔，普京同名。和俄罗斯人见面时一介绍，都竖大拇指。还有我的名字，基本就上农村找去了。"放哥也神补刀。

李教员仍旧高大英俊、思维敏捷。他端坐着，和我们一起陷入往事的回忆里。老俞，这位学员中的围棋高手，自嘲"当年随处摊开破棋纸就能对弈一番"。对于李教员家里那副贵重的云子，遥不可及，只能欣羡。

时差尚未倒好，又赶上加班熬夜，撒佳将自己陷入高靠背的椅子里，来了一个标准的"北京瘫"。吃得少、喝得少，从东南六环外驱车劳顿，暂时抛开事业转型期的压力与艰难，和匆匆逗留的放哥一样，只为赶赴一场同窗的聚会。

琥子话语不多，他一向进退得宜，知道今晚的主角是邻座。

老十迟来了许久，进门后开始一一辨识着在座的每个人。岁月涂抹的沉稳落在久未亲见的我眼里，有些陌生，和我印象中那个灵光四射、聪明过人的川娃子相差太远。估计是到京以来忙于工作、叙旧，没好好休息，他的脸色有些沉郁。对于时局，他侃侃而谈，理性、有条理。

低头时，我和撒佳相视讶异，老十头发掉了一些。时光机将他的五官雕琢得更加深刻，眉心也有了无法抹去的纹路。

他的变化过程由 1992 年那个夏日分开后每天的日子串联而成。那里，没有我、我们的参与。

反之，亦然。

"我印象最深的，就是老十有时间就去白马寺拓石碑，他还喜欢练书法。"原来，我对当年的他也是不够了解的。

在边疆二十多年，引用三姐的话："那里度过的时间比他在故乡的还长。"发生过什么，我一无所知。

一切的五味杂陈都掩在他淡淡的笑容后面。

"嘀"，连城的微信。

军网发布权威招生讯息："第二十一站：解放军信息工程大学（附报考指南）。"还特意标明："在全国第三轮学科评估中，信息与通信工程、外国语言文学学科排名全国第五。"母校的几张照片被纳入那所我不熟悉的大学精彩校园栏目中，局促、不协调。熟悉的大门左侧，仍是"中国人民解放军外国语学院"的牌子，心里说不上什么滋味。

"聚会时候讲一讲。"连城促狭地提醒我。

悄然看着大群里对这次聚会七嘴八舌的插科打诨，我伸手关闭了链接。

相聚欢。

终于，曲终、人散。

仍是辛苦三姐送我回家。扭头看向车窗外，平坦宽敞的四环路依旧车水马龙。还有几多夜归人，和我们一样有着渴望暗夜安宁的心。

被一场阵雨淋湿的路面，隐约几道折射的光影掠过。一栋栋林立的高楼拼命挤占着空间，让人越发觉得呼吸憋闷。窗口的灯光有白有黄有红，冷冷的，不带一丝温度。

　　不时有闪电如灵蛇舞动，划过暗沉的夜，也瞬间照亮再也回不去的我们，还有那些再也回不去的旧时光……

英雄会

2018 年的冬至很特殊。提前退休的喜悦能与相识三十年的同学们分享，是一个至欢日。

前天上午给八哥发了三条长长的语音。想了一晚上，还是力邀他能抽空来参加。后得知他全家为父亲祝寿，实在分身乏术。还没等我联系，三哥已经在群里解释了不能前来的原因，并发了大红包祝大家聚会快乐。

聚会离洛阳二十周年的活动又隔了六年，每个人的工作、生活在此期间都发生了变化，细碎的流逝也会给平淡蒙上生动的烟火气。班群、队群里，有关夫妻恩爱、老人康健、子女金榜高中或留学深造、同窗小聚等的消息屡见不鲜，全民 K 歌更是让嗓音动听的几位师生一展身手。

下午，大群里传来二班同学齐回母校团圆的照片。放大些、再放大些，我一个个辨认着面孔，准确地叫出他们的名字。岁月催人老。可总能看出，因为都是我记忆里的模样。看到熟悉的宿舍楼、走廊、林荫路，不知怎么，眼睛酸酸的，有些东西在无声滑落。

"每当我回头看夕阳红，每当我又听到晚钟，从前的点点滴滴会涌起，在我来不及难过的心里。"赴会的路上，鬼使神差般，一直哼唱着这几句旋律。

你们不是睡在我上铺的兄弟，而是同吃同住同学习同生活，陪伴成长、领悟青春的唯一。

相较二班的隆重排场和精心准备的内容，我们的聚会显得很寻常。

和每次一样，大家聚在一起，坐坐、聊聊，把酒言欢，间或互相打趣、逗乐儿。"龅牙子""悲悯眼光"几度引发笑点。还有"永远25岁"、萌萌的宋教员第 N 次讲起调档分班的得意之举并揭秘若干任教趣事，老当益帅的李教员风采依旧，多半在微笑着欣赏一群瞬间回到十七八岁的中年男女的本色"出演"。这样一来，美食只能退居为点缀。

我，成了一名退休小干部；放哥迎来弄璋之喜；撇佳完成了助力"一带一路"的第一个康复医院项目；琥子、老六、三姐和七姐继续在各自领域辛劳奉献，放哥、老俞、六哥仍不懈开创事业新高。包括没到现场的那几位同学，都在各处认真经营着自己的人生。

这次聚会又很不寻常。

我更认同宋教员的解读。"入学"三十年的表象下面，其实涌动的是"相识"三十年的脉脉真情。白头见证了青丝，风霜封存了青涩。那无法复制的四年，携带悲喜笑泪，跨越悠长的时光，扑面而来，仍然清新热辣。它还将延续下去，陪我们老去，直到《寻梦环游记》中所说的第三次真正死亡。

每人心里那段记忆的内容势必不尽相同：爱与恨、冷与暖、悔与不悔、忠诚与背叛、光明与阴暗、辉煌与暗淡……

但不管怎样，我的母校、我的一系四队、我的教员们、我的各位同学，谢谢你们，曾来过我的世界，并从此不再远离！

云卷云舒，花开花落。

2019 年有则消息让我很激动：

> 在中华人民共和国成立暨中俄建交 70 周年、普希金诞辰 220 周年、首都师范大学建校 65 周年之际，俄国诗人普希金的纪念碑落成揭幕仪式 8 日在首都师范大学外语学院楼前的花园里隆重举行。

几天后，我们几个同学约在那里。

首师大门口，快递小哥、货车还有摊在地上的一堆堆快递成为一景。前面娇小的女生接到纸箱后，被坠得一趔趄。好心的我出手相帮送到体育馆，又绕大圈折回。

她不迭道谢，"雷锋阿姨"给出的原因却很简单："我同学就是你们学校的老师！"嘻嘻，与有荣焉。

傍晚的天气晦暗莫辨，三姐和琥子早等在塑像前。然后，刘教员、放哥等陆续依时到来。

只有我们才知道，伫立在琥子他们办公楼前的普希金半身像，背后有他许多的付出。

观赏并合影后，一行人走向校内的聚会地点。广播里温柔的女声传遍校园，熙熙攘攘中暗涌着青春活力。这辈子没上过全日制地方大学，实属憾事。

我自告奋勇，重温参谋技能之一：点菜。吃什么不重要，相谈甚欢才是王道。什么总经理、院长、处长、代表、教授、富豪，一边玩儿去！一起长大的情分就该这样，不装、不矫饰。

围桌而坐。用欢笑佐餐，拿往事下酒。

这边热烈探讨国际局势，那厢三姐和七姐还像住宿舍时悄悄唠起家常。五姐、七姐、老俞还有我现场"控诉"当初被迫调剂到一系的不幸遭遇。

刘教员不辞辛苦地拎来沉甸甸的水果。我们这群中年人秒变教室里聆听他授课的小可爱。轮到我时，进口香蕉都能多分一根。看来，年纪小就是有优势！今晚别后，留下的、远行的，各在天涯，互道珍重。

能过自己喜欢的生活就是我心目中的《当代英雄》。而每次相聚，都是不一"般"的一班英雄会。

日历很快翻到了三年后。

我到站了，回头看到地铁白石桥南站涌上来的人差不多挡住了三姐的身影。挥手道别的一瞬间，有些伤感。

独自踩着秋阳，只有忽长忽短的影子陪着我。

二十几分钟前，"有同学自远方来"，不，应该说是远方的亲人千里而归。我们很乐乎地匆匆一聚，热闹嬉笑犹在耳畔。

周五中午，不太好凑。各有各的事，轻易就能找个理由，但我们还是从城的南北东西赶来。

点菜作为曾经的必修课之一，也是我聚会时的专属义务。红酒、茶，每次是三姐的必带品。

"你可以替我们先尝一片。"哥哥姐姐们都让着我。脑后尺余长的小红辫成了猜真伪的暖场道具。

老十舒里克很有心，特意拎了沉沉的一篮新疆特产葡萄。红红绿绿黄黄。"面容姣好，继续保持啊！"碰杯时的一番祝福语让我恍觉上次见面已是四年前。赵老六才搬到政务中心，而我早已从那里退休，否则我会是称职的一枚小导游；对宋教员的称呼也悄悄变成更亲近的"姐"。

召集的琥子被会议耽搁了，最晚一个到。事务繁忙让他的笑都是短暂的。

话题怎么转到了种牙上？他和老俞找到了共同语言。老汤从哈拉雷回来，大家都放心了。放哥手机总响。他匆匆出去接了，再回来继续。

近况、往事、故人、更年期、李雪琴……风干的、新鲜的，通通拿来下酒。

场外的几位同学也在线捧场，大家聊得呼儿嗨哟。

短短的两个多小时内，跨在 50 岁门槛两侧的我们一起沉浸并回望着共度的四年青春。

"知交半零落"是不可避免的宿命。幸好，有些东西一直在那里。顽强得如同钻出砖墙的野苗，一步也不曾离开。

辑六

尾声篇

小路

"哎，你们学校的校歌是哪首？"忘了具体哪天，这部拙作的首读首编首校者连城突然问了一句。

"《抗大校歌》啊！"

"巧了，我们也是。"

我白了他一眼，回应他的小兴奋。

"这不废话吗？20 世纪 80 年代，你们工院的前身不就是我们学校分出来的一部分？还有南京的国际关系学院。咱们起根儿上都是一个，校歌还能另选？"

"嘿嘿，甭管大的、小的，反正都成了一家亲。这么多年了，你还会唱吗？"

开玩笑，难道当年还少唱了？

不说溶化在血液里，也绝对刻在脑海中，张嘴就来。

> 黄河之滨，
>
> 集合着一群中华民族优秀的子孙。
>
> 人类解放，
>
> 救国的责任，
>
> 全靠我们自己来担承……

尤其唱到"把日寇驱逐于国土之东"这句时，我还习惯性地加重了"东"。当初练大合唱时，队长再三强调过，此处要有短暂停顿后的爆发力。

连城也不由自主地哼唱起来。

嗨，整齐、洪亮！

"你们有完没完了？我正学习呢！"少年郎略带不满的声音隔着两道房门传到厨房，立马将两个大龄老学员从忘我中拽回。

人生如梦，又进入下一场。

有那么一首歌，每个字都如同刻在心里那般清晰。哪怕没有配乐，我也能默背得不差分毫。但和《抗大校歌》的集体被动学习不同，我是自觉自愿将它收入记忆的。

　　林中有两条小路都望不到头/我来到岔路口，伫立了好久/一个人没法同时踏上两条征途/我选择了这一条却说不出理由/将来从小路的尽头默默地回望/想起曾有两条不同的方向/而我走的是人迹更少的那条路/因为这样无名小路才不会被遗忘……

歌名《林中小路》，是上学时集体在礼堂看过的电影《中国霸王花》的主题曲。

影片讲述了几个女孩如何成长为飒爽英姿的武警的故事。主角姓邹。这位曾经的"红衣少女"清秀不再，而今鼻孔更朝天、嘴巴更大。都是发福惹的祸！

　　可能是当年化妆技术、拍摄手法不够发达，包括用光、角度、胶片水平远不及现在，其他几位女二、女三也是满脸满身的凛然正气。再加上随时狂扁悍匪凶徒的不凡身手，活脱脱一堆假小子！现在再看，确实有点"惨不忍视"。

　　电影的最经典之处，我认为是奉献了一首词优曲美的插曲。

　　是啊，我选择了一条小路，放弃了另一条可能更繁华更热闹的通途。虽说没有走到天涯，但素履所往的十几年也是尽忠、持勇、守真的具体见证。

　　小路，承载了最美的青春岁月。

　　陪伴我的风景，既有鲜花铺陈、小鸟啁啾、和风拂面，也有荆棘拦阻、迷雾缭绕、暴雨肆虐。不管怎样，每一次，"从小路的尽头默默地回望"，我都无愧于心、无愧于己、无愧于曾经授课的每一位教员，无愧于母校。

　　因为没有蹉跎、没有消沉、没有迷失，而是在一派荒凉中找到了足以光耀一生的心灵花园。

五味

2015 年春日，万物复苏、花红柳绿、莺飞草长。

一派勃勃生机下面，暗流涌动。

有段时间，关于母校撤、并、转的传闻甚嚣尘上，从各条渠道蜂拥而至。初听此事，我脸上一副无所谓的神情，心里不知怎的，却针刺般的痛。似乎那一排排整齐的学员宿舍、一间间不大却明亮的教室、图书馆、操场、礼堂等建筑和绿军装、金黄银杏大道、红肩章等色彩元素共同搭建、交互泼洒的青春往事也一并成了无所依附的幻境。

悬而未决的氛围被终结于 2017 年 2 月。

可靠消息传出，母校将作为分部合并入解放军信息工程大学。须知后者还是当年我们的一个系分出去才发展壮大的。那几日，"后来居上"的宿命引发微信大群里新一轮的激动、伤感、唏嘘、追忆。

毕业于"儿"校的连城为此还卖弄半吊子诗才，即兴来了一首浅白之作：《重圆》。

四十年前
洛阳

有一个 college（学院）

把她的一个 department（系）切下

抛到另外一个城市

郑州

北郊，成了一个新的 college

那一年乃至每一年

这个 department 变作的 college

学员们（其中有我）

学习之外的主要任务是建设

门前的街叫俭学

勤俭办学

四十年后

抛出的 department 从 college 长成了 university（大学）

驾驶着时间马车

回到洛阳

回到出发的地方

college 还是 college

department 却长成 university

四十年，

四十届学员

共同唱起《黄河之滨》

这是 science（科学）的结果

这是 universal（全体）的胜利

这水平，一言难尽。不过贴切得很，详细道出了两所院校的历史沿革和角色互换的悲喜宿命。

2017 年 5 月末，军改后招生的 36 所院校名单曝光。

早知结果如此，仍旧不死心地逐行扫过那些或熟悉或陌生的名字。心情羡慕、嫉妒，还有些微感伤。

旧时网查资料如下：

中国人民解放军外国语学院（PLA，University of Foreign Language），是一所为国防和军队现代化建设服务，以外语为基础，多学科交叉、特色鲜明、高水平的综合性国防语言学院，也是全军外语人才培训基地、外国军事留学生汉语培训基地。

学院前身是 1931 年成立的红军无线电培训班和 1938 年成立的军委日文训练班，1949 年在北京正式建校。先后经历了两次合并，四次分家，六迁校址，九易校名。

2017 年 6 月，解放军外国语学院、解放军信息工程大学合并组建中国人民解放军战略支援部队信息工程大学，隶属中国人民解放军战略支援部队。

那又如何？

曾经真实存在过、发生过的一切，任谁都无法抹杀或篡改。只要母校承载的回忆还在、同学们还在、令人尊敬的教员们还在、传授的知识还在、珍贵的往事还在、难忘的情怀还在，何需喟叹和自伤？又何来"无根"之说和羞于对后人述的惭愧？

院史的长卷终将被尘封。

而我，努力握住记忆之笔，将"谷水西""洛阳036信箱"的故事刻录下来并代代相传。

于我而言，这本汇聚了许多人心血的作品正是对母校最好的祭奠，也是最永恒的纪念。

沧海遗珠

1949—2017，中国人民解放军外国语学院。

1988—1992，一所让我终生难忘的校园，一段让我五味杂陈的时光。

人到中年，心态早已修炼得平和从容。曾经以为的悲伤已不再逆流成河。回头品味，一切都被归为无法复制的馈赠而安然收纳、珍藏。

我不知像我这样懵懂中与军校结缘的同学还有多少。但平心而论，对于曾给予我许多的那角天地，我确实爱恨交织。恨它的严格管束、恨它对个性的桎梏、恨它的刻板僵硬、恨它的不通人情、恨它的条条框框……

但是，相比于这些恨，我无法回避另外一些复合情感的客观存在：对它的感激、感谢和感恩。

感激它给了我稳固的专业基础，那是我安身立命的本钱。正如前面所说，母校严谨系统的教学方式让我面临任何场合时都不会慌张无措。无论是简洁的工作台、庄严的谈判桌，还是明亮阔大的车间、熙来攘往的都市街头……实而不华、日积跬步，不仅我自身受益，就连琥子、三哥、小勤、胜利等留校的同学们也凭借代代传承的优良作风，培育出了遍天下的桃李。

　　感谢它在我人生路上正逢"三观"形成的重要时期，对我点点滴滴的熏陶与影响。无论是硬性还是润物细无声的，哪种方式都呵护着细嫩的萌芽最终长成了端直向上的参天大树。

　　四年中的所见所闻、所思所悟直接影响到了我毕业后的工作态度和为人处世。那些为人称道的好品质，无不始自此。

　　尤其是为人的自立和上进。

　　"咱们的女生不像其他一些军校那样，因为男女比例悬殊而被娇宠坏了。整体来说，不管做什么类型的工作，都比较踏实、积极。我曾认识的有些女同志，虽说也是军校毕业的，但只顾着守小家混日子，有的一心想着攀高枝，根本没什么追求。"放哥评价得精准到位。

　　感恩人到中年，仍在身侧的还有若干知己：一起走过那些风雨，现在继续陪伴前行，笑谈往事和未来，因为是"互相看着长大的"特殊交情。有心，即使存在上千公里的距离，我们甘于舟车劳顿，只为重逢；无心，同城咫尺，也是天涯之遥。

　　有时，和连城闲聊，我不止一次地强辩："你们工院再大，也没什么可炫耀的，改变不了曾是母子关系的事实。"

　　有时，面对个别对母校一无所知之人，我立马转换成自己任命的宣传形象大使，介绍得滔滔不绝、口沫横飞。

　　有时，听到一两句贬损或误解母校的话，我都无法装聋作哑，而是跳出来，急赤白脸地和对方掰扯。

　　原来，我承认还是不承认，愿意还是不愿意，这些感谢、感激和感恩早已融入了每分每秒流淌的血脉中，难以剥离。即便强行扯拽开，也是血淋淋的连心之痛。

它们都有一个别称，叫"爱"。

那是我的洛外，我们的洛外。

恩及

　　母校教育、灌输的良好品德，比如恪守原则、服从命令、爱岗敬业、认真做事，帮助三十多年前的我在面对艰苦闭塞的职场环境时，不抱怨、不叫苦，没惹是非、没闹情绪，迅速接受并适应。既不会压床板、泡假条、装神经病，也学不来消极对抗，出工不出力，借此挥霍时间。

　　一切，浑然天成，自然而然。

　　"你要不转业，也和你那些同学一样早成大校了，拿的钱比现在多得多。"连城调侃道。

　　"必须啊。我当年比他们进步快多了，好吧？四个星打不住！"我胡吹着。

　　"后悔吧？"

　　"在部队当老同志混，肯定没问题，工资还高。但人这辈子不能重来，应该多体验一些角色。如果只从事一种职业，没有勇气去接受新环境、新工作的挑战，这不是我想要的。"

　　刚到地方工作后的第二年，某"好心"同事听闻部队涨工资，也问过我类似问题。

　　"你不会是因为挣得少才转业吧？这下后悔不？"

　　"不会啊！"真懒得详细回答。

对方笑了，眼神明显是不信的。

话要说给明白人听。你解释得再多再正确，对方也觉得你在强辩。喂，承认了吧？肠子都要悔青了不是？还打肿脸充胖子？

但连城不同。认识近三十年，他太了解我。

幸福的童年会治愈一生，不幸的童年要用一生治愈。

我可能属于后者。

年幼时缺失本应享受的父母呵护，被迫骨肉分离。虽有爷奶姥爷姥姥两家几十口人的疼爱与照顾，终究在心里结了硬疤。性格中的要强、敏感、易伤和不安全感或许都和那段经历有关。

己所不欲，勿施于人。等我自己成为母亲，不希望这一幕在孩子身上重演。早几年一心扑在工作上，看似无家事拖累，实则已经错失了许多天伦之乐。

必须就此止损。

正赶上 2004 年，部队编制体制调整。按照上级统一改革部署，我们单位面临重组。新班子里基本没有"亲"领导，一帮子遗老遗少境地尴尬，处处不被重用。

经过两年多的纠结和焦虑，转业的念头如顶开土层的嫩芽，开始疯长。

当初穿上这身军装，没有太多的激动和血脉偾张。稀里糊涂上了军校，它不过是衣食住行全包政策下的标配。不像战士入伍，需要费功夫、找路子。

十八年后想脱下这身军装，那可难了。

"35 岁以下、第一学历全日制本科、外语和计算机专业，你是样样中啊！你自己说说，能走吗？

"你是不是对组织有什么要求？想以退为进，解决正团？

"你看咱们单位，你想走、大队长也想走，我也不想再干了。可咱仨不能同时提吧，不合适。我只能牺牲自己，往后排排。"

各色人等打着官腔，理由无可辩驳。

我只想过上正常生活，每天和家人在一起，做个好母亲、好妻子，这个要求过分吗？毕业后一直待在山沟沟里，哪里有人脉可用？

四处碰壁、求告无门。简单的心愿看似很近，却被身边的推诿、劝阻、漠然和讥讽牢牢卡在很远的地方，变得遥不可及。

思前想后，捞到唯一的一根救命稻草。

我和他根本不熟。当年毕业后分到单位，他负责管理一批来的四十几位新学员，彼此算有点印象。

此时的他早就高升到决定人前途的重要岗位。如果他愿意，肯定能说上话！

辗转打听到他的联系方式。心情忐忑、坐立不安、为难启齿。"哟，你还在那儿没走呢！"不知怎么，我隐约听出一丝恻隐和惋惜。

求人的话说出口，心里很踏实。是生是死，认命吧！反正都是别人操控左右。

事实证明，他真的是我生命里的一位贵人。上面发了话，下面畅通无阻。

幸好，熬过无数个折磨人的日日夜夜，在大专生都被通知回单位上班时，我终于盼来了好消息。在无名战线无私奉献、甘当无名英雄却始终追求无上荣光的多年军旅生涯就此画上句点。

那身海军蓝曾见证我远离繁华都市的十多年光阴。它吸纳了我最美、最珍贵的人生时光，看过我的笑我的泪，承载着所有的辉煌喜悦、落寞哀伤，从而变得沉甸甸的，无比圣洁。

隐形的军装

地方生活的大门终于向我开启，曾经奢望的家常日子每天真实而琐碎地流逝着。

我没有想到，再就业竟然成了大问题。

那会早已过了军转干部供不应求、可着心愿挑单位的黄金期。原来的工作性质导致我们与地方严重脱节。无权无势、没油水、不是肥差，脚趾想想也知道，根本不可能有丰厚特殊的人脉关系可用。

自认为亮眼无敌的履历带来的自豪自信被现实击得溃不成军。等待安置的数月后，嘴上大泡结的痂还没消退，在热心凯哥的帮助下，终于到某市级单位应试成功。

我再次发挥"咬定青山不放松"的革命本色，在这里一干就是十二年，直到申请提前退休。从最初顶着烈日抱着文书包转网吧、查盗版书库被护院恶狗追赶的狼狈，到最后竞聘处级领导干部，干一行爱一行，爱一行钻一行。

我之前一批、之后每年，都要按上级要求安置军转干部。有次和同事聊天，一比较才发现，我居然是单位目前为止正常渠道接收的唯一女性"老转"。原先有一个，但她是战士复员，且单位组建之前就在别的地方工作。严格讲，并不算数。

"咱们是执法部门，本来没打算要女的，才定了三个苛刻条件想卡住：团级、实职、男40岁女35岁。一般女的达不到。没想到，你居然误打误撞都符合，我们只能接收了。"退休多年之后，当年管人事的大姐才道破天机。

渐渐地，新单位里军转干部越来越多，成了气候。无意中又发现，我也是唯一一名通过高考就读军校的女性，唯一一名有过一线执法经历的女军官，唯一一名外语本科专业生……

溯本求源，这些"唯一"全拜母校所赐。

"你们上学那会出操吗？"

"出啊，每天早晨。跑步、走队列。"

"多长时间？"

"半小时吧，每学期还有会操、阅兵之类的。"

"别的呢？"

"没了，主要都是上课。"

"你摸过真枪、打过靶吗？"

"当然了，军训快结束时，步枪。后来还碰过手枪、冲锋枪。"

"次数多吗？"

"就三四次。"

"那还叫军校？"

还是那位武警转业的"好心"同事，他高声大嗓地表示质疑，好像我穿的是一身高仿军装。

连城前些天也被一位刚入职其他单位的"老转"公开怀疑："不像啊！你是郑工的？"唉，看来我们真是难兄难弟，就连打断骨头连着筋的两家母校都一起被"鄙视"。

难怪！

如果参考人们对军校的刻板印象，号称军中清北的郑工、洛外确实有点另类。比起陆军学院、指挥学院、潜艇学院等专业范十足的伙伴，少了战术理论、队列射击等军事化训练内容，不那么严格正规，倒是多了浓重的人文气息。

军营应该什么样？看似有统一标准，体现方式不同，像变幻的万花筒。

好友曾担任某山地旅的军事主官。官兵们克服极端天气、恶劣环境，适应高原反应，每天都被枯燥严谨的战术科目训练充斥着。

城里的武警部队勤于走队列、拔军姿、站岗放哨，体现的是另一种生活。

社会实践时去过中原某野战团。那里等级森严，小排副也官威十足。可怜的勤务员被他和家属指使得像一个不歇气的陀螺，让我们这些未来的副连职中尉大开眼界。

战士们不仅口号喊得响，吃饭、看电影拉歌时也恨不得吼破了嗓门。他们一身汗一身泥地摸爬滚打，只为像标语大字说的，"平时多流汗战时少流血"。

现在的军营有了手机和互联网，与外界联系更方便。个别人还因娶了女明星被炒作成网红。

相比之下，还是传呼、手机皆无，仅靠电话、信件联络的老旧年代，才是我认定的锦时。

军人又该什么样？咋咋呼呼、大大咧咧？粗鲁少识、孔武有力？圆滑世故、颇具心机？

三十多年前，在洛外我穿上了人生第一件有形的军装。

十多年前，我再也没机会穿上它。但青春懵懂时，母校打造的"三观"如同一件隐形军装，时刻如影随形，庄严沉重，好像已嵌入骨骼，并融化在血液中。

穿衣，习惯朴素大方；走路，习惯腰板笔挺。为人，习惯自律、尽职、忠诚；处事，习惯守时、高效、有执行力，坚持正确的是非观念和强烈的荣誉感。

而这，正是军人的模样。

毕业三十周年留言板

洛外（一系四队）我想对你说……

★刘述运（教员）　　入伍地：北京

春风送暖贺华章，

漫卷诗书喜欲狂。

洛外教书虽六载，

师生相处友谊长。

少男少女来军校，

苦辣酸甜自饱尝。

真事真人真感悟，

韶华不负暗梅香。

★游军　入伍地：辽宁沈阳

2013 年 7 月，随着儿子高考发榜，靴子落地的同时，也有了闲暇时间玩微信。心血来潮建个大学群，拉几个手头现有联络的同学入群。起初只是觉得好玩，不承想同学们热情高涨，仿佛找到了党组织一样纷纷拉人，日益热闹起来。

　　大家忽略了地域阻隔，你方聚罢我方登场，共同追忆无法复制的青葱岁月。

　　每个中年人的心中都始终驻留着当年外院那些少男少女，或喜或悲都是命运最好的安排。群名"浅相遇，终难忘"由此而来，共同见证了一系四队的昨天、今天和明天。

　　★刘放　入伍地：吉林双辽

　　这是一段关于青春的历史记录。既是作者个人的记忆，也是我们整个群体的记忆。

　　洛阳谷水西，解放军外国语学院，对于我们是人生的起点、梦想启航的出发地和过往的骄傲，任何时候听到或想起有关她的一切，都心潮起伏并充满敬意。今年五月，借出差之余暇，再次回到母校。三道门、老澡堂、南山靶场等旧地重游，勾起无限回忆和感慨。17—21岁，我在这里学会了做人忠厚纯良、做事一丝不苟、对待人生自强不息。三十年弹指一挥间，如今我们已年过半百。当年的寻常百姓子弟，很多都成为各行各业的栋梁和中坚，更有不少同学已经功成身退，安享人生。

　　这一切，很大程度要归功于母校。是她的厚重、坚韧、正统和人文精神，为子弟早早植入"向上人生、团队精神、家国情怀"等基因。它把我们培养成为国为民的无名英雄。其实她早已做到，她才是那个一直都在的无名英雄！

　　★俞惟胜　入伍地：安徽巢湖

　　那年十八岁的我们，一场不期而遇却注定了我们一世的情谊！岁月折旧了我们的容颜，模糊了许多人和事的记忆，可无论如何也忘不了的是那年谷水西边，两片红肩章上你笑靥如花的样子！谢谢每一个你，用温情保留那段属于我们的青春年华！

★王华　入伍地：吉林通化

青春是首歌，同行你和我

那一抹红，那一身绿

是镌骨铭心又割舍不断的情谊

致青春！记忆永远留痕……

★陈晓东　入伍地：新疆库尔勒

十八岁十八岁我参军到部队，来到洛阳解放军外国语学院一系四队这支光荣的队伍。144名来自天南地北的同龄人就此成了同学＋战友。1460个日日夜夜，朝夕相处，共同训练、学习、劳动和生活。

忘不了教员的谆谆教诲，教室里的刻苦钻研，运动场上的奋勇争先，阅兵式上的威武雄壮，劳动时的挥汗如雨……三道门、中心马路、法国梧桐、足球场、苹果园、图书馆……在这里，我们哭过，笑过，苦闷过，彷徨过，拼搏过，蜕变成长，完成了"两个转变"。变的是岁月和容颜，不变的是我们对母校深深的眷恋。

一系四队，永远的精神家园！

★余献勤　入伍地：四川江津

余生有你们同行，就是幸福。

★伊万　入伍地：辽宁彰武

三十多年过去了，那段美丽的青春像空中的风筝，被风刮得渐行渐远。不承想，她用敏感的心思、细腻的笔触和深沉的情感又让我蹚入美好的往昔，如歌往事再度飘然入脑。

无悔的是我们用奋斗很好地诠释了那段绿色时光，幸运的是我们结识了可赖一生的战友。时间虽然早已磨平了我们身上的棱角，但我们的心还如青春时一样炙热。愿我们的同窗谊、战友情如洛阳古都经久屹立，如洛河之水源远流长！

★郭红军　入伍地：山东青州

遥想三十年前，外院招生搞宣传，就是因为这口锅，定了一生机缘。在校成绩很一般，经常调皮捣蛋，翻墙上街旷课，喝酒打牌抽烟。上课老开小差，还跟队长顶着干。别人俄语实践，我去煤矿锻炼。谈了一次恋爱，也曾海枯石烂。期终语法考砸，毕业差点完蛋。此后常遇沟坎，命运有点多舛，走了许多弯路，尝了不少辛酸。一晃人生已过半，蹉跎往事成烟。看似风轻云淡，经过才知其难。有时仔细一想，却也没啥好埋怨。虽说很不成器，多少做点贡献。谁说廉颇老矣？努力多加餐饭！亲爱的老师同学，还有我的外院，但愿没事能常相见！

★高成　入伍地：河北唐山

那时还年轻，真正意义上的年轻。青葱少年，书生意气，懵懵懂懂，在大熔炉里活蹦乱跳、跌跌撞撞四年，一切尽在不言中。酸甜苦辣咸，俺都挺过来了。遇水平蹚，遇山登顶，遇风飞扬，遇火重生，只缘青春的炽热激情伟力无穷，总能化湿柴为烈焰，化乱云为彩霞。

蓦然回首，似水流年恍然如梦。三十多年前心事拿云的少年，出走半生归来，发已花白。虽已看破红尘，仍继续穿越红尘，并且带上了好心情。没有躺平的资本，默默体验自奋蹄的快乐，腹有诗书，心向远方。

★赵保华　入伍地：河南遂平

光阴如梭，时光荏苒。转眼间，母校已放飞我们三十载。同学们也由昨日青葱少年成长为各行业领导、专家和学科带头人，有的同学至今还坚持在边海防一线值班，少数同学在不久的将来会佩戴上金色将星。他们都是我们四队人的骄傲！

此时此刻，我们要感谢培养我们的母校、领导和园丁。他们有的正值壮年，有的已年逾花甲。我们会把他们的关爱和谆谆教诲珍藏心间，把母校血脉赓续下去。祝祷祖国的钢铁长城更加坚固，祝愿母校事业蒸蒸日上，祝福同学们阖家幸福，万事顺意！

★王红霞　入伍地：河南洛阳

外院，我想对你说……

感谢母校让我有了当兵的经历，成为一名光荣的军官。

感谢母校给了我四年独立学习思考的时间，让我从迷茫疑惑和不安中走出来，脚踏实地开启职业生涯。

转眼间离开母校三十年了。当年那个爱哭爱笑的小姑娘，用她经过岁月淬炼的文笔，温存细腻地为我们记录了她眼中那个 20 世纪 80 年代末 90 年代初的青春校园。

校园是充满希望的。绿色的草坪树木，清一色的绿军装包裹着年轻的我们。《谷水西的红肩章》却突出了红色，红色更加热情美丽，贴近性格。

而这种红与绿正是无悔青春的颜色。

风景

　　不知不觉间恍然又是一程岁月。旧岁新年，交替的衔接点，就像一个渡口。来来去去的人，来来去去的事，如同奔涌的潮汐，没有尽头、永不停息……

　　我在喧嚣之外看尘世的别样风景。此时，我想到方兴未艾，所有的表达在静默中，你可否看到我表情背后的心情？

　　本以为，文字离开了指尖，心念也就流离失所。但是，思绪静水深流，终究还是依循执着，落字于此。

　　文字，与其说是一个出口不如说是一种记录。记录自己、记录同学，那些点滴，留痕于心，细碎地印刻在指尖。记录我们前行，记录我们寻觅，记录我们回忆，记录我们能够在人海中寻见那些虽三十年不见但能一眼识别的眉眼，记录我们擦肩而过抵达别处但经年无相忘的岁月。

　　而所有的种种都是命运相待的良善。唯有以磊落之心敬岁月，才是对相逢、相识、相交、相处、相知、同窗、同欢、同乐、同习、同戏的最真诚意。

　　生命中确定无疑的眷恋温馨和不确定的忧伤憎恨总是并存的。然而，我们都把学识、历练、岁月和友谊揉捏在一起。"回首向来萧瑟处，也无风雨也无晴。"

　　曾经的风生水起，都归于兄弟弹冠举杯，归于姐妹抚肩而泣。

　　把人生站成一棵树，把悲喜化作一缕风……我们是风景。风景曼妙，余生漫长。风景是照片，余生是相念。

　　经年里，岁月静谧如行云流水，而同窗友谊始终是水中央砥砺的巨石、长明的航灯。愿同学们一程绣锦韶华，一路鸟语花香，一路腾飞远方，但我坚信，虽身处各方，始终心向洛阳。

　　这种心意，你有，我有，他有。

　　我们彼此懂得，足够。

王震

2012 年 8 月

后记

知道吗？我曾经不止一次回过校园。

午夜、梦里。独自在教学楼和宿舍之间的黑暗处游荡、徘徊。丝丝缕缕的雾气在周围缠绕、打转，和无边的寂静一起将我困在当中。脚步黏滞，无法移动。努力睁大眼睛，却看不到一盏灯光。大声呼喊，无人应答。拿出手机，却怎么也拨不通号码，急得一挣，醒来。

有时，是踏着泥泞的残雪或披一身如血夕阳，朝着熟悉的那座楼、那扇门，一路奔跑。

我也经常梦到我们的宿舍。大家聚齐了，笑闹的脸上仍是青春的模样。我们一起收拾东西，好像要离开去哪里。

床上、小柜里摊着的物品零碎杂乱。熟悉得让人不舍，好像哪一件都在无声哀求别抛下它。

原来，这段岁月竟如此深地烙入我的灵魂。你们呢？

正如此时，我想起了谷水西和那些过往。你们呢？

种种这些，我还记得。你们呢？

如果回忆已被凡尘打磨得黯淡无光；如果你累了倦了，能否暂时停一下，听我讲一段军校往事？

我希望，稚拙的笔激活所有属于你、我、我们的特定记忆，引领你在字里行间找回几分曾经的自己。

我相信，你会大笑、会流泪、会沉默、会思索……

无论哪一种，都是最可贵的真实。

那是难忘的永远，更是永远的难忘。

谁的青春不迷茫？谁的青春没有伤？而这也是我想讲给光阴的故事。

感谢在故事里，有你、他和他们。

用"格滴格滴格滴格滴"一休桑的话来说，好了，到这里，就到这里吧！

夏天返家时，妈正低头剖着竹篾，搭花架用。"弄这些干吗？买现成的多省事。"我不以为然。妈出语精辟："嘁，不就是玩儿吗？玩时间。"

对噢，时间一天天被玩旧了，日子被一段段看短了，故事被一次次看熟了。

生活还在继续。看似平淡的每一天，我们一起变老。

岁月面前，谁都不是对手。

或许文字能勉强抵挡一下？让它们汇在一起，见证曾经发生的一切。"最好的文字，是心头乍起的波澜。"有自知之明，何敢称最好，只能勉强算最真。

在一个快餐式阅读、碎片化吸收的时代，凝聚心血的文字早已变得过时，很难博得青睐，更遑论引发共鸣。到头来的结局，可能仍是云中无人寄锦书。只我一人咀嚼着旧时光，用日渐浑浊老迈的眼睛努力辨认你们年轻时的模样。

风入樱林，马踏无声。

从此，只诉温暖，不再言殇。

作者

2022 年 7 月 19 日

.